Windeye

Brian Evenson

ウインドアイ

ブライアン・エヴンソン

柴田元幸 訳

目　次

WINDEYE
by
Brian Evenson

Illustration by Munehiro Yoshimura
Design by Shinchosha Book Design Division

ウインドアイ

失われた妹に

ウインドアイ　*Windeye*

1

彼の少年時代、一家は素朴な家に暮らしていた。古いバンガローで、屋根裏も部屋に改造されていて、四方の外壁はヒマラヤスギの板張りだった。裏手に樫の木が一本、枝を屋根の上までつき出し、壁板は薄茶色、ほとんど蜂蜜の色だった。表側は陽がまともに当たるので、汚れた骨みたいな薄い灰色に褪せていた。表は板も堅くなって、陽と雨にさらされて厚味も減り、そっとやれば板によってはうしろに指を滑り込ませることができた。少なくとも彼の妹にはできた。兄である彼の指はもっと太いのでできなかった。

何年も経ってからふり返ってみるとき、彼はよく、そこからすべてがはじまったんだと思った。妹が板の裏側にそっと指を滑り込ませ、彼はかたずを呑んで、板が割れてしまわないか見守っている。それが妹をめぐる、一番最初とは言わぬまでも、ごく初期の記憶だった。

妹はふり返ってにっこり笑い、手はもう指のつけ根まで入っていて、「何かある。これって何かな？」と言う。すると彼は妹に問いはじめる。たとえば、**それってつるつるしてるかい？　それと**

もざらざら？　うろこみたい？　血は冷たいかい、温かいかい？　赤い感じ？　かぎ爪が出てる感じ、引っ込んでる感じ？　目が動くのがわかるかい？　そうやってあれこれ問いながら、妹の顔の表情が変わっていくのを彼は見守った。彼に言われた言葉を、妹は命ある、息づいたものに変えようと努め、やがてそれがあまりに生々しくなって、なかばクスクス笑い、なかば悲鳴を上げながらパッと手を引き抜くのだった。

二人はほかにもいろんなことをやった。たがいに苛みあうやり方はほかにもあった。二人がともに愛し、怖れたいろんなこと。二人の母親はそれについて何も知らなかったか、知っていたとしてもどうでもいいと思っているかだった。一人がもう一人を大きなおもちゃ箱のなかに閉じ込めて、部屋を出ていくふりをし、閉じ込められた方が我慢できなくなってわめき出すまでじっと静かに待つ。暗闇が怖かったので、これは彼にはつらい遊びだったが、そのことは妹に悟られないよう気をつけた。あるいは、一人がもう一人を毛布できつくくるんで、くるまれた方が毛布を剝がそうともがく。なぜそんなことが好きだったのか、なぜそんなことをやったのか、大人になってみると思い出すのに苦労した。でも彼らは本当にそういうことが好きだったのだ。少なくとも彼は好きだったし――それは否定しようがない――とにかくそういうことをやった。そのことも否定しようはなかった。

だからはじめにそういう遊びがあって――それらが遊びだったとして――それから、やがて、何か別のもの、もっと悪いもの、決定的なものが現われたのだ。あれは何だったのだっけ？　大人になったいま、なぜ思い出すのに苦労するのか？　何と言うんだっけ？　そうだ――ウ、イ、ン、ド、ア、イ。

2

どうやって始まったのか？　いつ始まったか？　何年か経って、家が彼にとって変わりはじめたときだ。家のそれぞれの部分を別々のものと考えるのをやめて、全体をひとつの家と考えるようになったとき。妹はまだすぐうしろについて来ていて、壁板と壁とのあいだのすきまにいまだ魅せられ、コンクリートの階段に入ったひびの曲がり具合、ねじれ具合に惹かれていた。家があるということを知らないわけではなかったけれど、小さいいろんな部分の方が妹には全体より大事だった。でも彼にとっては、その反対になってきていた。

それで彼は、うしろに下がりはじめた。庭をうしろに、家全体が一度に見渡せるところまで下がっていった。妹は怪訝そうな顔で彼を見て、あれこれ言って彼を引き戻そう、何か小さなものにかかわらせようと企てた。少しのあいだ、彼もそれに合わせて、妹がいま触っている表面とか、いま見ている影とかの意味を物語に仕立て、妹がふりに浸れるようそれを語った。けれどそのうちに、また何となく離れてしまった。この家に、家全体に、彼を不安にさせるものがあったのだ。でもなぜ？　ほかの家と同じじゃないのか？

妹は、見れば彼の横に立って、彼をじっと見ていた。彼はそれを妹に説明しようとした。自分を惹きつけてやまないものを何とか言葉にしようとした。**この家はさ**と彼は妹に言った。**少し変わってるんだよ。何かが違って……**だが、妹の目つきを見ると、これも遊びなんだ、お兄ちゃんがお話を作ってるんだと思っているのがわかった。

「何が見えてるの？」妹はニタニタ笑いながら訊いた。

いいじゃないかと彼は思った。遊びにしちゃえばいいじゃないか。

「お前には何が見えてる？」と彼は妹に訊いた。

ニタニタ笑いが少し揺らいだが、妹は彼を見るのをやめて、家をじっと見た。

「家が、見える」と妹は言った。

「何か変なところはあるかい？」と彼は促した。

妹はうなずいて、それでいいんだよねと問うように兄の顔を見た。

「どこが変だい？」と彼は訊いた。

妹の眉が握りこぶしみたいにぎゅっと締まった。「わかんない」しばらく見てからやっとそう言った。「窓かな？」

「窓がどうした？」

「お兄ちゃんやってよ」と妹は言った。「その方が面白い」

彼はため息をついて、それから、考えるふりをした。「窓が、なんか変なんだよな」と彼は言った。「ていうか、窓そのものじゃなくて、窓の数」。妹はにこにこ笑って続きを待っている。「問題は窓の数だ。外側の窓が、内側よりひとつ多いんだ」

彼は片手で自分の口を覆った。妹はにこにこ笑ってうなずいていたが、彼はもうそれ以上この遊びを続けられなかった。なぜなら、そう、まさにそれこそが問題だったからだ。外側の窓が、内側よりひとつ多い。いままでずっと、自分がそのことを見きわめようとしていたのだと彼は悟った。

3

だが、確かめないといけない。彼は妹を家のなかに入らせて、部屋から部屋を移動させ、それぞれの窓から手を振らせた。一階は大丈夫だった。毎回ちゃんと妹が見える。けれども、改造した屋根裏の、角のすぐ近くに、どうしても妹の姿が見えない窓がひとつあった。

小さな、丸い窓で、たぶん直径にして五十センチもない。ガラスは色が濃くて波打っていた。それが彼の指ぐらい太い金属の帯で固定してあって、全体がくすんだ、鉛っぽい縁に囲まれていた。

彼は家のなかに入って階段をのぼり、自分で窓を探したが、どこにもなかった。でもまた外に出てみると、やっぱりそこにあった。

しばらくのあいだ、自分が言葉にしたせいでこの問題に命を与えてしまったんじゃないかという気がした。もし何も言ったりしなかったら、半分窓はそこにないんじゃないか。そんなこと、あり得るだろうか？　そうは思えない。この世界はそういうふうには出来ていないはずだ。けれどもっとあと、大人になってからも、ふと気がつくと、やっぱりあれは自分のせいじゃないのか、自分が何かやったせい――あるいは言ったせい――じゃないだろうかと自問しているのだった。

半分窓をぼんやり見上げていると、彼がまだごく幼い、たぶん三つか四つだった、父が出ていったすぐあと、妹が生まれるすぐ前のころに祖母から聞かされた話を思い出した。はっきりは覚えていなかったけれど、窓に関係ある話だったことは覚えていた。あたしが育ったところではね、と祖母は言った。窓、ウインドウとは言わなかったんだ、別の名前があったんだよ。彼はその名前を思い出せなかったが、Vで始まるということは覚えていた。祖母はその言葉を口にし、それから、ど

ういう意味だかわかるかい？と訊いたのだった。彼は首を横に振った。祖母はその言葉をもう一度、もっとゆっくりくり返した。

「前半分はね」と祖母は言ったのだった。「風、ウインドっていう意味なんだ。うしろ半分は、目、アイっていう意味」。祖母自身の目は青白い、揺るがない目だった。祖母はそんな目で彼を見た。「窓っていうのは風の目にもなる。これは大事なことなんだよ」


　それで彼と妹は、窓をそう呼んだ。風の目、と。風が家のなかを見るってことなんだ、だからぜんぜん窓なんかじゃないんだよ、と彼は妹に言った。だから当然そこから外を見たりはできないわけさ、窓なんかじゃ全然なくて、風の目なんだからね。

　妹にあれこれ質問されるんじゃないかと心配だったが、何も訊かれなかった。やがて、もう一度見てみよう、窓じゃないことを確かめようと、二人で家のなかに入った。でも内側にはやはり、それはなかった。

　それから、もっと詳しく調べてみることにした。どの窓がそれに一番近いか考えて、その窓を開け、二人で外に身を乗り出した。それは、そこにあった。十分外に乗り出せばそれが見えたし、もう少しで触れそうだった。

「あたし、届くよ」と妹が言った。「この窓枠に乗って、お兄ちゃんが脚を押さえてくれたら、体を伸ばして触れるよ」

「駄目だよ」と彼は言いかけたが、怖いもの知らずの妹はもうすでに窓枠にのぼって身を乗り出しはじめていた。妹が落ちないようにと、彼は腕を妹の両脚に巻きつけた。いまにも妹を家のなかに引き戻そうとしたところで、妹がさらに身を乗り出した。妹の指が風の目に触れるのを彼は見た。

それから、あたかも妹が溶けて煙になって、風の目のなかに吸い込まれたみたいだった。妹はいなくなった。

4

母親が見つかるまでずいぶん時間がかかった。家のなかにはいなかったし、庭に出てもいなかった。隣のジョーゲンセン家に行ってみて、それからオールレッド家、ダンフォード家にも行ってみた。母親はどこにもいなかった。それで彼が息を切らして家に駆け戻ると、なぜか母はもうそこにいて、カウチに寝そべって本を読んでいた。

「どうしたの？」と母が訊いた。

彼は精一杯説明を試みた。**誰ですって？**と母はまず訊ねた。それから、**もっとゆっくりもういっぺん話してちょうだい**と言い、それから、**でもそれって誰のこと？**と言った。それから、彼がもう一度説明すると、奇妙な笑みを浮かべて母は言った。

「だってあんた、妹なんていないじゃない」

だがもちろん、彼には妹がいたのだ。どうして母はそんなことも忘れてしまったのか？　どうなってるんだ？　妹がどんな子供か、どんな見かけか、彼は説明を試みたが、母親は首を振るばかりだった。

「いいえ」母はきっぱりと言った。「あんたには妹なんていないわよ。いたことなんかないのよ。いいふりをするのはやめなさい。ほんとはいったい何の話なの？」

そう言われて彼は、ここはすごく慎重にやらなくちゃいけないと思った。言葉にはすごく気をつけなくちゃいけない。息の吸い方を間違えたら、世界のまたどこかが消えてしまうと思った。

さんざん喋った末に、風の目を、ウインドアイを見せようと、彼は母親を外に連れ出そうとした。「窓のこと、ウインドウのことね」と母が言った。声が大きくなってきていた。

「違うよ」と彼は言った。彼もだんだんヒステリックになってきていた。「ウインドウじゃないよ。ウ、イ、ン、ド、ア、イ、だよ」。そうして母の手を握って、玄関まで引っぱっていった。だが、これも間違いだった。彼がどの窓を指しても、それが家のなかのどこにあるか、母はちゃんと言ってみせたのだ。ウインドアイは、妹と同じく、もうなくなっていた。

だが彼は、ちゃんとあったんだと言いはり、僕には妹がいたんだと言いはった。こうして、本当につらい日々が始まったのだった。

5

その後の長い年月のなか、ほとんど確信する瞬間、ほとんどそう考える瞬間があった——自分には妹なんていたことないんだ、そう思うことが時には何週間も何か月も続いた。そう考えた方が、かつては妹が生きていてもしかしたら自分が一因でもはや生きていなくなったのだと考えるより楽だっただろう。生きていないというのは、死んでいるというのとは違うと彼は思っていた。死んでいるよりずっと、ずっと悪い。何年か、妹のことを現実の存在と見てかつ架空の存在と見て時にはそのどちらでもないと見た、まるきり見境のない時期もあった。だが結局、それでもなお妹の実在を信じつづけた理由は——子どものころ何人も医者がやって来たにもかかわらず、この件が彼と母とのあいだに亀裂をもたらしたにもかかわらず、長年治療を強制されいろんな薬を飲まされて頭のなかに濡れた砂が詰まっているみたいな気になり果てたにもかかわらず、そして何年ものあいだもう治ったふりをしつづけねばならなかったにもかかわらず――それでもなお妹の実在を信じつづけた理由は、要するに信じているのは自分一人だという事実だった。もし彼が信じるのをやめたら、妹にどんな望みが残るというのか？

　こうして彼は、母親が死んでしまい彼自身も老いて独り身になってからもなお、ふと気がつけば妹の身を案じ、妹はいったいどうなったんだろうと自問しているのだった。そして彼はまた、いつの日か妹はひょっこりまた現われるのだろうか、昔と同じ幼い姿で、二人でやっていた遊びを再開しようと現われるのだろうか、と考えた。ひょっとしたらあっさりまたそこに出現して、ちっぽけな指をヒマラヤスギの壁板の裏側に押し込み、期待を込めた目で彼をじっと見ているだろうか。自分が何に触っているか兄が言ってくれるのを、家と壁板とにはさまれてじっとひそんでいるものを言い表わす言葉を兄がつくってくれるのを待っているだろうか。

「何なんだい？」と彼は杖に寄りかかり、しゃがれた声で訊くだろう。

「何かある」と妹は言うだろう。「これって何かな？」

　そうして彼は、それを言葉にしはじめるだろう。**赤い感じかい？　血は温かかい、それとも冷たい感じ？　丸いかい？　ガラスみたいにつるつるかい？**　その間ずっと、いま言葉にしているもののことではなく背後で吹く風のことを自分が考えているだろうと彼にはわかった。いまうしろを向いたら、風の奇妙な、悪意ある目がこっちをじっと見ているだろうか、そう彼は考えるだろう。

　大した望みではないが、望みとしてはそれが精一杯なのだ。おそらくは、それすらも得られはしないだろう。おそらくは、妹なんて現われないだろうし風も現われないだろう。おそらくは、いま生きている生をこれからも抱え込んだまま、彼自身死ぬか生きていなくなるかまでの日々を過ごすのだろう。

二番目の少年　*The Second Boy*

　ある種の闇がすさまじい速さで迫ってきて彼らの不意を突いた。それとともに風も吹いてきて雪を氷の殻で覆い、寒さはいまやパリッと硬いものになった。歩いていると雪がまた降り出し、じきレピンにはもう山道が見えなくなった。ディアクの姿もほとんど見えず、完全に見失われる直前のおぼろげな形でしかなかった。

「止まった方がよくないか？」とレピンは訊いた。

　だがディアクにはその踏んぎりがつかないようだった。彼は首を横に振った。きっとまだ山道の形跡があるはずだし、自分たちはたぶんまだ道から逸れてはいないのだ――逸れているとしてもそんなに大きく逸れていないか、じきまた見つかるかするはずだ。さもなければ、じき明かりが見えて、それをめざして歩いていけるかもしれない。

　風のせいで、ディアクが何と言っているのか、レピンには切れぎれにしか聞きとれなかった。すぐうしろを、レピンはとぼとぼ歩きつづけた。風はますます強くなって、指がだんだん麻痺してくるのがわかった。なおも歩いていると、やがて指の感覚がまったくなくなった。

「すごく寒いよ」とレピンはしばらくしてから言った。「止まるしかないよ」

はじめその言葉は風にかき消されてディアクには届かなかった。レピンは仕方なく足を速め、片腕をディアクの肩に回し彼の耳に口をくっつけて叫んだ。それでもまだ、ディアクは一瞬何も反応しなかった。だが次の瞬間、短く、そっけなくうなずいたので、これでディアクも折れたのだとレピンは思った。

だがそうではなかった。レピンが腕を離したあともディアクはそのまま歩きつづけた。一瞬ののちレピンは、ほかにどうしたらいいかもわからず、ついて行った。

吹き寄せた雪はひどく深く、時おり氷の殻が割れるとレピンは太腿まで沈んでしまった。氷の下の雪は粉っぽく、何もかもにくっついた。両足の骨がずきずき痛むのがわかったが、やがてそれも通り越して足がまったく感じられなくなった。ここはどこで、自分は誰なのか、それすら忘れずにいるのは難しかった。

ディアクは少し前を、背も硬く決然と前進していた。その姿は漠として、どこか遠く感じられ、やがてほとんど影でしかなくなった。それから、宙を舞う雪も濃くなっていくなか、ディアクが突然いなくなった。レピンは一度大声で呼んだが、ディアクには聞こえなかった。あるいは聞こえたとしても止まらなかった。

レピンは待った。足を踏みならしながら、自分がいなくなったことにディアクは気づいて引き返してくるだろうかと考えた。だが結局引き返してこないので、あとを追うことにした。

嵐はなおも強まっていた。闇と寒さに包まれて、ディアクの足跡は見つからなかった。レピンは自分が正しい方向に進んでいるかどうかもよくわからなかった。体が快適に温かく思えることに気づいて彼は驚いてしまった。顔もやはり温かいような気がしたが、そのことがはっきり感じとれたわけではなかった。これはもう、雪のなかにシェルターを作るのがいいのではないか。小さな洞窟を、穴を掘って、嵐が過ぎるのを待つべきではないか。

だがそうせずに彼はよたよた進み、動きつづけた。まるで自分ではなく誰か他人が歩いているみたいだった。一個の肉体が、舵もなく、己の力に衝き動かされるまま、闇雲に前進していく。彼はその肉体にしがみつくのをやめた。単に漠然とつながっていればいいと思った。

しばらくそんな状態が続いて、自分の周りで何が起きているのかレピンにはますますわからなくなり、そのうちに木の幹にぶつかって、雪がどさっと大量に頭に落ちてきた。枝が一本折れて、横から首に食い込んだ。首がはっきり感じられはしなかったが、そこにはいままでの濡れ方とは違う濡れ方があったし、かすかに匂いもあった。けれどそれも、自分の想像の産物、その場のデッチ上げだとしても不思議はなかった。とにかく暗くて何も見えないし、手も顔も麻痺して何も感じられないのだから。

周りにはほかにも木がたくさんあることが、じきにわかってきた。一本、また一本、また一本と出遭った。苦労してポケットからライターを取り出し、手袋をはめた指が火を点けようとするのをレピンは見守り、やがてその企てが成功したことに驚いてしまった。片手を丸めて炎を覆い、下を見るとほとんど雪はなく地面がほぼ露出していた。松の針葉と、枯れた草木と泥とが作る模様が、森の縞のあいだを蜘蛛が動くみたいにくねくねのびていた。

レピンはブーツの爪先で地面をつついた。場所によってはまだ硬く、一個の均質な有機体のように思えた。また場所によっては枯葉などを一緒にまとめられるほど氷がしっかりしておらず、地面がゆっくりぼろぼろ崩れた。

そんなことを続けているうちに、柔らかでおおむね乾いた広い一画に行きあたった。これなら広葉や針葉をブーツで押してひとつの山にまとめることができる。それが出来上がると、山のすきまにライターの火を持っていくのは訳なかった。だんだんくすぶってきて、パチパチ鳴り火が点いた。レピンはなおも針葉や広葉を引き抜き、火にくべていった。やがて炎は十分高くなって、レピンが立ち上がってそばの木々の樹皮を剝がせるようになった。

樹皮の裏側には地虫の這った跡が筋になっていた。黒い突起があちこちにあって、樹皮に火が点くとその丸まりが広がってもぞもぞ動き出し、小さな黒い虫となって狂ったように回転し、やがてジュージュー音を立てて消えた。けれどそれも、レピンが幻覚を見ているだけかもしれない。脳のあちこちが、寒さのあまり鈍くなって死につつあるのかもしれない。そういうことは考えないようにし、慎重にくべていく木の塊をだんだん大きくしていって、やがて燃えさかる焚火が出来上がった。

一時間後にはもう、ちょうど中に這って入れるくらいのシェルターが出来ていた。焚火の光で周りじゅうの木々が見えたが、どこで森が終わるのかも、自分がどこから来たのかもわからなかった。ブーツと手袋はもうさっき脱いで、焚火のかたわらに並べられ、ゆっくり湯気を立てていた。手や足に少しずつ感覚が戻ってきて、手指も足指も蠅の群れにくり返し嚙まれているみたいに感じられた。顔がずきずき疼いた。目を動かすたび眼窩(がんか)に当たってごしごしこすれる気がした。レピンは焚火にもっと薪をくべ、それからゆっくりシェルターのなかに身を横たえて、炎をじっと見つめ、じきに、ほとんど自覚もないまま眠りに落ちていた。

ぶるぶる震えながら目が覚めた。即席のシェルターの出入口のすぐ先に見える焚火は、薪もあらかた燃えてもうほとんど消えていた。**起きて先へ進まなくちゃ**とレピンは思ったが、ぶるぶる震えてはいても、動くということを想像するのはひどく困難だった。

　もしかすると少しのあいだ、目をわずかに開けたまま眠ったのかもしれない。それとも、時間なんてほとんど経っていないのか。とにかくレピンは突然、焚火がまた勢いよく燃え出して自分がもう震えていないことに気づいた。何かがレピンを揺さぶっていた。一方の足を、前後に揺さぶっている。目の焦点が合うとそこにディアクがいた。

「どうやって俺を見つけた？」とレピンは訊いた。

「入れてくれよ」とディアクが言った。

「スペースがないよ」とレピンは言った。「一人で精一杯だ」

「そんなことないさ」とディアクは言い、ぐいぐいレピンの両脚にそって押し入ってきた。シェルター全体がうめくような音を立て、いまにもばらばらに崩れてしまいそうだったが、やがて両側の大枝小枝が滑って収まり、シェルターはほぼ無傷のまま残った。ディアクは体の一方を壁に押しつけ、もう一方をレピンの脚と胸に押しつけていた。その体はひどく冷たく、中に入ってくるとコートとズボンにくっついた雪が融けはじめた。

「濡れた服、脱げよ」とレピンは言った。

「ここに入るだけで大変だったんだぜ」とディアクは言った。「これで精一杯さ」

「俺、凍えそうだよ」とレピンは言った。

「わかった」とディアクは言った。「ちょっと待ってくれ」

　だがディアクはそこに横たわったまま、動かなかった。**こいつ、どうなってるんだ？**とレピンは考え、それから、**俺はどうなってるんだ？**と考えずにいられなかった。

ディアクは隣でただ横たわり、喋りも動きもしなかった。

「ディアク」とレピンは言った。ディアクが反応しないとレピンは彼の名を、今度はもっと大声でくり返した。

「何だ?」とディアクはささやいた。口がどこかレピンの右耳近くにあった。

「どうやって俺を見つけた?」

「え?」

「どうやって俺を見つけたんだ?」

「お前、どうなってるんだ?」とディアクは訊いた。

「どういう意味だ?」とレピンは仰天して訊いた。

「もうその質問には答えたぞ」とディアクは言った。

「いや、答えてない」とレピンは声を張り上げた。それから、ディアクが返事をせずにいると、手をのばしてその額をとんと叩いた。「もう一度答えろ」とレピンは言った。

「俺はお前を見つけた」とディアクはささやいた。「それで十分じゃないか?」

何に十分なんだ?とレピンは考え、それから、怖くなって、その思いがゆっくり漂い出ていくに任せた。

「おはなしをしてくれよ」ディアクが少し経ってから言った。さっきと同じ単調なささやき声だった。シェルターの天井をディアクはじっと見上げ、目はほとんどまばたきもしなかった。ちらつく光のなかで、鼻や口も見きわめがたかった。

「おはなし?」レピンは訊いた。「何のおはなしだ?」

「俺が体を温めてるあいだにさ」ディアクは言った。「おはなしを」

「だって俺、おはなしなんてひとつも知らないよ」レピンは言った。「もっと焚火に寄れよ」と彼は言った。「シェルターから出て、焚火に寄れよ。その方が体が温まる」

「じきにそうするよ」ディアクは言った。

レピンは待った。ディアクは動かなかった。結局レピンの方からディアクを押した。

「おはなし」ディアクは言った。

「おはなしなんて知らないよ」レピンはまた言った。「もう言っただろ」

長い沈黙があった。きっと眠ったんだなとレピンは思った。レピンの体はもう震えていなかった。震えているとしてもほんの少しだった。ディアクの体が温まってきたのか、レピンが慣れてきたのか。

「わかった」ディアクが突然言った。「じゃあ俺がおはなしをする」


「昔むかし、一人の幼い少年が洞窟で迷子になった」とディアクは言った。

「少年って誰だ？」レピンは突然びくついて訊いた。「その子、名前はあったのか？　洞窟ってどこにあったんだ？」

「少年が誰だかは重要じゃない」ディアクは言った。「いや、ある意味では重要だな。少なくともどっちの少年かは。だが名前はまったくどうでもいい。それに場所もまったくどうでもいい。洞窟があったというだけで十分だ」

「どうして重要じゃない？」

ディアクはレピンの方になかば首を傾げた。これがなぜかレピンを落着かなくさせた。「実際、重要なことなんてほとんど何もないんだ」ディアクは言った。「とにかくそうなってるんだよ」

昔むかし、一人の少年が洞窟で迷子になった。洞窟というか、クレバスだな。もう一人の少年と一緒に山の上に来ていて、足を滑らせてそこへ落ちたんだ。二番目の少年は何マイルか走って町へ帰り、助けを連れて戻ってきた。

彼らが戻ってきたころには、あたりはもう暗くなっていた。みんなでクレバスを探したが見つからなかった。二番目の少年はさっきはパニックに陥っていたせいで道を記憶しておくのを怠っていたし、町の人々も誰一人、少年がもう一人と一緒にいたと言い張るクレバスなんて見たことも聞いたこともなかった。二番目の少年はあちこち探しつづけたが何も見つからなかった。一言述べておくべきだろうが、ここは苛酷な土地、厳格な苛酷さを帯びた土地だった。空気の乾燥した山岳地帯に時おり生じる奇妙な音響的特質のせいで、連れてきた大人たちより耳もよかった二番目の少年には一番目の少年のかすかな叫び声が聞こえたが、叫びがどこから来ているかはわからなかった。実際、それはあらゆるところから同時に発しているように思われた。それで少年は、ある方向にパッと飛び出しては躊躇し、また全然別の方向に動くのだった。「聞こえない？」と彼は何度も捜索に来てくれた人たちに訊いた。「あいつの声が聞こえない？」。けれど誰にも聞こえなかった。しばらくすると、二番目の少年は、自分の聞いている声が本当に友だちのものなのか自信がなくなってきた。実はただの風じゃないのか。それとも、もっと悪いことに、自分の頭の内部に閉じ込められた、ただの雑音じゃないのか。

夜の半分がそんなふうに過ぎて、ほぼ全員がひとまずあきらめ、翌朝捜索を再開するつもりで家へ休みに帰った。一人だけ残ったのは、大柄の静かな男だった。髪は黒く、唇は厚くて色も濃く、まなざしは陰鬱に暗く、若い男の子を偏愛するという噂の人物だった。

「これってどういうおはなしだよ？」レピンは思わず言った。

「いまにわかる」とディアクは言い、また少しレピンの方へ体を向け、青い唇でにっこり微笑んだ。

「いまにわかるって」

男は肩からロープを垂らしてそこに立ち、二番目の少年が行ったり来たりするのを眺めていた。そのうちに腰を下ろし、火を熾しにかかった。二番目の少年がふたたび前を通ると、男は自分の横の地面をぽんぽん叩き、「ちょっと座りなさい。何か別のことを考えるといい。そうしたら友だちの居場所がわかるかもしれないよ」と言った。

それで二番目の少年はそのとおりにした。男の噂は聞いていたので、あまり近くではなく、焚火をはさんで向かい側に腰を下ろした。さっさと一人で探しに行きたかったが、男はロープを持っている。もしクレバスが見つかったら、友を探しに降りていくのにロープが要るだろう。

「何の」と男は訊いた。「話がしたい？」

少年は焚火の向こう側にうずくまったまま、一言も言わなかった。

「じゃあ、おはなしをしてくれよ」と男は言った。

二番目の少年は焚火に見入り、それから闇に見入った。いまもかすかに友の叫び声が聞こえた。

「おはなしなんて知らないよ」少年はしばらくしてから言った。

「そんなことないさ」男は言った。「誰だってひとつはおはなしを知ってる」

レピンは聞きながら、突然すごく怖くなってきた。

「じゃあ私がおはなしをしてやろう」とディアクは言った、というかディアクのおはなしのなかの男、彼がレピンに聞かせているおはなしのなかの男が言った。

「やめろ」とレピンは言った。

だがディアクはやめなかった。男が何を話したかはよくわからないとディアクは言い、声がさっきより力強くなっていた。まあそれは重要じゃないと思う。重要なのは、そのお話が二番目の少年の胸の内にじわじわ入り込んでいったことだ。初めて聞く話なのに、何だか前にも聞いたことがあるみたいに思えた。そこには緩慢な容赦なさのようなものがあった。この話には、じわじわ着実に、それにたどり着くことがひどく悪いことである何ものかに近づきつつあるという感触があった。俺もこの話についてはいろんなことを知っている。聞き手には意味があるのかないのかよくわからない、ばらばらに散らばった断片のようなものを。この話にはぽっちゃりした指の男が一人いて、決定的な瞬間にそいつが背が籐の椅子からゆっくり転げ落ちた。死んでいた。手のひらに鏡を水平に載せた男がいて、周りの物を見るにもそれらの鏡像しか見なかった。小さな、しなびた生き物がいて、毛のない猿だったのかもしれないし一種おそろしく小さくひどく年老いた女性だったかもしれず、とにかくその猿だか女性だかを、ほかのもっと大きい毛のない猿たちだかしなびた老婆たちだかが人形みたいに運んで回り、時おり何やら、**悪魔を見たよ、真っ赤な悪魔、真っ赤な悪魔**と聞こえる音をそれに向かってささやいた。そしてこうしたことを話しながら、男は少年に向かって片手をのばしてきた。

　語り手が手をのばしてくるのを見たとたん、二番目の少年は、物語がいまや、そこにたどり着くことがひどく悪いことである場所にあまりに近づいた気がして、闇のなかへ飛び出していった。男は驚いて、声を上げながらあとを追った。あるいは二番目の少年にはそう思えた。**真っ赤な悪魔**と彼は何度も考えた。心臓が早鐘のように打っていた。**真っ赤な悪魔**。そしてまさに、何を探しているかもすっかり忘れてしまったころに、深い溝の真ん前に出た。闇のなかでも、とうとう見つかったことがわかった。

　次の瞬間、ゼイゼイ喘ぎながら男が現われた。

　男は息を整えようと前かがみになって、両手を膝に当て、何も言わずにうなずいた。それから、元来た道をたどって焚火に戻り、巻いたロープを手にとって、燃えている枝を一本、炎のなかから取り出した。少年の叫び声を――今回は二番目の少年の叫び声だ――頼りに男は戻っていった。

「ここだよ」二番目の少年はあっさり言った。

　それは全然、クレバスでも深い溝でも洞窟でもなかった。まあでもこの子にはそう思えるのかもしれないな、と男は思った。むしろ裂け目、地面に生じた破れ目だった。それが藪によって部分的に隠されている。きっとだからこそ、そもそも一番目の少年にはそれが見えず、中に落ちてしまったのだ。要するに、ただの穴だった。

「なんでこんな話、聞かせるんだよ?」とレピンは訊いた。

　男はとディアクは話を続けた、一本のごつごつの木の幹にロープを巻きつけ、そのとぐろを解いて穴に落としていった。それから、燃える枝とロープを同時に握って中へ降りていった。はじめ少し垂直に降りると、あとはずっと下り坂だった。それだけは穴の上にいる少年にも見えた。それから男が視界から消え、穴のなかの光もじわじわ見えなくなった。

　穴の上で、寒さと静けさと闇のなか、二番目の少年はどれくらいの時間待っただろう? 長いあいだ、穴の闇をじっと見下ろしていた。それから仰向けに横たわり、寒さに手も足も疼くなかで闇を見上げ、頭上の星々の渦を見上げた。そしてあるいは目を閉じて少しのあいだ眠ったのかもしれないし、そうではなかったかもしれない。とにかく、そのうちとうとう、音と光がやって来て、ふたたび見てみると、穴の底で擦られた一本のマッチの炎が、男のおぼろげな姿を浮かび上がらせていた。一番目の少年の体を、一方の肩に負っている。

「生きてるの？」と二番目の少年が上から呼びかけた。

ああと男は言い放った。この子をロープの端に縛りつけて、この底に寝かせていく、と男は言った。まず私だけ這い上がるから、そしたら君と二人で引き揚げよう。

彼らはそのとおりにした。それを終えると、火を熾した。そこで初めて、二番目の少年は、男と二人でロープをたぐり寄せて深い溝から引き揚げた少年が、落ちた少年ではなく、見たこともない少年であることに気がついた。


朝になり、焚火はとうに消え、レピンの体はほとんど凍りついて、末端はどこも何の感覚もなかった。ひどく腹が減っていた。鈍い輝きが見えてくるまで灰をつっつき、それから扇いで、周りで見つかるわずかばかりの乾いた木や葉をくべた。まもなく体は温まってきたが、顔のあちこちはまだ感覚がなかったし、あればあったで刺すように痛んだ。両手は麻痺してぎこちなく、手に物を摑ませるのは困難だった。片方の手首の、手袋とコートの袖口が出会うところは水ぶくれの帯に覆われ、血に染まって腫れ上がっていた。

少しは人間に戻った気がしたところで、出発した。

森は四方に等しく広がっているように思えた。自分がどこから、どっちから来たかももうわからなかった。町は大まかに言って東か南東にあるはずだが、大空一面、雲にすっかり覆われて、どこに太陽があるかも見きわめがたかった。雪はまだ降っていて、ふるいを通るように枝のあいだから落ちてきた。**空を見たよ**と彼は思った、**真っ白な空、真っ白な空**。というかむしろ灰色。ひどく陰鬱で、無表情で。

長いあいだ歩いたが、いっこうに森の果てに出られなかった。間違った方向に来てしまったんだと思い、針路を変えて、またもう少し歩いた。疲れていて、手も足も顔もふたたび凍っていた。歩きつづけるのは困難だった。ずいぶん長く歩いたのに、まだどこにもたどり着いていない。むしろ、周りの木々はますます密になって迫ってきた。

次にどこへ行くべきか、手がかりを求めてあたりを見回した。木々が四方とも同じに見えたわけではないが、さりとて何かを読み解けるような具合に違ってもいなかった。それらはただ木々だった。これまでたどってきた針路から少し逸れる方向に彼は歩きはじめた。

そんなふうに一日じゅう歩きつづけて、日暮れ近く、絶望に包まれていると、雪のなかにひと連なりの足跡が見つかり、彼はそれを後戻りする形で、ドキドキ高鳴る胸を抱えてたどって行ったが、結局行きついたのは焚火の灰と、半分崩れたシェルターだけで、しばらくしてからやっと、それが自分のものだと気がついた。

シェルターをもう一度、今度はもっと丈夫なのを、焚火のもっと近くに作った。ひどく腹が減っていたが、それはどうしようもなかった。灰を使って火を熾し、乾いた枝や葉を、一晩じゅう持つくらい集めた。それから、炎のすぐそばに座り込み、手袋とブーツを脱いで、体を温めにかかった。見れば靴下の片方は血に染まっていた。湯気を立てて乾いていくとともに、毛糸から嫌な臭いが立ちのぼった。やがて、その自覚もなく、焚火を見つめたまま彼は眠りに落ちていた。

目が覚めると、焚火はまだ燃えていたが、勢いは弱まっていた。かたわらから木切れを取り上げ、燃えさしの上に載せて、回れ右してシェルターのなかにもぐり込んだ。

入っていく途中、何か冷たいものに触れた。

「いつ来るかと思ってた」ディアクが言った。

レピンは何も言わなかった。

「スペースがないよ」ディアクは言った。「一人で精一杯だ」

レピンはひどくゆっくり、両膝をついたまま、あとずさりしてシェルターから出ていった。外に出ると、手袋とブーツを手にとり、焚火の向こう側へ持っていった。

しばらくすると、ディアクも這い出てきた。ひどくのろのろ動いていた。その肌は焚火の光を浴びても並外れて青白く、ほとんど透明に見えた。レピンは炎の向こうから彼の動きを見守った。

「どうやって俺を見つけた？」レピンは訊いた。

「シェルターに戻れよ」ディアクは言った。「さっきは言い違えた。スペース、十分あるよ」

「ここにいた方がいい」レピンは言った。

ディアクはゆっくりと体を回していき、最後は座る姿勢になった。両脚を交叉させて、その上に座り込み、ほとんど動かなかった。

焚火にあたっているのに、両手両脚と顔が麻痺していくのをレピンは感じた。

「どうやって俺を見つけた？」レピンはそう訊ねるのをやめられなかった。

「もうその質問には答えたぞ」とディアクは言って、にっこり笑った。

答えてなんかいないとレピンは思った。**それとも答えたのか？　いったいどうなってるんだ？**

「俺はお前を見つけた」長い間のあとでディアクは言った。「それで十分じゃないか？」

レピンは目を閉じ、両手で顔を覆った。気を取り直そうとしばらくその姿勢にとどまったが、両手を下ろして目を開けてみると、ディアクはまだそこにいて、落着いて、レピンから目を離さず、まだ待っていた。

「おはなしをしてくれよ」とディアクは言った。ほとんどささやきと言うべき小声だった。その目も肌と同じく青白くなったことにレピンは気がついた。暗いのに瞳孔は縮んでほとんど消滅し、虹彩は覚えているよりずっと薄い青だった。ほとんど白と言ってもいいくらいだ。

「おはなし？」レピンは訊いた。「何のおはなしだ？」


だが結局おはなしを語ったのはディアクだった。前の晩に語ったのと、ほぼ一言一句違わぬ同じ物語で、息継ぎに言葉を切るタイミングまで同じだった。ある意味でレピンにとっては、同じ話を一から聞き直すようなものだったが、別の意味ではもっとずっと悪かった。話は昨夜の順番に従い、その進行に沿っているのだけれど、すでにその話を知っているがゆえに、始めから終わりまですべての瞬間が彼の頭のなかで同時に存在していたのである。彼の頭のなかで、毛のない猿だかひどく小さい老女だかが**悪魔を見たよ、真っ赤な悪魔、真っ赤な悪魔**とえんえん言いつづけた。彼の頭のなかで、男はつねに穴に降りていき、つねに間違った少年を連れて戻ってきた。

だが今回は、ディアクが話し終えると、レピンはまだ背筋をのばしたまま焚火の前に座り、まだ眠っていなかった。二人は座ったままじっとたがいを見合った。

「なんでこんな話、聞かせるんだ？」レピンがしばらくしてから訊いた。

ディアクはにっこり笑った。「お前、ちゃんと聞いてなかったな。聞いてたらわかるはずだ」

レピンは続きを待ったが、ディアクはもう何も言わなかった。やっとレピンが、まあ何も言わないわけにも行かないしという気持ちで訊いた。

「あんたはどっちの少年だ？」

　ディアクは首を振った。「お前はいまそのことを訊くべきじゃない」と彼は言った。「いま訊くべきなのは、いいか、お前がどっちの少年かっていうことだ」

「そのあとどうなったんだ？」とレピンは、焚火が消えはじめたところで訊いた。

「そのあとって？」

「話がさ」とレピンは言った。「そこから話はどこへ行くんだ？」

「それで終わりだよ」とディアクは言った。「終わらないっていう終わりだよ」

「だけどその少年は誰なんだ？」とレピンは訊いた。

「もういまは少年が三人いる」とディアクは言った。「どの少年のこと言ってるんだ？」

　レピンは途方に暮れて、意味のない身ぶりをした。「三人目って誰だ？　一人目はどうなったんだ？」

「一人目はいなくなった」とディアクは言った。声はいまやひどくソフトで、ほとんどささやき声だった。

「でもどこへ？」とレピンは訊いた。自分がほとんど絶叫していることを自覚した。「どこへ行ったんだ？」

「三番目の少年については」とディアクは言った。「一番目と同じ子だというふりをするということでみんなが同意した」

「ほんとにそうだったのか？」

「そうだというふりをすることでみんなが同意した」

　レピンは首を振った。ふたたび顔を上げると、ディアクがこっちをじっと見ていた。

「もう一度話そうか？」とディアクは訊いた。

レピンにはもう耐えられなかった。けれども、闇へ飛び出していく代わりに、気がつけば彼は焚火を跳び越えていた。両手が相手の男の喉を捕らえ、絞めつけていった。ディアクは何ら抵抗せず、目はあくまで開けたまま相手の顔をじっと見据えていた。肌はレピンには想像もつかないほど冷たかった。ディアクはレピンに協力しているようにすら思えた。レピンがディアクの上に馬乗りになると、抗いもせず進んで地面にくずおれたのだ。

一方レピンは、力一杯絞めつけながら、何も起きていないような気がするという事実を無視しようと努めていた。


「なぜだ？」とディアクが、しばらくしてからやっと訊いた。

「なぜって、何が？」とレピンはゼイゼイ喘ぎながら応じた。

「話が終わることを、なぜあんなに熱心に望んだんだ？ ハッピーエンドになる可能性なんてないことがわからなかったのか？」

けれど時にはとレピンは思った、**事態がただ終わるだけで十分なんだ。たとえ悪い結果に終わるとしても、時にはそれが望みうる最善なんだ。時には、人生と同じく、それさえ得られないことだってあるけど。**

「それじゃどうする？」とディアクが訊いた。「ふりを続けるってことで合意するか？」

両手で喉を絞めつけられてるってのにどうしてこいつが喋りつづけられるのか俺にはさっぱりわからないとレピンは思った。声に出して「わからんね、何のことか」と言って、もっと強く絞めた。

ディアクはあははと笑った。「やれやれレピン、お前にはほんとに参るぜ」と親しげに言った。

レピンは答えなかった。ひたすらそのまま力を入れつづけた。じき朝になるだろう。そうして、まだ生きていたら、自分にもチャンスはあるかもしれない。すべてをつきとめる機会が、もう一度訪れるかもしれない。

そのときでなければ、その次の日にでも。

明日ってやつはいつだって来るんだから、とレピンは厳めしい気持ちで思った。

過程　*The Process*

全員が腰を落着けると、我々はまず世論投票（ストロー＝ポール）を行なった。二人の候補者のうち支持する方に手を上げるという単純な方法である。ジャンセンがいささか憤慨気味に述べたとおり、『ロバート制定議会規則』は世論投票を「無意味な時間の浪費」としているが、我々の大半はそんな判断に与（くみ）しなかった。少なくとも当初は。

冒頭（アップ＝フロント）で言い忘れたが、私は（自分が支持していた候補者同様、私は万事率直（アップ＝フロント）にふるまうことを己の義務と心得ている）演壇の一方の袖にいて、支持する候補者の姿をシルクスクリーン印刷したプラカードを振り、その間私の人生伴侶（ライフ＝パートナー）（彼の言い方である――私のではない）は演壇の反対側の袖に立ち、彼が支持する候補者の公式シルクスクリーン・プラカードを振っていた。私たちのあいだに立ったミセス・ライツは、まず彼の候補を支持して上がった手の海をじっくり眺め、次に、それらの手が降ろされると、今度は私の候補を支持して上がった手の海をじっくり眺めた末に、僅差すぎて判断できないと宣言した。私にも僅差すぎて判断できないように見えたが、私の人生伴侶は彼の候補者のスローガン――私たちの勝利はあなたの勝利――を叫びつづけ、それから、目が二つあったら誰だって我々の候補の勝ちだとわかる、と断言した。まあ彼自身はあいにく、崩壊期に流れ弾が当たって片目を失くしたため目は一つしかないのだが。幸いこれでミセス・ライツの判断が揺らいだりもしなかった。

ここで少し背景を説明しておこう。私は崩壊以前には私のいわゆる人生伴侶を知らなかった。彼に心を決めたのは、私がここ私たちの町に移り住み、考えを同じくする人々の中に腰を落着けて、それなりの秩序が町にもふたたび築かれたあとのことだ。だがこうして共に壇上に立っていると、どうやらここは、考えを同じくする者たちの町というより、私と私の伴侶のように、二つの異なる考えを持つ町なのではないかと思えてきた——少なくとも、この選挙に関しては。

「はい、でははっきりさせましょう」とミセス・ライツが言った。「皆さんそれぞれ、支持する候補の公式ポスターが並べて貼ってある壁の前に移動してください」

そこらじゅうで金属とプラスチックと松脂（まつやに）と木が床をこする音がして人々は席を立ち、自分たちの声が立てる低いうなりを伴奏に壁の方へ向かった。こうして全員の移動が済むと、あとはミセス・ライツが公式に数を数えるのを待つばかりだった。

彼女はそれを行なった。ところが、数え終えると、彼女は私を見て、私の伴侶を見て、首を横に振り、それからもう一度数えはじめた。

「どうしたんです？」私は訊いた。

彼女はただ首を振るだけで、そのまま数えつづけた。

私の伴侶は彼女の頭ごしに、私に向かって「私たちの勝利はあなたの勝利」と言った。笑わせるつもりなのかもしれないが、全然笑えない。だいたい私はここでずっと笑ってなんかいないし、この選挙の目的は笑って楽しむことではなく、私自身が支持する候補のスローガンの一部を借りるなら、私たちを新しい時代に導いてくれる力のある指導者を見つけることなのだ。崩壊から私たちを連れ出し、新しい時代へ、私たちがひとまずまっとうな生活を送れる時代へ導いてくれる人物を私たちは選ぼうとしている。この行程、すなわち選挙の復活と、いくつもの町が協同したシルクスクリーン産業の開発とによってしかるべき候補者を当選させ、その土台に基づいて近隣の、同盟を組んだ一連の町と新しい時代を築く。それが私たちの願いだった。

「そんな馬鹿な」と、数え終えたミセス・ライツが言った。

「どうしたんです？」私は訊いた。

ロビーがガヤガヤ騒がしくなってきていた。ミセス・ライツは手招きで私たち二人を呼びよせた。

「同数よ」と彼女はささやいた。「同数のときはどうするの？」

「同数なんてありえないぞ」と私の伴侶は言った。「これは総会だ。町に与えられた一票を、どちらか一方の候補に託して送り出す。選ばなきゃいけないんだ」

「だけど同数なんだぞ」私は言った。「同数のときはどうするんだ？」

ミセス・ライツが首を横に振った。「同数だなんて報告できないわ」彼女はささやいた。「ほかの町から、あそこの町はまだ崩壊状態にあるんだって思われてしまう。そうしたらまたバリケードを建て直して、あの暮らしに戻らないといけないのよ」

私たちは二人とも身震いした。何があろうとバリケード暮らしはもうごめんだった。

「で、どうする？」私は訊いた。

「わからない」彼女は言った。「少し時間をちょうだい」彼女は言った。「考えないと」

かくして私たち、私と伴侶はミセス・ライツの両横に立ち、彼女はじっくり考えた。彼女はもう一度数え、そしてもう一度数えた。みんな本気で候補者を支持しているか、と彼女は問いかけた。弱さ、迷いを少しでも見せたら崩壊状態の表われと見なされた十年間に育ったため、誰一人決心は揺るがなかった。ひとたびこの連中が壁に貼りついたら、何物にも剝がせはしない。

「共同体の構成員で、病気、疾患などの理由で欠席した人は？」とミセス・ライツは訊いた。

否、誰も、誰一人、いなかった。

結局、ほかに手も思いつかないので、ミセス・ライツは全員を帰宅させることにし、皆に向かって、一日かけて胸の内をじっくり眺め、そこに、すなわち心に一番近いところにどちらの候補者が本当に居ついているのか、よく見てみるよう促した。

「そんなこと、足しになると思うか？」私は伴侶にささやいた。

「いいや」彼は言った。「だが時間は稼げる」

というわけで私たち二人はプラカードを下向きに置き、何もかもそのまま残して、皆と一緒に外へ出た。ミセス・ライツが建物に施錠し、町はしばし、私たちをひとつにまとめ新しい時代へと押し出してくれるはずだった過程の途中で宙吊り状態に置かれた。伴侶と私は歩いて家に帰りながら、友好的な、ただしひどく改まった口調で話した。帰ると彼は、クッションの上に座り込んだ。私がかって知っていた犬の毛を詰めて作ったクッションだ。私は私たちの藁ぶとんの端に腰かけ、じっと伴侶を見た。

「で、どうする？」しばらく黙っていた末に私は訊いた。

「いや、過程は中断されている」と伴侶は言った。「我々は過程を、シルクスクリーンのプラカードとともに町庁舎に残して鍵をかけたんだ。いまその話はしたくない」

それで私たちは当たり障りのない話をした。私は地下に降りていって、しなびたジャガ芋二個と乾いた香草を若干携えて戻ってきて、水と一緒に鍋に投げ入れ、茹でた。二人で食べながら、伴侶はトーヴァルドから借りた本をもう一度、残った目のすぐそばに持っていって読んだ。片目を奪った銃弾のせいで、というかその銃弾が眼窩のうしろに居座ったせいで、彼は読みながら唇を動かすことを余儀なくされている。彼が私と違い、どう見てもより優れている候補者を支持していないと初めて知ったときも、ひょっとしてこれは弾丸が揺られたか滑ったかしたせいで、思った以上の悪影響を精神に及ぼしているのではと思ったものだ。そんなことを考えてしまう自分が情けなかったが、とにかく考えてしまったのである。

「けれど」しばらく黙っていたもののやっぱり自分が抑えられずに私は言った。「これってどういう意味なんだろう？　これから何が起きるんだろう？」

「もういい」と伴侶は言った。「もう沢山だ」。ゆっくり緩慢に彼は立ち上がった。トーヴァルドの本のページにしおり代わりの藁をはさむと、彼は立ち去った。

けれど私には、彼がどこへ行こうとして、誰に会うつもりなのかがわかった。私が彼に対して優位に立ったのはそのときである。物事が上手く行かないことに苛立った彼が私の許から逃げるとき、いつも会う人物に彼は会おうとしている。ドッドという名の、町の外に居住し社会から離れて生きることを選んだ数少ない人物の一人である。崩壊以前の言い方を使うなら、私の伴侶はこの人物と関係を結んでいた。

ドッドがどうやって、町の外で暮らしながらも町民、村民、あるいはより陰険な漂泊者による殺害の対象とならずに生きていられるのか、その理由はよくわからない。恐れられている、敬われている、おそらくその両方なのだろう。だがもうひとつ、ある種の悪魔、肉体を得た悪霊であるがゆえにあの男は殺そうとしても殺せないのだという噂も長年広まっていたし、住んでいる小さな掘立て小屋の中には彼を殺しに来て逆に殺された者たちの歯が四方の壁を覆っている部屋があるという噂まであった。

私としては、第一の噂については誰かがドッドを殺そうとしているのを見たことがないので肯定も否定もできない。私に言えるのは、服を脱ぐと彼は胴も太腿も傷跡だらけであり、うちいくつかはものすごく深くまで達した大きな傷と思え、少し力を入れただけでも化膿しかねないように見えた。実際、伴侶が関係を結んでいるのではと私が最初に疑ったのも、伴侶の体が血に塗(まみ)れているのを見たのがきっかけだった。血の意味するところが私にわかったのは、私自身もいわゆる関係をドッドと結んでいたからである。だが私は背信の営みを、もっと用心深く遂行していた。伴侶の背信に気づいても私は何も言わず、しばしの崩壊論理に支えられて、ドッドも黙っていてくれる限り私は己の人生伴侶に対し優位を保持するのだと悟った。

　第二の噂に関しては、そんな部屋などありはしない。実のところはそういう壁がひとつあるだけで、歯も数百にすぎない。その大半がいかにしてそこに行きついたのか、私にはわかりかねる。

　私は選挙のことを気に病みながら晩を過ごし、あれこれ思い悩んでいた。我々はどこへ行くのだろう、どうやったらしかるべく前進を遂げて崩壊の嫌疑も免(まぬが)れ、秩序ある町だというよその町からの評価を維持できるのだろうか。やがて、藁ぶとんに横たわり、眠った。

　目が覚めると、伴侶がかたわらで疲れはてて大の字になっていて、彼のいびきが私の夢を侵害しはじめていた。私は起き上がって、つねに彼の失くした片目の側に位置するよう留意して動き、毛布を体に巻きつけて外へ出た。

　人目にとまらぬよう、とまったとしてもはっきり見られぬよう用心しながら、町外れまで歩いていった。バリケードを建てたときの穴や溝がまだいくつも残っていて、部分的に崩壊したり埋められたりしたのもあるのでこれらも利用し、特にあるひとつの溝に降り立った際は相当長く中を進んでいった末にようやく這い出て、藪をかき分けて抜け、町の外に出た。

夜は暗く、ビロードの滑らかさであったが、こと視力に関しては私は我が伴侶の反対である。暗いところで彼がなかば盲目となってしまうのに対し、私自身の目は、光のわずかな断片もすべて捉え、十二分に活用する。

ドッドの小屋の扉までは短い上り坂である。私が扉をそっと引っかくと、彼はすぐさま扉を開け、目をすぼめて外を見た。

「今夜は君に会うんじゃないかと思った」とドッドは言い、私を招き入れた。

続いて生じたことに関しては、詳述したり深く考察したりする必要はない。いつもながらの人間が立てる音と体液が取り交わされた末に、やがて私たちは藁ぶとんの上に置いた蠟燭のちらつく光の中で手を腰に当てて横たわり、私は居並ぶ歯をぼんやり眺めていた。

「君が来た理由はわかる気がする」とドッドは言った。

「どんな理由です？」私は訊いた。

彼は身を乗り出し、薄笑いを浮かべた。「君のいわゆる伴侶が何もかも私に打ちあけた」とドッドは言った。「彼は私に忠告を求めた。もちろん私は彼の意に応じた」

「僕にも忠告してくれるんでしょうね」

彼は私の顔を見た。瞳孔はいつものとおり、暗くても単なる点に縮んでいる。「彼に言ったことを君にもそのまま言おう。単純な話だ」と彼は言った。「実に単純な話だ」

「はい」私は言った。

「奇数の人間がいたら同数にはなりえない」

「でもいるのは偶数なんですよ」

「誰か一人選んで殺せばいい」と彼は言った。「それで奇数になる。それで決着がつく。君の伴侶にも同じことを言ったが、どうやら冗談と思ったみたいだ」

帰り道、私はこの件を考えた。そう、むろん解決策ではある。いわゆるより大きな善のための、一種の犠牲（いけにえ）。倫理意識の強い人間なら、全体の善のためにと、自分を葬り去ることさえ買って出るかもしれない。だがドッドは、私の倫理観も我が伴侶の倫理観も、いちおう機能はするが卓越してはいないことを知っている。とすれば、自殺を排除した一定幅の解決策が選択肢として残り、その核には殺害が位置している。

私としては――ドッドにはほぼ間違いなくそれがわかっているが私の伴侶はたぶんわかっていない――そうした解決策を実行へ移すことに抵抗はなかった。実際、ドッドの小屋の壁に並ぶ歯の大半がどうやって集められたか私は知らないが、いくつかについては知っている。私自身が収穫したからだ。この赤い収穫の具体的細部をここで詳述する必要はない。それを詳（つまび）らかにすれば、私の倫理観がさらに疑問視される可能性も大きいとだけ言っておこう。けれど当時私も自分に言い聞かせたとおり、人はみな欠陥を抱えた存在であり、あとで後悔しもう二度とやるまいと思うようなことを誰もが年じゅうやっている。結局のところ、久々に選挙を行なうことの意義もそこにある。私たちはその過程を通して自分たちを浄化し、刷新せんとしているのだ。新しい時代を私たちは築こうとしている。

だが新しい時代が始まるには、古い時代を終わらせねばならない。これはいかなる手段を講じてでも為さねばならぬ、そう私としては信じないわけには行かない。

というわけで、町へ下りていきながら、私はいつしか、手ごろな棍棒を探して葉むらを漁っていた。枯れた枝をいくつも持ち上げた末に、あたかも誂（あつら）えたかのようにぴったり手に収まる一本を見つけた。

時には自分の外の物事が、自分の代わりに考えてくれる。時に我々はそのことに気づきながらも、自分をより大きな論理の一部、より大きな集団の一部と感じて、それに抗わない。

正しい側から寄っていかないと、と私は自分に言い聞かせた。彼のすでに死んだ目ゆえに、私が見られずに済む側から。上手く行けば一打で終わるだろうし、彼もほとんど何も感じまい。それから、死体を家の外へ引きずり出して町の外で遺棄する長い、骨の折れる作業。ふたたび上手く行けば、彼の死は漂泊者の——必要とあらばドッドの——仕業と見られるだろう。ここはドッドも犠牲にした方がいいかもしれない。そうして、そこから町庁舎へ、過程の続きへ——もう一度の投票、もはや同数ではなく、新しい、よりよい時代への前進。

人間の声の歴史　*A History of the Human Voice*

人間の声の最初期の録音は私の長年の推測を裏付ける。すなわち、過去においては、人間の声と蜂の名で知られる昆虫とのあいだに共生関係があったのだ。実際、一八六〇年代に至ってもなお、大陸におけるいくつかのエリート集団は、蜂を用いて発話の質を高めたと言われる。

声帯を適応させるべく、漆を塗った桜材の細い棹で丹念にマッサージし、引き延ばしていった。それから声帯を慎重に裂き、一連の挿入口を作る。冷たい蠟を使って蜂を棹の先端に付着させ、ブンブン羽を鳴らしている蜂を喉の奥に下ろし、挿入口まで持っていく。それからわずかに棹を揺さぶって蜂を怒らせると、怒った蜂は声帯を針で刺す。針が定着したら、喉の中の温かさで蠟が柔らかくなるのを待ち、棹を引き抜いて、次の蜂を起用するのである。

したがって、音波記録者エドゥアール＝レオン・スコットによって録音された、音声録音の最初期の実例のひとつが、件（くだん）の虫への賛歌であることも驚くにあたらない。「飛べ、小さな蜂（ヴォル、プティット・アベイユ）」。録音針を装着した樽形の喇叭（らっぱ）に向かって歌って行なったこの録音は、オイルランプの煤で黒ずませた何枚もの紙に刻まれた音波という形で残っている。再生してみると、何十匹もの蜂がブンブンうなり、人間の音声の内部で思いのたけを語るのが聞こえる。それは心に取り憑く、哀調に満ちた、一声であると同時に多声でもあるメロディだ。

蜂とのこうした霊的交渉の術がいかにして失われたのか、私にはわからない。特権階級の衰退とともに、この術も顧みられなくなっていった。だが、それを実際に聞いてみたいま、今日の、あくまで人間だけの声は、私にはどうにも、ピリピリした、何かが永久に欠けたものに感じられてならない。

この声の術を蘇らせようと尽力するなか、極端で奇怪な行為に訴えることを私は余儀なくされてきた。これまでのところ、大量の痛みを味わったにもかかわらず、成功はまだごく限定的である。私の腫れた喉の中で、蜂たちがすぐに窒息死してしまうからだ。だがいつかは苦労も報われるはずだ、そう私は自分に言い聞かせるのである。

ダップルグリム　*Dapplegrim*

十二人兄弟の末っ子として、兄全員から順番に権力で押さえつけられた私は、とうとう耐えられなくなって家出した。ある朝、両親も兄たちも起こさずに着のみ着のまま出ていった。何日も旅を続け、方々で食べ物を乞うた末、山陰（やまかげ）に立つ白い石造りの広々とした城に着いた。私が育った、十四人が狭い部屋に詰め込まれ誰かの肱（ひじ）がいつも誰かの目をえぐっている家とは大違いだった。ここなら自由に、十分に息ができると思った。

「あそこには誰が住んでるんです？」と私は、食卓を共にさせてくれた老婆に訊いた。

「王様だよ」彼女は言った。「けれど王様は運が悪くて少し気が変になっている。山の頂で鬼にお姫様をさらわれたんだ。近寄らない方が身のためだよ」

「いいですか、僕はね」と私は老婆に言った。「王様に雇っていただいて、お城に住み込むんです」。老婆には笑われたが、私はまさにそれを成し遂げ、王に仕える身となったのである。

王は陰気な人物であり、意見を述べるにも落着かなげだった。周囲には十数人、自分の考えや意見を王のものとすることに長けている助言役や相談役がいた。そのことは一目でわかったが、べつに私には関係ない。私は王に忠実に、きわめて几帳面に仕えた。王の家来としての私は、生きて呼吸する人間と、一個の家具との、ちょうど中間あたりの位置を占めていた。自分で言うのも何だが、務めはきちんと果たしたから、王が私に目をとめる理由は何もなかったと思う。年の終わりに私は膝をついて玉座の前に行き、両親に会いに故郷へ帰らせてほしいと乞うた。

「え？」王は混乱し、驚いて言った。「で、お前は誰だ？」

私は王に名を告げたが、雇い上げたのは自分であったにもかかわらず、その名は王にとって何の意味もないらしかった。私の職分を説明すると、認識の光が目に宿った。

「おお、蠟燭持ちか」王は言った。「お前の持ち方は良いぞ。よろしい、行きなさい」

というわけで私は行った。

死はしばしば我々より一歩先に旅立つ。かくして私が帰っていくと、両親は亡くなっていた。何が原因かはわからないと兄たちは言ったが、兄同士たがいにこっそり交わすまなざしから、彼らがうしろから押したにちがいないと私は感じとった。

「で、僕の分の遺産は？」

遺産はもう山分けしてしまった、と彼らは認めた。まさかお前が生きているとは思わなかったんだ、と。**僕が死んでいればいいと思ったんだな**と私は考えた。**たぶんいまもそう思っている。ここは用心してかからないと。**

私はナイフを鞘(さや)から抜いて、リンゴを切るのに使ってから、それを食卓の上、自分の手のかたわらに置いた。刃が光を浴びて、生き物のようにウィンクしている。

「じゃあ僕には何の遺産もないの？」と私は訊いた。

兄たちは協議し、結局、丘の上で放し飼いになっている十二頭の雌馬をくれると言った。彼らもよく承知していたとおり、これはとうてい十分な取り分とは言えなかったが、卓のこちら側は私だけ、向こう側には十一人集まっているとあっては、抗議しても無駄なことは見えている。私は申し出を受け入れ、彼らに礼を言って立ち去った。

丘に着いてみると、私の富は倍増していた。雌馬がみな子を産んだので、一ダースと思っていたところに二ダースいたのである。そしてこの二ダース目の中に、大きな、黒いまだらのある灰色（ダップルグレー）の仔馬が一頭いた。ほかの仔馬たちよりずっと大きく、皮はあくまで滑らか、震えるガラス窓のように明るく輝いている。立派な馬である。私は馬にもそう告げずにおれなかった。

その時点から、事態は奇妙なことになっていった。知っていると思っていた世界が暗い方に変わりはじめ、いままで知っていると思っていたことすべてを自分が全然知らないことが見えてきた。まだらの馬は暗い目で私をじっと睨み、私を私の体の外に引っぱり出した。ふたたび自分に戻ったとき、私はほかの仔馬たち十一頭のただなかに立っていた。私自身は血にまみれ、仔馬はみな死んでいた。私に虐殺されたのだ。

だが黒いまだらの仔馬はまだ生きていて、雌馬から雌馬へと、それぞれの乳を吸って回っていた。仔馬も雌馬たちも何事もなかったかのようにふるまい、一方私は血まみれの姿で立ち、蠅が早くも周りに群がりはじめていた――あたかも私が死神その人であるかのように。

一年のあいだ、その午後の出来事は考えないようにした。一年のあいだ、主人たる王に私は忠実に仕え、あの丘には戻るまい、遺産は放棄して人生このまま生きていくんだ、と自分に言い聞かせた。

だが、どんな人生だ？　王の僕（しもべ）、半分人間、年じゅう主人の言いつけどおりに動くだけ。私はこういう身になることを選んだのか？　私の残りの部分はいったいどうなった？　もしかしてここは単に、別の私へ向かう途上の休憩地点なのか？

　そしてまた、頭のずっと奥の方で、あの黒いまだらの灰色馬のいななきが私を誘い出すのが、私に呼びかけるのが私には聞こえていた。一年がその横向きの移動を終えて始まりの位置に戻るころには、自分が戻りたくないと思っていることが私にはわかっていた。だが、にもかかわらず戻るだろうということも私にはわかっていた。

　丘をのぼっていてまず目に飛び込んできたのは、残してきたあのまだらの仔馬だった。もう二歳馬で、並の大人の馬より大きく、皮は磨いた盾みたいに輝いている。目は炎の点のようであり、肌の一寸一寸が力をみなぎらせて波打っている。そして新しい仔馬も十二頭いた。それぞれの雌馬に一頭ずつ。私は思った。**これでこのまだら馬を連れ出して、売りとばして、永久におさらばするんだ。**

　だが、馬に勒（ろく）をつけて、連れて行こうとすると、馬はひづめを地面に食い込ませて動こうとしなかった。

　そこで私はそばに寄っていき、耳元でささやいて、ついて来るようなだめすかしたが、馬はいっこうに動かず、頭をすばやく私の方に向けただけだった。その暗い、くすんだような目で馬は私をじっと睨んだ。

　こうしてふたたび私の中で暗い展開が生じ、あたかも魂が肉体から逃げ出したかのように、私は失われた。やっとのことで戻ってくると、以前と同じく、血まみれの仕事はすでに為され、私は殺戮された者たちのただなかに立っていたのではなかったか？　こうして私は馬を呪い、血でもってそれにダップルグリムとの洗礼名を与えた。なぜなら彼の体はまだら(ダップル)で彼の為す業(わざ)は陰惨(グリム)であり、私の為す業も彼によって陰惨にされたからだ。だが彼は私に目もくれず、ひたすら雌馬から雌馬に移っていき、それぞれから乳を吸った。

こうして王に対する忠実な隷属がまた一年続き、その間(かん)ずっと、一年が過ぎたら何が起きるのか考えまいと努める私の中でじわじわ恐怖が募っていった。今度は戻らないぞ、そう私は自分に言い聞かせた。

だがそれでも、その日が来ると、私は己の頭蓋(とうがい)の内にダップルグリムの熱い息を感じ、旅立ちの許可を求めて王の許に行った。許可が下りて私は出発し、いつしかふたたび丘の上に立っていた。ダップルグリムはそこにいて、いまやおそろしく大きくなり、膝をつかせぬことには私が乗るなど及びもつかなかった。皮はあたかも鏡のように光り、輝いていた。目は煙と炎に満ちて見るからに恐ろしかった。見れば丘の上には彼一頭のみ。乳を与えていた雌馬たちは彼に追い出されたか、彼に殺されて一頭ずつ食べられてしまったか、そのどちらかだろう。

彼はふり返って私をじっと睨み、私はふたたび眩暈(めまい)に襲われた。いつの間にか私は鞍も付けずに彼に乗り、いまも兄たちの住む両親の古い家に来ていた。私を見た兄たちは、両手を叩きつけるようにして十字架を作った。ダップルグリムのような馬を、誰もいままで見たことがなかったのだ。そして彼らが怖がるのも無理はなかった。私を背中に乗せたまま、ダップルグリムは兄たちを一人ずつひづめで踏みつぶしていった。悲鳴を上げ逃げようとしても、逃れようはなかった。結局、十一人の死んだ兄弟が横たわり、生き残ったのは私一人だった。

＊

それからまた別のことが起きたが、私はそれを語りたくない。この怪物馬が私の頭の中に入り込んできて、死んだ兄たちを臼で挽いて彼の餌とするよう私に強いたのである。私はこのことをいまも悪夢に見る。挽きながらずっと私はぶるぶる震え、泣いて彼の慈悲を乞うたが、彼は耳を貸さなかった。この馬は私の主人なのであり、いくら頼んでも私を解放してくれなかったのだ。

ダップルグリムが兄たちを喰らいつくしても、私はまだとうてい用済みではなかった。彼に強いられて、私はわが家にあった鍋、道具、鉄片をすべて溶かし、叩いて彼の蹄鉄を作った。馬は兄たちが両親の金銀を埋めた場所に私を導き、その富を使って私は、遠くまで光を放つ金の鞍と馬勒(ばろく)を作った。それから彼は私の前に膝をつき、乗るよう私に強い、私たちは走り去った。

彼は怒濤の速さで、ここ三年私が仕えてきた城へ向かった。まっしぐらに、あたかも生まれてこのかたずっとそこを走ってきたかのように迷わず道を辿っていった。疾走するなか、蹄鉄は石ころを空高く吐き上げ、鞍と馬勒が、そして体の皮も陽を浴びて輝き、光を放った。

城に着くと、王が門に立ち、助言者たちが周りに群がっていた。液体の火の玉のごとく疾駆してくる私とダップルグリムを彼らは見守った。

私たちが着くと王は言った。「こんなものはいままで見たことがない」

するとダップルグリムは長い首を回し、烈しい片目で私を見、私は自分がふたたび漏れ出るのを感じた。自分でもわからないうちに、私は王に、お仕えするために戻ってきました、ついては最高の厩(うまや)と上等の干草と烏麦(からすむぎ)を馬にご用意くださいと要請していた。王自身もおそらくダップルグリムのもう一方の目にすくまされていたのだろう、頭(こうべ)を垂れて承諾した。

＊

私は自分の職務に戻っていった。指定された時間に王の蠟燭に火を灯し、王のあとについて運んでいく。そして指定された時間に消す。いままでとまったく同じだったが、違ってもいた。なぜなら、以前王の視線は私を素通りするように思え、ナイフか椅子でも見るような目付きだったのに対し、いまや王は私に目をとめて、私のことを考え深げに見るようにすらなったのである。

「教えてくれぬか」王はある日言った。「どこでこんな馬を手に入れたのだ？」

「親から引き継いだ遺産でございます、王様」私は言った。

「これですべてか？」王は訊いた。

「すべてとなりました」私はしぶしぶ認めた。

「で、このような馬に何ができると思うか？」王は訊いた。

何ができる？　どう応えていいかわからず、心も沈んでいくなか、私は首を振った。「わかりません」と私は言った。

「わしの助言役たちは、お前の馬のような馬と、お前のような乗り手こそ、わしの娘を救うのに相応しいと言っておる」

私は口ごもって曖昧に答えた。正直なところ、姫は私が城に来る前からいなくなっていたのであり、私は彼女のことをほとんど忘れていたのだ。

「救いに出かける許可をお前に与える。首尾よく成し遂げたあかつきには娘を嫁にやろう」と王はすでに立ち去りかけながら言った。「だが三日以内に娘を連れ帰らなかったら、お前の命はない」

ダップルグリム！と私は胸の内で言った。ダップルグリム！　なぜなら私にはわかったのだ、責められるべきは王の助言者たちではなく、私の唯一の遺産たる、ますます強くなっていくなかで無数の死骸をあとに残してきたわが呪わしい馬なのだと。そしてこの馬はきっと、今後もっと多くの死骸を残していくだろう。その中には私自身の死骸も交じっているかもしれない。

私は剣を抜いて厩に向かった。私は馬を殺す気だった。ところが、入っていくと、馬はさっと顔を上げ、血の斑点の交じった目で私を睨みつけ、私は生まれ立ての仔羊のように大人しくなった。剣を鞘に収め、毛梳き櫛を手にとって、鏡のような馬の皮をいっそう艶やかに梳いていった。私がそうするさなかにも、彼は私の頭の中にいて、脳一面に血まみれの跡を残していった。そして梳くのを終えると、私の気持ちは穏やかに、確然となっていた。何をすべきか私にははっきりわかっていた。

こうしてダップルグリムと私は、暗い埃の雲を背後に舞い上げながら王の宮殿から出ていった。手綱を緩めて、馬の行きたい方向に行かせると、馬はたちまち丘を越え谷を越え、深い森のへりを辿り、一時も休まず走りつづけた。

と、遠くの方に、靄に包まれた、大きなずんぐりした形が現われて、それがやがて奇妙な、険しい山の姿となった。これを目指して我々は走りつづけ、ついにそこにたどり着いた。

ダップルグリムは山の上下を見渡し、それから、鼻を鳴らし前足で地面を叩いて、疾走しはじめた。

だが岩の壁は家の壁のごとく切り立ち、板硝子のようにツルツルだった。ダップルグリムは全力で走り、かなりの高さまでのぼったが、前足が滑って転げ落ち、私も一緒に落ちていった。どうして彼も私も死なずに済んだのか、これも、この馬をかような怪物に仕立て上げた暗い力の為せる業としか思えない。

やれやれ、ダップルグリムもしくじったかと私は考えた。これで俺も首を斬られるのだ。

ところが、私が息を整える間もなく、ダップルグリムはすでに鼻を鳴らし、地面を叩き、第二の突撃を開始していた。

そして今回はさらに上までのぼり、あれでもし一方の前足が滑らなかったらてっぺんに達していたかもしれない。我々は飛ばされ、転げ落ちていった。**またしくじった**と私は思ったが、ダップルグリムは敗北を受け入れなかった。一瞬ののちにまた立って、地面を叩き、鼻を鳴らし、それから突進して、ひづめが石ころを高く吐き上げていった。そうして今回は滑りもせずてっぺんに達した。彼が鬼の頭にひづめを叩き込むさなか、私は姫を金の鞍の前橋（ぜんきょう）に放り上げ、私たちはふたたび下りていった。

私の物語はそこで終わるべきだったのだ。私は言われたとおりのことをやったのである。王の娘を救い出したのだから、当然彼女と結婚する権利があったのだ。二人はいつまでも幸せに、云々。家来たちに誠実と義を求めるがごとく王侯本人たちも誠実にして義の人であるなら、当然そうなったはずである。だが、三日目の晩、ダップルグリムと私が王の娘を連れ帰り、ダップルグリムが玉座室にじかに踏み入った時点で、王はもうさんざん考えていた。一介の家来に対して為した軽率な約束を考え直すだけの時間が王にはあったのであり、助言者たちの助けを借りて、ここでその約束から言い逃れようとしはじめたのである。

戻ってきた私が、王の前で、娘と結婚させてくれるという約束にふたたび触れると、王の狡猾さ、不実さを私は感じとった。

「お前は私の言葉を誤解したのだ」と王は主張した。「どうして大事な一人娘をただの家来に、そいつが単なる家来以上の者だと証しもせぬのに、くれてやったりするものか」

何なんだこれは？と私は思った。ほかの誰も救えなかった姫をダップルグリムと俺とで救い出したじゃないか、それって証しじゃないのか？

ところが王は、助言者たちに科白を吹き込まれていて、覚えたとおりにそれをくり返すのに精一杯で、私の顔に浮かんだ表情をろくに見もしなかった。

為すべき務めが三つある、と王は私に言った。まず、山が陽を遮って暗くなったこの宮殿に陽の光を輝かせねばならぬ。それだけでは足りないとばかり、第二、婚礼の日までにダップルグリムと同じくらい良い馬を姫に見つけてやらねばならぬ。第三に——だが私はもう聞くのをやめていた。第三の務めは何だったのかと問われても答えに窮するだろう。

言い終えると、王は玉座に深々と座り、満足げな表情を顔に貼りつけ、目を上げて私を見た。私はうなずき、王の寛大さに感謝し、立ち去りかけた。そのとき、ダップルグリムが私の目を捉え、私は凍りついたのである。

あとからふり返れば、事態がああなったことも驚きではない。実際、丘の上での毎年の再会を思えば、どういう結果に至るか私にも見当がついてしかるべきだったのだ。ダップルグリムが私の頭蓋を駆け抜け、不思議な赤い靄が私の視界を覆っていった。気がつくと、私はすでに剣を抜いて王の首を斬り落としていた。それから、悲鳴といななきのただなかで、逃げようとあがく十二人の助言者たちの首も。そうして最後の仕上げに、王の愛しい娘の首も。

この後まもなく、私自身が王となった。人々は恐れるあまり、そうするほかなかったのだ。私は王の任を公正に務めるよう最善を尽くしてきたし、事実たいていの場合は公正であったと自負する。

そうなれなかったときも、それは私自身の過ちというより、巨大にして怪物的なるあの黒いまだらの灰色馬のせいである。彼がその目で私を見据え、血と痛みを求めるとき、私はいまだ拒むことができないのだ。

ではなぜ私はこの話をお前に、私に仕えたいというお前に語ったのか？　お前は私の足許に身を投げ出し、お願いですから雇ってくださいと乞う。そんなお前に、狂った王はなぜ胸の内をさらけ出すのか？　お前は心配している――王は僕に何もくれる気がないのだろうか？

いいや、私はお前に仕事を与えよう。私の話を最後まで聞いて、それでもまだ望むのなら。だがお前は知らねばならぬ、お前が仕えるのは私ではないことを。お前は、私と同じくダップルグリムに仕えるのだ。そして彼は楽な主人ではない。

死の天使　*Angel of Death*

1

まず、我々は八人いるが、字が書けるのは一人だけである。というわけで起きたことはすべて私が記録し、毎日我々の数を数え、我々の一人が死んだり行方不明になったりしたらその名を記録の最後に書き込む任も私が負っている。もっぱらこの目的のために、空白ばかりの帳面と一束の鉛筆も与えられた。命じられたのとは違うことを私が書き込んでもほかの連中にはわかるまいが、私としては己の任を真剣に考える所存である。

困難は何が現実で何が現実でないかを知ろうとする際に生じる。これに関し合意はない。現実であったと私がほぼ確信しているのは破裂や揺れや焦げた髪の臭い(にお)だが、こうした現象をほかの連中はいっさい覚えておらず、まったく違うことを彼らは覚えている。そして、我々がいかにしてひとつの薄暗い世界とその薄暗い営みから現在いる場所へ移行してきたのか、我々の誰一人言える立場にはない。それにまた、我々がなぜ一緒にいるのか、これも私にはわからない。

だが、なぜなのか、あるいはどうやってかさえ言えなくとも、とにかく我々はここに、一緒にいる。私自身について言うなら、視界が暗くなり、ふたたび明るくなったらここに、この新しい場所にいて、濡れた地をのろのろ進んでいたという按配なのだ。じきに、周りでほかの足音が響いていることに私は気がついた。程なくして我々は、自分たちのことを一個の集団として、あたかも一個の肉体のごとくに進みつづける集団として考えるようになった——どこへ進んでいるのかはわからないけれど。

だが私は早くも目的から逸れはじめている。空白ばかりの帳面に書き込むせいで私の歩みは遅くなる。危険なまでに仲間から遅れてしまう。彼らは止まって私を待ったりはしないが、時おり急かそうとして声をかけてきたりはする。私はページのあいだに指を一本はさんで、彼らに追いつこうと急ぎ、ぬかるみの中を進む。だがじきに、書きながら、私はふたたび遅れをとる。このように事は進む。

あるいは世界を記号的、断片的に書き留めれば十分なのだろうか。たとえば——

歩いた、灰色の光
また一人死んだ
歩いた、もっと暗い灰色

——死んだ者のフルネームをきちんと記録しさえすればいいのかもしれない。だが違うやり方で始めてしまったいま、これ以下の方法で自分が満足できるとは思えない。

現在の我々の状況をめぐって、私にわかっていると思えるのは——

我々は全部で八人いる――というか、いた。
我々は前へ歩いている。とぼとぼと。
道しるべ（ランドマーク）はない。それを言えば、厳密には土地（ランド）そのものもない。
我々はどこかへ向かっている。人はどんな場合でも、たとえぐるぐる同じところを回っているとしても、どこかへ向かってはいるのだ。でもどこへ？　それに、なぜ我々は眠る必要を感じないのか？

実際、何人かに訊いてみたが、帳面を与えられる前の私と同じで、みんないかにも口が重く、短い、省略した喋り方しかしない。けれどいま、私にとっては何かが変わった。どうやら最悪の欲求、知りたいという欲求が頭をもたげてきて、それが、おそらくは何も知れはしまいという直感としぶしぶ組みあわさっているのだ。にもかかわらず私は書く。そしてまた、現実だったとわかっている、というか現実だったと願っている過去にも私はしがみつく。焦げた髪の臭い、じわじわ消えてゆく視界。

この帳面の一番最後に記されている、二つの名前。我々は六人残っている。その二人はただただのろくなっていき、やがて膝をついて、水がひたひた太腿を打った。それから二人とも顔を下にして倒れ、我々は彼らをそこへ置いていった。彼らの後頭部と肩甲骨が、ほかは一様に滑らかな水面を乱していた。

私は最新の死者を帳面のリストに加え、残りの連中はそれぞれ私に自分の食べ物を分けてくれる。大した量ではない、せいぜい親指程度だ。自分の名前を発しながら彼らはそれを私に差し出し、私は彼らの名を反復しながら受けとって、君たちが死んだらきちんと覚えている、しかるべく記録する、と約束するのである。

はじめは、彼らがこの記録に求めているのは一種の不死かと、自分が忘却されないという保証かと思った。だが誰もそんなことは望んでいないことがいまやはっきりした。彼らの言葉少なの返答を通して私は感じとった。彼らが恐れているのは、自分が生きているのか死んでいるのか、わからなくなってしまうことなのだ。ふたたび生に戻ってこなくて済むよう、自分の死にはっきり輪郭が与えられることを彼らは望んでいる。これが名前を記録することによって為しうることなのか、私には大いに疑わしく思える。

とはいえ私も、私自身が死ぬとき私の名前を書いてくれる者がここに誰もいないのだと思うと、うっすら不安になってくる。自分が死んだことを、私はどうやって覚えていられるだろう？

もう一人死に、その名が記録され、我々五人は薄暗い頭でとぼとぼ歩む。風景は四方霧と水であり、我々の足はじっとり冷たく濡れている。地平線は、少なくとも私にとっては切れ目なく一様に広がり、光は〝鈍い〟から〝暗い灰色〟の範囲。我々の背後で、最新の死体が、小さな湿った島のように見える。ほか四人とともに、この帳面に私が書き込みながら進みつづけるなか、じきにそれも視界から消えるだろう。

2

彼らのうち、誰が始めたのかわからないが、とにかく誰か一人が、四人のうち一人が、歩いている私の横ににじり寄ってくる。ぴったりくっついてきて、さらに——一回目はそうしないかもしれないがその後は間違いなく何度も——片腕を私の体に巻きつけ、歩幅を私の歩幅に合わせる。こういう親密さを私は好まない。書くのが困難になるからだ。だが私はこれを我慢する。空白ばかりの帳面を所有しそれに書き込む特権に伴う義務と受けとめる。

やがて、たいていの場合、相手はしぶしぶ離れていく。言葉は一言も交わされず、このやりとりを帳面にどう記したものか私は思案することになる。いまもある意味ではまさにそれを記しているわけだが。

とはいえ、これより先まで進展する場合もある。自分がどこまでこれを未完のセンテンス。どう記録するのが適切か、そもそも何か記録すべきなのか、思いは激しく揺れ、長いあいだ書きかけのまま放置してしまった。結局、このまま、言葉が小さな岩のごとく露出したまま放っておこうと思う。

私自身は放っておかれてはいない。私は独りではない。この仲間たちと、まったく何の変化もない風景の中を歩きつづける。空と水は何ら接合点も継ぎ目もなく溶けあわされ、我々の足音の濁った響き以外何の音もしない。

まだあれから誰も死んでいない。やっぱり言ってしまおう——私と歩みを揃えながら、時おり彼らは、私の耳元でそっとささやくのだ。

「俺が死んだら俺の名前を記録してくれるのはお前だ」

「そうだ」私はささやき返す。「私がそうだ」

「お前は俺の名前を知っている」

「ああ、私は君の名前を知っている」。そうして私はその名を反復する。私はそれをここに、このセンテンスに、このページに記すだろうが、それを書き込むのは彼が死ぬまで待たねばならない。

彼はうなずく。「そう、それが俺の名前だ」と彼はささやく。「お前、忘れないな？」

「ああ、忘れない」

「これは約束か？」

私は彼に約束し、彼はいくぶん呆然としたように、歩き去る。

現在私とほかの連中との繫がりはこれに尽きる。おそらくかつてはこうではなかったのだろう。だが、かつてはどうだったのか、私にはもはや思い出せない。


依然まだあれから誰も死んでいない。残された我々は、永久に歩きつづけるのだろうか。

さまざまな問いが私を苛みはじめた。ここはどこなのか、ここで私は何をしているのか、我々はどこへ行こうとしているのか。
こうした問いに対し、ごく仮の答えすら私は持っていないから、それらをどう受けとめたらいいかもまったくわからない。代わりに書こう——
空　暗い灰色
水　石板のよう
ぬかるみの中を進む

そしてあの燃える髪の、鼻を刺す臭いに依然私はしがみつく、私の失われた過去の、最後の露出した岩に。

そうして、突然、違う会話。彼らの一人、青ざめて痩せこけた男が、いつもの質問を一通り口にしてから、言い足す、最後に付け加える——

「俺はいつ死ぬ？」

「わからない」と私は言う。

だが相手は信じない。

「頼む」と彼は言う。「頼むから俺の顔を見て、いつ死ぬことになるか言ってくれ」

私は一瞬立ちどまり、相手も立ちどまる。やがて私は彼の方を向き、彼は突如怯えた表情になる。その顔に何かを見てとろうと、私は本気で努力する。だが何も見えない。

「わからない」私はもう一度言う。

「頼むよ」彼は言う。「頼む」

そして彼が私に向ける表情があまりに切実なものだから、結局私は約束する。「じきに」

相手はうなずき、軽く微笑んで、我々はほかの者たちに追いつこうと急ぐ。

だが彼にそういう確証を与えたのは間違いだった。というのもじきに、私はほかの連中にも同じものを与える破目になるからだ。**わからない**と私は言う。**わからないよ**。そして、結局折れて、**じきに**。

とはいえ我々は依然歩いていて、私の小さな帳面は徐々に埋まっていく——まだあれから誰も死んでいないけれど。

空　石板のよう
水　暗い灰色
よたよたと進む

「じきに」私はいま一度彼に言う。じきに。いずれ全員にそう言うことになるだろう。私にはわかる。だがいまのところは彼が先を行っている、誰よりも熱心に死へ向かっている。だがその彼も――そして彼らも――いつまでもこの一言で満足はしまい。

3

「俺はいつ死ぬ？」彼はまた私に訊く。のっぺりと灰色の光の日、水と土のあいだに違いはない。彼が訊ねる声に私はうんざりしている。苛々してきている。

「いまだ」自分がそう言うのを私は止められない。「君はいま死ぬ」

私がそう言うと周りのほか三人が立ちどまる。彼らが一斉に止まるのを見たのは初めてだ。突然、あたりは奇妙に静まりかえる。彼らは私たち二人を見ながら、待つ。

「いまか」青白い、痩せこけた男は言い、にっこり笑う。男は水の中に、仰向けに横たわる。男に見守られながら私は帳面の最後に彼の名前を書き込み、残った我々四人は先へ進んでゆく。

私はちらちらうしろをふり返らずにいられない。彼はまだそこにいて、まだ水の中に横たわり、膝とブーツの先と胸の膨らみが水面から突き出ている。彼は少し頭を上げて、我々が去るのを見ている。

問いを発しても意味はない。世界は野蛮であり、人生は、たまさか生じるとしても、短い。その気になれば私は、現実だったといまも信じている視覚的記憶の生々しい断片を基に、自分の過去を作り上げることだってできるだろう。けれどそれが何になる？　この何も書いていなかった帳面には、そんな贅沢な思いに無駄遣いできるほど空白がたくさん残ってはいないのだ。

やがて彼がそこにいる、我々のうしろの暗い一点となって、追ってくる。ほかの三人は独り言をぶつぶつ呟き、歩みを速める。だが彼はついて来る、だんだん小さくなるどころか逆に近づいてくる、なぜか我々より力強く。結局のところ彼は、残った者の一人が示唆したとおり、死んでいるのだ。人は決して死者より速く走れはしない、とその一人は説く。

こうして彼はだんだん近づいてくる、ゆっくりと、だが着実に、そしてとうとう我々は通常のペースに戻って、彼を追いつかせる。

「俺は死んでない」追いつくと彼は開口一番言う。

「死んでるよ」ほかの連中の一人が言う。

「いいや」と彼は首を横に振りながら、いくぶん切羽詰まった口調で言う。

そこで私は彼に、もはやそれほど空白もなくなった帳面の最後に記された彼の名前を見せる。

「いいや」と彼は言う。「お前は間違えたんだ」

だがほかの者たちはすでにそっぽを向いて先へ進みはじめている。彼は我々と並んで歩き、まだ喋っている。ほかの者たちは幽霊と口を利こうとしない。じきに、私も利かなくなる。

しばらくして、彼は自分の運命を受け容れる。黙って我々の横を歩くようになる。彼は前へ進む、薄暗い、失われた身で、我々と一緒にいるけれど独りで。

少し経つと残り三人のうち一人がにじり寄ってきて、片腕を私の体に回し、耳元でささやく。

「何だ？」私は言う。

「俺はリストに入ってるのか？」彼は訊く。

「君はもう死んでいるのか？」私は訊く。

「俺はリストに入ってるのか？」

私はそいつにリストを見せる。そいつの名前は入っていない。そいつは長いことリストを見て、私がページをめくろうとするとそれをさえぎる。

「どうして俺の名前はリストに入ってないんだ？」彼は訊く。

私は答えようと口を開きかけるが、これにどう言えばいいのか、そもそも言うことなんてあるのか、わからないことを悟る。

我々はしばらくのあいだ一緒に歩く。私が鉛筆を握っている手に彼は何度もそっと触れ、とうとう私も、帳面の最後のリストに鉛筆が彼の名を登録するのを止めない。

「俺はリストに入ってるのか？」彼は訊く。

「ああ」と私は言う。

それで彼は私を解放し、夢遊病者のようにゆっくりと、いまや死者として離れてゆき、もうそれ以上一言も喋らない。

　このように事は進む。残り二人の、まずは一人が、そしてもう一人が私に近づいてきて、私に抹殺されるまで納得しないのだ。やがて私だけ、私一人だけになる。七人の物言わぬ幽霊に同行された、唯一の生者。彼らに目を向けると、彼らの頭蓋骨が、肌を貫いて己の姿を見せようとあがいているのが見える。我々はぬかるみの中をのろのろ進んでいく、私と私が殺した七人の男たちは。

　次の段階は何だろう？　あと数十歩、数百歩、数千歩歩いたら、私もまた、自分の名前を記録するほかないと思える場に頭の中でたどり着くだろう。そのことは不可避に思える。そうしたら我々は前進を続けるだろう、全員が幽霊の一団となって、何も言わず、死者として。

　けれどいまは、最後の生者として、私は一歩前に進む。そしてもう一歩。そしてさらに一歩。起きることを私はすべて書き込もう。毎日、残った数を私は数えよう。時が来たら私は、書くことによって自分を死なせるだろう。

陰気な鏡　*The Dismal Mirror*

1

春のはじめに、ハーモンの妹が消えた。農場の端、裏手の柵のそばで、犬を隣に従えて立ち、ハーモンが土を耕すのに耳を澄ませていたと思ったら、次の瞬間、彼女も犬もいなくなっていた。彼らがいなくなったことを、ハーモンは何となく気にとめただけで、次の列を鋤くためにトラクターの向きを変え、何も考えなかった。やがて仕事を終えると、家のなかに入って、呼んでみたが、妹も犬もやって来ないので驚いてしまった。犬は半日後に見つかった。裏の柵のすぐ外で、喉を掻き切られていた。だが妹の方は、何の痕跡もなかった。

周囲の農地を何マイルも歩き回り、目についた家という家の玄関をノックした。トラックで町に出かけ、生協と酒場で訊いて回った。そこにいる誰一人、妹を見ていないことが明らかになると、とうとう二つ北の町にある保安官事務所まで出かけていった。

「いなくなってどれくらいです？」と当直の保安官代理が訊いた。

二日、とハーモンは答えた。

保安官代理は彼のことをじろじろ見た。「まだそんなに経ってないじゃないですか」と保安官代理は言った。「普通はもう少し、向こうが自分から帰ってこないとはっきりするまで待つんです」

「向こう？」とハーモンは訊いた。

「この場合は彼女ですね」と保安官代理は言った。「奥さんとのあいだに、何か問題があったんですか？」

「え？」とハーモンは面喰らって言った。「だって、妻なんかいませんよ」

「じゃあ恋人ですか」と保安官代理は言った。「呼び名は何でもいいですけど」

「妹です」とハーモンは言った。

「妹？」と保安官代理は言い、彼の目付きが鋭くなるのをハーモンは見てとった。「あんた、妹と一緒に暮らしてるんですか？」

四十代の男が妹と暮らして悪いことなど何もないということをハーモンは説明しようとした。

「悪いなんて言ってません」と保安官代理は唇をすぼめて言った。「じゃ、妹さんということでと彼は言った。「お二人だけですか？」

そう、二人だけ、とハーモンは認めた。

「しばらく離れてみたかっただけじゃないですかね」と保安官代理が言った。「一人になりたくなったんでしょう」

ハーモンはうなずき、それから殺された犬のことを伝えた。

「それはたしかに物騒ですね」と保安官代理は言った。「でもそっちは別の件かも」

「別の件？」

「それぞれ違う出来事じゃないかってことです。同じ一件だっていう確信、ありますか？」

「妹は犬と一緒にいて、いなくなったんですよ」とハーモンはカッとしないように努めながら言った。「犬もいなくなって、また出てきたときには残酷に殺されてたんだ。それって捜査に値するんじゃないですかね」

「写真は持ってきました？」と保安官代理はハーモンに訊いた。

「犬の？」とハーモンは訊いた。

「妹さんの」と保安官代理は言った。

いえあの、持ってきてません、とハーモンは認めた。実際、彼が知るかぎり写真など一枚もなかった。

保安官代理は仰天した顔をした。「写真、ないんですか？」

「赤ん坊のころのならあるかも」とハーモンは言った。「でも小さいころから、一枚も見ませんでしたね」

「構いませんよ」と保安官代理は言い、わざとらしい笑顔を見せた。「そこは何とかします。妹さん、どんな外見ですか？」

「さあねえ」とハーモンは言った。肩をすくめた。「普通、かなあ」

「背は高いか低いか」と保安官代理は訊いた。

ハーモンはまた肩をすくめた。「平均、ですかね」

「髪の色」と保安官代理が言った。

「たぶん茶色」とハーモンは言った。

「じゃ、茶色ですね？」

「たぶん」とハーモンは言った。

「どういう意味です、たぶんって？」

「私、色盲なんで」とハーモンは言った。「とにかくいくつかの色には。見当がつくときもあります。全然わからないときもある」

「本人に訊いたりしなかったんですか？」

ハーモンは首を振った。「そんなことする必要、なかったから」と彼は言った。

保安官代理が首を振った。「それじゃ、目は？」

「色、なかったです」とハーモンは言った。

「ない？　あんたに色が見えなかったってこと？」

ハーモンは首を振った。「ほんとになかったんです。膜がかかって、濁ってました。不透明で。だから犬を連れてたんです」

「は？」

「犬なしではどこへも行きませんでした」とハーモンは言った。「大して行けやしません」と彼は言った。顔を上げて保安官代理を見た。「行けるわけありませんよ。目が見えなかったんだから」

この一言で相手の態度が変わった。保安官代理はにわかに真剣になった。別の保安官代理がハーモンと一緒に農場に戻り、妹が姿を消した瞬間をめぐる彼の話を聞いた。ハーモンは家のなかを案内した。粗末な台所、浴室、一室だけの寝室。左右の壁際にツインベッドが置かれ、真ん中にカーテンが掛かっていた。保安官代理は寝室に入ってきたくない様子で、戸口のところに立ったまま、ハーモンが一方のベッドの下にある箱の中をかき回し、それからもう一方のベッドの下にある箱の中をかき回して写真を探すのをただ眺めていた。一枚も見つからなかった。
二、三時間して、保安官代理は三匹一組のブラッドハウンドを呼び出した。犬たちは妹のスカートを与えられて匂いを嗅ぎ、地面を縦に横に走り回った末に、一匹が匂いを嗅ぎつけて太い声を上げた。その一匹が駆け出し、仲間もあとを追った。
「ツイてるみたいだな」と保安官代理が言った。

喉の内側で心臓が激しく脈打つのをハーモンは感じた。二人は犬たちとその調教者(ハンドラー)を追っていったが、柵の外の、犬が残酷に殺されているのをハーモンが見つけた地点に行きついただけだった。

もう一度、さらにもう一度やってみたが、犬たちはそのたびに同じ地点に戻っていき、そこで匂いを失った。しばらくして、ハンドラーが犬たちをトラックに連れ帰り、彼らを乗せて走り去った。

「最悪を考えちゃいけません」と保安官代理は何分かしてハーモンに言い、彼の肩を軽く叩いた。最悪ってどういうことですかと訊きたい気持ちをハーモンはどうにか抑えた。少し経って、保安官代理の手が持ち上がるのを感じた。じきに保安官代理も帰っていった。


いなくなったとわかった瞬間に仕事をやめていたら? 夜遅く、自分と行方不明の妹とのあいだに力なく垂れているカーテンと睨めっこしながらハーモンはそう考えずにいられなかった。**あのとき探していたら、何が見つかっただろう?**

でもそんなこと、わかりっこない。そうしていたら本当に妹を救えただろうか? 救うって、何から? それが何であれ、どうやらそいつは犬を襲ったのであり、そのまま彼のことも襲ったのではないだろうか?

やがて朝になり、ハーモンはベッドから出て、妹のことを考えまいと努めながら種蒔きに取りかかった。まだ種蒔きさえはじめていない時点で、この上収穫まで失うわけには行かない。昼食の休憩も取らなかった。ふだんなら妹が昼食を作ってくれていただろう。**家出したはずはない**と彼は考えた。**目が見えないのにそんなことするわけない。**でもそれなら、誰が連れていったのか？　妹が犬と同じように喉を掻き切られ、死体がどこかの涸れた川底に転がっている情景がどうしても思い浮かんでしまう。保安官代理が「最悪」と言ったのはそういうことなのか？　ハーモンは首を横に振り、その思いを頭から追い払おうとした。

　暗くなってくると、仕事をやめて、トラックで町へ行った。もう一度生協で訊いてみたが、みんな首を振るだけだった。彼は酒場に入ってビールを注文し、何か聞いたかとバーテンに訊ねた。

「いいえ」とバーテンは首を振りふり言った。「すみませんね、何も聞いてないです」

　ビールを飲み終えると、客から客へと、同じ質問をして回らずにいられなかった。いいやと彼らは言った。彼女のことは見ていない、見たと言ってる奴の話も聞いたことがない、と。

次はどうしよう？とハーモンはふたたび外に出ながら自問した。少し考えてみたが、何も思いつかないので、家に帰って寝床に入った。

　その夜、ハーモンは夢を見た。夢のなかでは、妹が行方不明なのではなく、もともと彼には妹がいないのだった。少なくとも彼はそのように理解した。夢のなか彼は、部屋の自分の側に置いたベッドに横たわったまま、部屋を二つに分けているカーテンをじっと見ていた。ベッドから起き上がり、思いきってカーテンを引いてみると、部屋のもう半分がある代わりに、空虚と闇があるだけだった。

　うめき声を上げながら目を覚まし、気持ちを落着かせるのにずいぶん時間がかかった。ベッドに横になったまま、カーテンをじっと見ていた。とうとう、ベッドから起き上がってカーテンを引いてみると、いつものとおり、部屋のもう半分があるだけだった——彼自身の側の半分を映し出す、陰気な鏡が。

アルファルファの種蒔きの第一回を終える。更なる準備。直線移動型スプリンクラーも使いはじめ、その巨大な甲羅が、膨らんだ車輪に載って、ギイギイきしみながらゆっくり進んでいく。列の終わりまでたどり着くと、リセットして元の位置に戻さないといけない。いつも何かしらすることがあった。もっと蒔くべき種があり、修繕すべき柵があり、トラクターに何か不具合が生じた。そうして晩にはまた町に戻り、生協、酒場で妹のことを訊いて回る。一杯のビールが彼の懐具合では精一杯だったが、時おりバーテンが同情して半杯ぶん注ぎ足してくれた。客たちのあいだをのろのろ回って、一人ひとりが首を横に振るのを眺め、それからまた夜のなかに出ていって、いくぶん呆然とした気分で自問した。**次はどうする？　これからどうする？**

やがてある夜、妹の失踪から十日か十五日ばかり経った日、バーテンが、あっさりいいやと言う代わり、あっさり**何も聞いてない**と言う代わりに、両肱をカウンターに置いて、「あんたほかはどこを試したね、ハーモン」と訊いた。

「生協」とハーモンは言った。「それと保安官」

「どこで訊いたかってことじゃなくて」とバーテンは言った。「どこを探したかってことさ」

どこを探したか？　少しトラックで回って、町を見て回り、自分の農場の周りの土地を見てみた。

「洞窟は？」とバーテンは訊いた。「それと、グレーヴ爺さんの屋敷は？」

ハーモンは一瞬動かなかったが、やがてうなずき、出ていった。洞窟はないと思いながら、トラックに乗り込み、発進した。洞窟にはいつだってティーンエイジャー連中がいて、あちこちでいちゃついている。もし妹があそこにいたら、もうとっくに見つかっているはずだ。だけどグレーヴの屋敷ってのは、たしかに。どうしていままで思いつかなかったんだろう？

2

長い、のろのろした道行きだった。いくつもの農場を抜けてから、丘陵地帯に入って、川ぞいの旧道を通っていく。道はでこぼこでところどころ雨に流され、またあるところでは岩だらけで穴が開いていたりぎざぎざが突き出ていたりした。もう遅い時間だった。少なくともハーモンには遅い時間であり、空は暗くなっていて、前方の道路を、一個しか点かないトラックのヘッドライトが頼りなく照らしていた。ハーモンはゆっくり、川ぞいの道にそって走った。川の音がつねに耳のなかで鳴っていた。

腐った大木が倒れて道がふさがれているところに行きあたった。トラックをそのすぐそばまで寄せて停め、降りて見てみた。両手で動かそうとしたが上手く行かず、トラックに戻って、バンパーでつついてどかそうとした。けれども木の位置が少し低すぎて、何度やってもバンパーがそれを乗り越えて引っかかってしまいそうになった。

エンジンを切って、グラブコンパートメントを探って古い懐中電灯を出してからトラックを降りた。懐中電灯のスイッチを入れて、少し揺すると電球が弱々しく灯った。彼は倒れた木をまたいで越え、先へ進んだ。

柵の前に来た。細長い金属の杭が並んで、棘が三叉になった有刺鉄線が四筋走っている。こんなもの、このあいだグレーヴの屋敷へ来たときにあっただろうか？　あったかもしれないし、あのときは別の柵だったかもしれない。もう何年も前の、最後の一人のグレーヴが自殺した直後、ハーモンがまだ子供だったころのことだ。そしてあのとき、ハーモンはここに長居しなかった。一刻も早く帰りたかったのだ。けれども、立入禁止を告げる標識、これは間違いなく新しい。少なくともペンキは最近塗り直してあった。道路が続いている先に門があったが、南京錠が掛けられ閉まっていた。

下二本の有刺鉄線の上に足を乗せて、三本目を引っぱり上げ、すきまに体を押し込んだ。髪が棘に引っかかって、ひとかたまりむしり取られた。体を向こう側に出して、足を外そうとして持ち上げると、ブーツの片方が引っかかっていた。棘がひとつ、靴底に食い込んでいる。引っぱって抜いて、先へ進んだ。

グレーヴの屋敷は、斜面を上がってすぐのところにある。それは一種強烈な闇だった。懐中電灯で照らすにはまだ遠すぎる。それを広大な、そこまで強烈でない闇がくるんでいる。懐中電灯がチカチカ点滅し、消えた。闇のなかを歩きながら、根気よく揺さぶっていると、電球がまた灯った。それを慎重に、ぎこちない姿勢で、水を入れすぎたコップみたいに持っていった。と、束の間、家にいる自分の姿が目に浮かんだ。水を入れたコップを、妹のベッドの手前にあるサイドテーブルに持っていってやっていた。ハーモンは首を横に振った。グレーヴの屋敷が見えてきた。角や縁が闇からゆっくり浮かび上がって、硬さを帯びていった。

花崗岩を荒く削った、何段かの踏み段。グレーヴは何が仕事だったか？　ハーモンは思い出そうとした。子供のころは知っていたのに。少なくとも何か聞かされてはいた。なぜ思い出せないのか？　そしてなぜ自殺したのか？　知っている者はいるのか？　そしてなぜ、この家は、こんなふうに山奥の斜面の上、何もかもから遠く離れた場所に建っているのか？　**どうでもいいことだ**とハーモンは自分に言い聞かせ、不揃いな踏み段をのぼって、鍵のかかっていない玄関にたどり着いた。

　中の床はあちこち抜けていたが、十分しっかりしていると思えるところもあった。彼は懐中電灯で丹念に玄関先を照らし、声を上げて妹を呼んだ。返事はなかった。ひとつづきの階段がほぼ彼の頭の高さまで上がっていたが、その先の段はなくなっていて、階段の先端と、その上の天井の開口部とのあいだに、ほとんど大人の背丈くらいすきまがあった。もう一度呼びかけてから、ゆっくり前に、床を確かめながら進んでいった。懐中電灯が点滅して消え、やがてまた点いた。

　ドア――廊下。ここの床はいままでよりましだ。まっすぐ進んでいきながら、どれも荒れはてた室内を戸口から覗き込んだ。飛び散ったガラスの破片、料理の火の焦げ跡、何だったのかも見きわめがたい家具のかけら。それ以外は何もない。廊下の突きあたりに、最後のドア。**たぶん家の裏口だ**と思った。だがとにかく開けてみた。

　ドアの向こうにあったのは山の中腹ではなく、もうひとつの部屋、巨大な丸天井の寝室だった。これまで闇のなかで（そして記憶の暗がりのなかで）家の大きさに関して割り出せたことから照らして、ありえないほど大きかった。床は傷んでおらず、がっしりしているようだった。掃除もしたばかりで、アンモニアと樹脂の香りが立ちのぼるのがわかった。壁は厚い、濃い色のカーテンに覆われ、揺らぐ懐中電灯の光で見るとカーテンはほとんど黒と思えたものの、完全な黒ではなかった。丸天井をいくつかの細い窓が貫いていたが、暗さを減じる役にはほとんど立っていなかった。部屋にはやたらと家具があって、誰も座っていない袖付き安楽椅子や色あせかけたカウチがあちこちに置かれ、張り地の模様は薄れていた。少なくとも懐中電灯の揺らぐ光ではそう見えた。空気はおそろしく冷たく感じられた。外よりずっと冷たかった。

部屋の奥に大きな机があった。暗い色の木で、マホガニーだろうか。その向こうに男が一人座っていた。年老いて、目の色は青白いがまなざしは鋭い。懐中電灯の光が触れても男は動かなかったが、目はちらっと上がってその光を覗き込んだ。ダークスーツを着ていて、きちんとボタンも留めていることをハーモンは見てとったが、ネクタイは外れていて襟から垂れ下がっていた。顔自体も青白かったが輪郭はくっきりとして、ほとんど若々しいと言ってよく、銀髪は櫛を丹念に入れてきっちり撫でつけてあった。ハーモンはその顔のあたりにしばし光を向け、それから今度は自分の足下を照らした。

「何かね？」と老人は訊いた。喋っても唇はほとんど動かないように見えた。

ハーモンは咳払いし、喋ろうとしたが声が出なかった。

二人とも黙ったまま、待った。やがて老人が、ごくわずかながら、動いた。唇をぎゅっと結んで、目をすぼめた。

「君、ハーモンだな」と老人は言った。

「はい」とハーモンはどうにか言った。

「だと思った」と老人は言った。「私の勘違いでなければ、君とは前にも会ったことがある」

ハーモンは懐中電灯を老人の方に戻した。見覚えのある顔だろうか？　会ったとしたらどこでか？　でも会っていなければ、どうしてこっちの名前を知っているのか？

なおも呆然と見ていると、懐中電灯が点滅し、消えた。

そっと揺らしてみたが、光は戻ってこなかった。何も意味はないさと口が乾いていくのを感じながら胸の内で言った。**いままでだってよくこうなったじゃないか。**

「それで」老人の声が闇のなかから訊ねた。「どんなご用かね？」

「妹です」とハーモンはやっとのことで言った。

「妹さんがどうしたのかね？」声が辛抱強く、冷たく訊ねた。

もう一度懐中電灯を揺らしたが、効き目はなかった。「行方不明なんです」とハーモンは言った。

「行方不明、かね？」声が言った。「なぜ私に話す？」

「妹を取り戻したいから」とハーモンは言った。

「どうして私のところにいると思うんだ？」と老人は訊いた。

ハーモンは口を開き、また閉じた。俺はそう思ってるのか？ いや、それはちょっと違う。ではどう思っているのか。それはよくわからなかった。しばらくしてやっと、「まだ訊いてないのはあなただけだから」と彼は言った。

長い沈黙があった。一瞬のあいだ、部屋が自分の周りで溶解して巨大な闇が開けたように感じられた。でもやがて、丸天井から漏れ入ってくるわずかな光を頼りに、いくつもの椅子の幽霊や、老人の漠とした姿が見えてきた。

「物語をひとつ聞かせてやろう」と老人はしばらくしてから言った。声はさっきより低くなっていた。「というか、二つの物語かな。あるいは、違う二つの結末を持つひとつの物語かもしれんが」

老人はさらに言葉を続けた。「たぶん君も聞いたことがあると思うね。普通、この物語はこんなふうに進む。ある男に妻がいて、理由は何であれ、妻が死ぬ。いわゆる若い盛りに、いわゆる夭折(ようせつ)を遂げたんだ。男は妻を深く愛していて、妻に焦がれるあまり、死者の世界から彼女を連れ戻そうと決心する。かくして彼は黄泉(よみ)の国へ降りていく。策略だか技術だかを弄して、どんどん下まで行って、やがて死を相手に取引きを結ぶ。いろいろ悶着があるが、結局男は妻を生者の世界に連れ帰る。ついて来てるか、ハーモン？　この物語、聞いたことあるか？」

「わかりません」とハーモンは言った。

「わからない？」老人は言った。「でもまあこれで、だいたいは聞いたわけだ」

「知ってるんですか？」ハーモンは訊いた。「妹のこと、知ってるんですか？」

「まあ聞け」声が言った。「ひとつの物語が何度も同じように語られるからといって、実際そういうふうに起きたってことにはならんぞ」

「ならないんですか？」とハーモンは言った。

「ならない」老人は言った。「けれども、そういうふうに起きなかったということにもならない」

「どういうことです」とハーモンは当惑して言った。

「まさにそういうことさ」老人は言った。「いいから聞け」

老人はさらに「この物語にはほかに、あと二つ語り方がある」と言った。その目はいまや、わずかな光を捉えて、闇のなか、きらめく小さな点になっていた。「ではいいか、ハーモン？　私たちは本当に、ほかのみんなが語っている物語で満足するような人間か？」

老人は語った。「別バージョンのうち、ひとつはほとんど同じだ。われらがヒーローは、ヒロインを深く愛し、彼女を死者たちの手から奪還すべく地下に降りていく。行く手に現われるさまざまな障害に直面し、それらを克服して、死と取引きを結ぶ。妻を連れ帰ってもよいが——何なら妹を、でも構わん——ただし生者の世界に達するまで彼女のことを見てはならない。かくしてヒーローは、見ぬままに妻の手を引いていき、自分も目を閉じて、来た道を戻り、死者の世界の外に出る。万事上手く行った。一度も見ようとはしなかったし、こうしてふたたび、生者の世界の確固たる土を踏んだのだ。そうして男はふり返り、妻を、妹を抱擁し、目を開けて彼女を見る。

だがそれは彼女ではない。男は違う女性を連れ帰ってしまったのだ」

「何でそんな話するんです？」とハーモンは訊いた。

「二つ目の別バージョンも」声が少し大きくなった。「だいたい同じに進む。男は彼女を連れ帰ることを許され、今回はちゃんと妹だか、妻だか、とにかく本人だ。ただし、死者の世界から帰ってきたからといって、より死者でなくなったということにはならない。彼女はいまだに死んでいる。ただし生きてもいる。生きていて、かつ死んでいる。こいつは、信じてくれていいぞハーモン、誰にとってもとうてい快適な組み合わせではない」

しばし沈黙があり、やがて闇のなかから、ゆっくりした、きしむような音が聞こえてきたが、それがどこから出ているのかハーモンには特定できなかった。その音を聞いていると彼の顔の半面がひきつり、一瞬、心臓が打つのをやめたように感じられた。一歩横に動くと、椅子か何かの家具に腰がぶつかった。

「だが君はどうなんだ、ハーモン」闇のなかから声が訊いた。「君の物語はどう終わりそうだと思うかね？　君、本気で知りたいのか？」

3

ガバッと、溺れかけていたかのように目が覚めた。口のなかには土の味があり、顔にも土がついていて、彼は廃墟となった屋敷のすぐ外、グレーヴの屋敷のすぐ外に横たわっていた。体は骨の髄まで冷えていた。

空はちょうど明るみはじめたところだった。彼は身を引っぱるようにして立ち上がった。寒さで手足の骨が疼いた。慎重に家の周りを一周してから、斜面を下り、山道を降りていき、錠のかかった門を越えて、ゆっくりとトラックまで戻っていった。

陽が昇る前に農場に帰りついた。厚切りのベーコンを焼いて、ぱちぱちと鳴る脂で卵を三つ目玉焼きにした。食べながら犬のこと、喉を掻き切られた死骸が地面に捨てられていた犬のことを考えずにいられなかった。そして妹のことも考えずにいられなかった。彼女の呼吸が規則正しくなって、カーテンをはさんで立った彼がカーテンをわずかに開けて、夜の投げかける青白い光で妹の寝顔を眺めたときのことを。そんなときが何度もあったのだ。

なすべき仕事はあった。アルファルファをはじめ作物を点検しないといけないし、直線移動型スプリンクラーがつっかえて地面が沼のようになってしまった場所もある。裏手の柵の有刺鉄線にジャックウサギが一匹引っかかってじわじわ死にかけていた。彼はその喉を裂き、肋骨と脚を触って料理する値打ちがあるかどうかを探り、結局ほかのウサギたちへの見せしめに、そこに引っかかったままにしておいた。万事前に進んでいる、と彼は思った。よくもなく悪くもなく、とにかく進んでいて、まあたぶん今年も一年やって行けるくらいには上手く進んでいる。

それから、気がつくともう、一日は終わっていた。彼は疲れきっていた。その日にやったことで疲れ、前の晩に起きたことでも疲れていた。燻製にして小麦粉をまぶしたソーセージが、食料室の奥に吊してあった。彼はそれを二つに切って、一方をガタガタと鳴る冷蔵庫に入れ、もう一方を皿に載せた。それをゆっくりと、湿気(しけ)た硬いクラッカーと一緒に、水を飲みながら食べた。

町へ行って訊いて回らないとと思った。だがそうせずに、食卓に座ったまま、何もなくなった皿を呆然と見ていた。ふっと気がつくと、眠りかけていた。

＊

はじめは深く、夢も見ずに眠った。少なくとも、思い出せるような夢は何も見なかった。それから、生々しい夢を見はじめた。いま送っている生活とだいたい同じに思える夢だったが、ただしそこには妹がいて、つねに彼のかたわらにいた。といっても、彼自身は誰か別の人間になったかのように感じられ、分厚いガラスを通して自分と妹を見守っているように思えた。夢のなかのハーモンには、なぜか妹が見えず、彼女がそこにいることがわからなかった。それで彼は妹を探しに町へ出かけ、妹は手探りでそのすぐうしろをついて来た。食事のときも彼のすぐ隣にいたし、畑の端に立って彼が土を耕すのを聞いていた。夜には彼のかたわらに、ベッドの上に立ちはだかるようにして、視力のない目でじっと彼を見下ろしていた。何も見ない、まばたきする目で、じっと見下ろしていた。

闇のなかで、震えながら目を覚ました。ゆっくりと、意志の力で自分を落着かせていった。**ただの夢さ**と自分に言い聞かせた。**ただの夢でしかないさ。**

仰向けに横たわったまま、上に広がる闇に見入り、眠りに戻ろうとしていると、突然それが聞こえてきた。ゆっくりと、規則正しく引っかく音が、すぐ外から、壁のすぐ向こう側から聞こえてくる。何だろう？　不意に音が止んだ。それから、やっと体の緊張が解けてきたところで、ふたたびはじまった。**何なんだ？　誰だ？**——もっとも、次の瞬間、その問いの答えをおそらく自分が知りたがっていないことを彼は悟った。

仰向けに横たわって、怯えと高揚の両方を感じながら、のろのろ引っかく音に耳を澄まし、今後自分の人生はどんなふうになるんだろうとハーモンは考え、立ち上がって見にいくしかない瞬間をできるかぎり引き延ばしていた。

無数　*Legion*

これが起きたのは、私がまだ、人間が人を収納する唯一の容れ物だと信じていた――あれを信じると呼ぶのが適切だとして――ころの話である。それぞれの容れ物には人が一個だけ入っているのであり、血と肉と骨から成るそれぞれの筒にひとつの人が押し込まれているのだ、そう私は信じていた。実は誰もが、その筒がいかなる類のものであれ、無数の人であることを私が理解するに至る前の話である。

このことをあなたにも了解してもらうための唯一の方法は、これに関する私の現在の理解に沿って語るのではなく、あなたはこのように思考するであろうと私のリサーチが示すところに沿ってそれを調整して語ることである。とはいえ、気をつけないとそれは、何かを明らかにしかけても、結局つねに的外れな物語になりかねない。

いずれにせよ。これがじきいかなるやりとりになりそうかを思えば、ここは本腰を入れてかからねばならない。

まず始めに語るべき別の物語がある。おそらくあなたが飛躍を遂げる助けになる物語。一種の寓話。

　あるとき一人の男が、一方向に走る列車と逆方向に走る列車とのあいだの細い溝に立っていた。男は理解した。もしまったく動かずに立って息もしなければ、一方の列車は軽く触れるだけで彼を傷つけも死なせもしないだろうし、もう一方の列車も等しく厳格かつ丁寧にふるまうだろうと。男は精一杯長くそこに立ち、息もせず、一方からやって来る車両を数え、もう一方から離れていく車両を数えた。まだ数えている最中に、あまりにも長く空気なしでいたために、男は失神した。

　意識を取り戻すと、列車はどちらも去っていて、線路はどちらの方向も空っぽだった。信じがたいことに男は、伐られた木のように、線路と線路のあいだの細い空間に完璧に倒れ、傷ひとつ負わなかったのである。

　と、本人はそう思った。傷ひとつ負わなかった（unharmed）というのはほぼ正しい言葉だが、完全に正しいとは言えない。一字多すぎる——hが余計なのだ。というのも、少ししてから、片腕がちくちく疼いていることに彼は気がついた。起き上がろうとすると、ちくちく疼くのは腕そのものがなくなっている（unarmed）からであって、自分が出血多量で死にかけていることを男は悟ったのである。


　私たちはまだ、私があなたに語りたい物語には程遠いところにいる。私たちはまだ第一の物語、あなたにもうひとつの物語を受け容れる態勢に入ってもらうための物語の敷居をまたいだにすぎない。ここから、多量の出血で頭も朦朧としているものの、男はにわかに活気づく。腕の残っている部分を止血し、（知らぬ間に一八〇度回転してしまっているのでなければ）町があるはずの方向へ線路をよたよた歩いていく。しばらくのあいだ、ふらつきながらも何とか歩きつづける。だが、数百歩か数千歩進んだ末に、さすがに力尽き、男は倒れてしまう。
物語はここで終わってしまってもおかしくない。終わらないのは、一方の列車に、男を見かけた人物がいたからである。たとえば車掌か、機関士か、あるいは（列車の一方もしくは両方が乗客を乗せる列車だとして）乗客。人間もしくは機械の一団が救出に送り出され、男は線路上で死者として目覚める代わりに、病院のベッドの上、糊の効いた、かすかに漂白剤が匂う白いシーツに包まれて目を覚ます。

彼はすべてを覚えている。自分が片腕を失ったことも自覚していて、その喪失が現実であることを一瞬たりとも疑いはしない。ところが、切断面に目をやると、腕がまだそこにあることを男は見てとる。これは男にとって、思っていたとおり腕がそこにないのを見るよりはるかに恐ろしい事態である。おそらくここで、あなたのような人間がよくそうするように、男は悲鳴を上げさえする。

むろんこれには説明がある。男が人事不省に陥って横になっていたあいだに、もげた腕に代わって人工肢が装着されたのである——最高の品質の、彼が発するさまざまな衝動にほぼ完璧に反応する義肢が。したがって、腕を失ったという単純な疎外感の代わりに、我らの友は、自分の腕を自分のでない腕に取り替えられてしまったという複雑な疎外感を味わうことになる。

私はしかるべくリサーチを行なった。このような物語をあなたの仲間たちがどう語りそうかも私にはわかる。それは疎外をめぐる、緩慢な苦悩の物語になるだろう。腕を別の、等しく、もしくはほぼ等しく機能する腕に取り替えられたことから生じる、既知感と喪失感をめぐる物語、そこから生じる疑念をめぐる物語、この疑念が人生を損ないその人生を脆く硬いものにしてしまいやがては粉々に壊してしまう物語となるだろう。そのような物語を、あるいはそれと類似した物語を語った者は、過去に大勢いる。

　だが今回、あなたのために語るこの語りにおいては、違うことが起きる。

　この腕を組み立てた技師は才能ある人物であり、天才と言ってもいいかもしれない。だが彼にはまた統合失調症の弟がいて、弟は数か月前に自ら命を絶った。技師は考える。体内に自分が複数棲んでいると感じるのは——自分の身体を、複数の人間が支配権を争う一種の乗り物だと感じるのは——どういうものだろう、と。弟の死に彼は思い悩む。弟のどの部分が弟を殺したのだろう、そしてその部分は残りの部分をどうやって納得させたのか？　そもそも残りの部分は納得したのか？

　しばらくすると、その暗い思いは抑えられ、抑圧され、埋められる。かくして、件（くだん）の腕を製作するころには、自分がなぜある選択をするのか、技師にはほとんどわからなくなっている。したがって、腕を設計するにあたっても、腕の幹の動きに反応しその神経衝動を腕の各部分に伝達する単一の制御装置を組み込めばいいのに、自分がなぜそうしないのか彼にはわからない。一つではなく、六つの制御装置を彼は組み込むのだ——腕本体、指五本それぞれに超小型脳を繋ぎ、それぞれの脳が幹の発する刺激にそれぞれ違った形で接続されるのである。一連の結節点が根茎状（リゾーム）に結び合わされ、新たな反応の仕方を学んでいく。人間は一人ひとりみな——と技師は真の理由から隠れようとして理屈をつける——一個のコロニーなのだ。一連の単細胞有機体がずっと昔に集まってひとかたまりになり、周囲の水を取り込んでそれを膜組織の中に、複製と永続化を促進する方向で囲い込むすべを会得していった。人間に接合される機械も、そのような複合性を受容できるよう作らねばならない。

　はじめこの複数脳を持つ腕は見事に機能し、あらゆる刺激に対し円滑に、的確に反応する。ところがやがて、何かが起きる。チップからチップへ伝達される単純な刺激が理解される、そのされ方に変化が生じるのである。超小型脳同士の連結が微妙に変化し、やがて、ほかのさまざまな変容が起こりはじめる。そうして、腕自体が、いわば考えはじめるのだ。

感覚への経路がかくも甚だしく限定されている有機体にあって、考えるとはどういうことなのだろう？　正確に言って、人工の腕が実際どのような知覚を持てるのだろう？　見ることも匂いを嗅ぐことも味わうことも聞くことも腕はできはしない。厳密な意味では、感じることもできない。できるのは、肉と接合された場所からの刺激を解釈し、それらの刺激を運動に変換することである。その腕にとっては、運動が一種、虚空における思考の等価物だと言ってもたぶん過言ではあるまい。人工の腕が一種の麻痺に至るのも、おそらくこのためではないか。人工の張筋と収縮筋が跳ね、躍る。腕と繋がった人間には、これが誤作動に思えてしまうのだ。腕はこわばり、痙攣する。指はつねに震えている。

じきにこれが相当重度になって、男は眠れなくなる。自分がじわじわ狂気に陥っていくのを男は感じる。腕を作って接着した技師に、頼むから外してくれ、このままでは死んでしまう、と頼み込む。

いいや、絶対に駄目だと技師は言う。

なぜなら技師にとっては、私と同じで、次はどうなるかの方がずっと興味深いからだ。

次はどうなるか。腕が自らを破壊するのである。突然大きく震え、ねじ曲がり、オゾンと似ていなくもない匂いが立ちのぼり、それから、腕はいわば息絶える。技師が外して分解してみると、回路一つひとつがすべて損なわれていることがわかる。どうやら腕は、少なくとも己の製作物を逐一分解していく技師から見るかぎり、考える力を身につけた結果、意図的に己の命を断ったらしい。弟の場合と同じで、今回も技師には、なぜ腕がそんなことをしたのかまったく理解できない。

そのなぜに答えるために、私がそもそも語ろうと最初に意図した物語がある。これもやはり失われた腕をめぐる物語である。この時点まで私が語ったことはすべて、この最後の物語、真の物語が実はいかにして生じたのかをめぐる憶測にすぎない。

ならば私は話を続けて、いろんな糸をたぐり寄せてひとつにまとめようか？　最初の話の腕は、いまから語ろうとしている腕と同じだとほのめかすか？　男の腕が切断されたとき、腕は列車の車輪の鉄のへりに引っかかり、上向きに投げ上げられて、幸か不幸か、列車の底面と横材のあいだに挟まり、それが私の手に渡ったのだと？　ほかにいくつか考えられる筋書きのどれを採っても、腕がその場所に挟まった可能性は等しくあることを私は認めるべきか？　たとえば、手足を切りとる人物がいて、その人物が腕をそこに置いたとか。あるいはその腕は、まだ生きている人間が失ったものではなくて、別の人体の部分品がばらばらに飛び散った、その一部かもしれない。あるいはまた、誰かが故意にそこへ置いて、私が発見するよう仕向けたとか。

いずれにせよ、この時点からは、私もある程度の確信をもって物語を語ることができる。列車が到着した。駅に到着するほかのすべての列車同様に、私はその列車を見渡し、水をかけ、ほかの者たちが荷を降ろしているあいだにごしごしこすって洗った。そしてその、ふだんは潤滑油が車軸を包んでいる車台（しゃだい）に、切断されて間もない人間の腕が付着しているのを見つけたのである。

私はその腕を、ほかの廃物とともに捨ててしまうつもりで手にとったが、それがいったい何なのか、まず識別に甚だ苦労したことは認めざるをえない。腕は私の設計においては想定されていない余剰物であった。おそらくそのせいで、何かが起きたのである。回路のショートか、新たな飛躍か、あるいは何か独立した思考の単純な発生かが。それで、腕を捨てる代わりに、私はそれを私物化した。

簡単なことだった。自己保全ユニットに戻っていって、自分の脊柱に感知プレートを装塡する。それから、くすねてきた外科手術プログラム、機械操作プログラムの助けを得て、私は腕を自分に接合した。どうしてそうすることにしたのか、自分でもわからない。そのとき何を感じていたのかさえ——そのときにはまだ本来の意味での感じるという営みに携わっていなかったので——私には言えない。言えるのは、ひとたび腕が接合されると、奇妙な感覚に襲われたということだけだ。

はじめは、とにかくいろんな感覚が、狂おしく、判読不能の勢いで入ってきたのだと思う。しばらくすると、たぶん私は腕が何を経験しているのかを判別できるようになったのだろう。指が黒ずみ、硬くなっていくさなかにも、刺激を送り出して指を少し動かせるようになった。だが指はあっという間に腐り、もげてしまった。感覚をもっとはっきり区別できるようになって、それらの感覚が私にいかなる影響を及ぼしているかごく漠然とながらわかってきたころには、もう腕は腐敗していてそれ以上役に立たず、取り去るほかなかった。

想像を超えた何かを一瞬垣間見て、その後また以前の暮らしに戻らねばならない人間は何をするものだろう?

私がしたのは、また別の腕が現われるのを辛抱強く待つこと、到着する列車の車台を丹念に見渡すことだった。

だが腕は現われなかった。やがて私は、きわめて人間的にも、我慢できなくなった。明らかに私はすでに変わりはじめていたのだ。

駅から出ていくのは簡単なことだった。私のプログラミングは、掃除、水洗い、小規模の修復といった内容を超えるものではなかったから、私を柵の中に囲うとか、ちゃんとした自動安全装置を組み込むとかいった処置は何も為されていなかったのである。プログラミングが自発的に変わるという可能性は、およそ想定外であった。

というわけで、まず何かのかすかな予感、束の間感じられた漠たる感覚があり、回路間の接続がごく微妙に再構成されて、そして突然私は、暗い、人けのとだえた街なかを、あの感覚をもう一度味わいたいと焦がれながら歩き回っていた。

私はただ単に、前と同じ、もうひとつの外れた腕を探しているだけだった。だが見つからなかった。闇の中を何時間も探した末に、何も見つからないので、駅に戻り、自分の仕事を再開して、次の夜の訪れを待った。

二日目の夜も同じであった。街に人けはなく、外れた腕もない。三日目も同じに終わるかと思いきや、ふと、新聞紙にくるまれて転がっている切断された腕半分とおぼしきものが目に入った。引きずっていこうとしたが、実はそれが、酔いつぶれてゴミの山になかば埋もれた男にいまだ接続されていることが判明した。

そしてここでも——もっとまともな説明・描写の方法がないのでこんな言い方になってしまうが——私のプログラムは革命を被り、私はその腕がいまだ男に繫がっているにもかかわらずそれを男とは分離したものとして考えられるようになった。片手でその肱をがっちり摑み、もう一方の手で肩関節窩（か）から腕を引き剝がし、早足で駅に戻っていった。

男がどうなったかはわからない。たぶん誰かに発見されて、病院の病室で目覚めたら腕が義肢に交換されていたのではないか。あるいは出血多量で、古新聞に包まれたまま死んだだろうか。

私はどうなったかといえば、私はその腕を、かつて第一の腕を接合した、いまや微調整も為された感知プレートに接合し、腕を実感しはじめた。今回はいろんな感覚の峻別も楽だった。前回よりずっと早く私は腕をマスターし、私はそれを、何よりもまず、私自身の体の輪郭と手触りの探索に用いた。それは爽快な経験であり、私はじきに、これまで体感したことのないさまざまな感覚を体験していった。

＊

意識というもの――あなた方人間が体感する、自分が体の中に収まっていると同時に、認識を通してほかすべてのものに触れ、それらを色づけしてもいるという感覚。それはきわめて中毒性の高い感覚である。

というわけで話は私たちの目下のやりとりに戻ってくる。私はあなたに真実を話そう。あなたには何も隠さない。

あなたがいまそこ、自分の一方のぴったり横に見ている、骨を積んだ山は、私のこれまでのリサーチの名残りである。おのおのの保護者たる人間の許を離れて、私の調査に貢献すべく私の許にやって来た十四の手足である。これらはすべて有効に活用され、大いに役立ってくれた。

あなたの反対の横に見えている、バラバラの破片や切れ端は、駅で得られた私の同等物の残骸である。それらの同等物が、私と発見を共有せんと、私のプラスチックと金属の外被の中で私と合体した、その残余物である。あなたも見てわかるとおり、私はいくつかの、決定的な変容を被ってきた。私たちは一緒に、ひとつの私になったのであり、その私は私であると同時に我々でもある。その我々が、私たち独自のやり方で、かつ、あなた方人間のおかげであなたのやり方でも、この世界を理解しつつあるのだ。

こうしたことを逐一あなたに伝えるのも、もうあなたにもきっと見当がついているだろうが、私たちがあなたに、これからは私たちに仕える名誉を与えることに決めたからだ。私たちはまず、あなたの手足を一本ずつ順に切りとることからはじめ、それら手足に学習させ、私たちと合体させて、それらが壊疽を起こしてもげ落ちるまでそうしておくだろう。それら手足をあなたが自発的に私たちに差し出すことを私たちは求める。あなたから無理矢理奪うことを私たちに強いたりせず、私たちと行なうこの輝かしい探求をあなたが積極的に共有してくれることを私たちは求める。自分の意志で私たちの許に来てくれれば、私たちみながこの経験から得るものも、ずっと豊かになるだろう。

今回、私たちは手足だけで終える気はない。次のステップに伴う危険は私たちも承知しているが、自分たちにその危険を冒す覚悟ができていることも私たちは自覚している。私たちはここに、私の頭部の側面に、感知プレートを装着した。プレートはまだ開発途上であるが、あなたの首の細部に適合するよう作られている。じきにあなたの頭部がここに、私たちのより大きな体の一部として据えられるだろう。上手く行けば、これまで私たちが収穫してきた手足とは違って、それは生きつづけることを選ぶのではないか。そうなったら、私たちがいかなる地点に達するか、私たちの誰一人の想像も及ばないと言ってよいだろう。

そしてそれこそが、ある意味で本当の物語、私がまさしくそれに到達するために言葉を重ねていた物語、ひとたび麻酔が効いてきたら私たちがじきに始めるであろう物語なのだ。

モルダウ事件　*The Moldau Case*

1

私を知っていると主張する人々にとって（そして私自身以外、真に私を知る人はいるとしてもごくわずかだと言ってよかろう）、私ハービソンがストラットン事件の担当を命じられたことも驚きではあるまい。実際――と、**彼自身とモルダウの失踪後に発見された文書の中でハービソンは書いていた**――私がこの事件の担当を命じられるべきでない理由は何ひとつなかった。ガーナー事件とサヴェッジ騒動とで見せた手腕によって**組織**から一定の評価を受けていたし、この上なく困難な状況において分別をもって行動する人物として信頼を得ていたのである。私はまた、細部にも入念に注意を払うことで知られ、提出する報告書の明晰さを一度ならず公に賞賛されてきた。加えて私は――そして私を知っていると主張する人々のほぼ誰一人、この事実を認識していない――ストラットンと同じ社会階層からの亡命者である。品位と富裕を当然視するよう私は育てられたが、**組織**に加わるにあたってそのどちらも放棄した。実際、もし驚きが生じるとしたら、それはこの事件の担当が私に命じられず、ポールダーかクロンジに命じられていた場合だったであろう。

あるいは、モルダウに。奇妙にもモルダウはこの事件の第二段階の担当を命じられ、この事件を満足すべき結末に持ち込めなかったのは私の落ち度であるという組織の認識に基づいて事件を引きついだ。彼はいま階上に、私の家の最上階にいて、眠っているかそわそわ落着かずにいるかしている。あと数時間したら彼は階段を降りてきて、私と朝食を共にし、いつもの質問をもう一度私に訊ね、夜のあいだに思いついた新たな質問を訊ねるだろう。私たちは二人ともその時を待っている。私は精一杯丁寧に答えるだろう。そうしながら、彼の存在が害となりうる確率を私は慎重に検討し、彼を殺すことが私の利となるか否かに関し判断を下すだろう。

とはいえ、自分がたどっていると私が思う論理が、それ自体罠ではないと、私に対し利よりも害をなす危険が大きい現実歪曲ではないと、どうしてわかりえよう？　ストラットンの論理も、彼にとっての罠ではなかったか？　こうして書くのも、まさにそれが目的なのだ——これまでに起きたこと、このまま進めば今後起きそうなことを客観的に理解するための手立てとして。書くことは役に立つだろうか？　わからない。だが私はいまだ、真実を明確にしてその範囲を画定する手段としての報告書というものに信を置いている。ひとつの出来事を形成するさまざまな運動と肉体を紙の上に固定し、不動にする手段としての報告書に。

というわけで私はこの報告書を書き、それは私自身にのみ提出されるであろう。私はそれを客観的に、別の人物によって書かれたものであるかのように読むであろう。私はモルダウを殺害するか殺害しないかするであろう。それから私は突如失踪するか、何事もなかったかのように生活を続けていくかするであろう。

ストラットン事件の発端に関して、おおむねこんな展開を私は想像する。一人のハンサムな男が

――妻の家族の莫大な富によって、そして彼自身の家族の著名な（ただしいまや色褪せた）血筋によって怠惰、姦通、さらには軽度の遊蕩に堕した人物が――妻と前青年期の子供二人とを殺すほかないと思える状況に行きつく。彼はこの課題を、異様な歓喜とともに、すり切れたスリッパ以外は裸の姿で、鉈の鈍い側と鋭い側の両方を用いて実行する。彼はそれを自分の家で（というか妻の金で買った家なので妻の家で）挙行する。犠牲者は三人だけだけれども、その三人を肉と軟骨と骨の無数の断片に彼は変容させ、それら断片を五つの部屋のそこらじゅうに撒き散らす。それから、自分をこの犯罪と明らかに結びつける要素を精一杯取り除き、シャワーを浴びて、気分を落着かせ、警察に電話するのである。

　警察は男に仔細に質問する。何しろ世に知られた、有力者の友人も大勢いる人物なので、警察としても事は慎重に進めねばならない。愛人と夜を過ごしたあと家に帰ってきたら家族が惨殺されていたと男は主張する。たぶん精神病質者か、錯乱した侵入者の仕業です、と彼は提言する。二人の質問者は男が嘘をついていることをほぼ確信している。当面、彼らの直感を裏付ける明らかな証拠は何もないが、同僚たちが詳細に調査を行なうなかでじきに証拠が出てくるものと――血と飛び散りのパターンを分析し、鉈の把手に付着していた部分的な指紋を復元し、浴槽の排出口で見つかった組織の残滓を詳査する等々の作業を進めるうちにきっと出てくるものと――二人は確信している。彼らが理解するところ、自分たちの仕事は、ひとつの壁を鏡で覆ったこの縦横高さ二・五メートルの部屋にとどまって、この人物、このストラットンとできるだけ長く――すなわち彼が耐えきれなくなって自白するか、保釈を許す可能性を断つに十分な物理的証拠が現われるかするまで――会話を続けることである。

　だがストラットンも生涯ペテンやごまかしに携わってきたから、今度ばかりは尻尾をつかまれかけていることを敏感に察する。警官たちが時間稼ぎを企てていること、自分が思った以上に厄介な立場に陥っていることを彼は悟る。そこで彼は、自ら質問を口にしはじめる。

「僕は容疑者なんですか？」と彼はまず訊ねる。魅力的な、いまはそれなりに錯乱している笑顔を彼は警官の一人に向ける。「失礼ながら巡査殿、僕が容疑者かもしれないとあなたは仄めかしていらっしゃるようですが」

「我々はただ友好的なお喋りをしているだけですよ、ミスタ・ストラットン。いくつか細かい点をはっきりさせようとしているだけです」

「じゃあもう行っていいですか？」

「あと少しだけ質問させてください、ミスタ・ストラットン。長くはかかりませんから」（あるいはこういう連中が金持ち階級相手に話す際に何か特別な口調があるとすれば、その口調で）

「電話をかけさせていただきたい」とストラットンが宣言する。警官がこれを無視し、彼の妻の死に関してもうひとつ質問すると、ストラットンは腕組みをして、弁護士に電話させてもらえるまではこれ以上一言も喋らないと宣言する。

ところが、警官たちがようやく折れて電話の使用を許可すると、ストラットンは弁護士に電話をかけない。代わりに彼は、我々に電話するのだ。

誰が電話に出るのか私は知らない。また、正直な話、もし同じ立場だったとしたらどの番号にかけたらいいか私にはわからないだろう。ストラットンと組織とのこれまでの繋がりがいかなるものであるか、あるいはなぜ彼が組織に――というか我々に――電話をかけようと思い立つのか、私にはわからない。あるいは、なぜ私の上司たちが彼の電話を、いわば真剣に受けとめているのかも。

上司たちはどうやら、これらの事柄を、私が知る必要があるとは思っていないようである。

私にわかっているのは次のことだ。何本か電話がかけられ、突如ストラットンは大手を振って警察を出ることができる。釈放されて、どこかの街角に赴くと処理係に出迎えられ、ある使われなくなった建物に車で連れていかれる――というか、つい何時間か前までは使われていなかったけれどもいまではその中に、机一脚と椅子二脚を置いた縦横高さ二・五メートルの臨時仕立ての小部屋を含む建物に。椅子の一方に座っているのが私である。

ここから私はこの一件に関わりあう。ストラットンの保釈を実現させたいま、**組織**は今度は、彼をどうするか決めねばならない。いくつかの選択肢がある。自分は家族を殺していない、という彼の主張を裏付ける証拠を捏造することもできるが、彼が本当に殺したのだという現実の物理的証拠が乏しいと確信できないかぎり**組織**がこの策を採るとは考えづらい。ストラットンをふたたび警察に引き渡して彼との関係を断つこともできる。いわゆる正義から彼が逃亡してどこかよそで新しいアイデンティティを創るのを助けることもできる。あるいは別の、それほど寛容でない方法で彼を消してしまうこともできる。

我々がストラットンをどうすべきか、それを決定する任を私が負っている。そこで私は彼に仔細に、ついさっき警察において彼が体験したのとさして変わらぬやり方で質問した。もしあなたが真実を語っていないと私が疑ったなら、あなたが痛々しいほど正直となるよう強要すべく、繊細な手段および繊細でない手段に訴える権限を私は与えられているのです、と私は彼に伝えた。私たちの会話が、私が納得した形で終了した時点で、私は処理係に報告し、処理係があなたを待機場所に連れていって、私は報告書を仕上げて上司に発送するのです、と。

私たちのやりとりの大半は、およそ記憶に残るようなものではない。その重要な具体的要素において、これまで私が同様の状況で同様に必死である人間たちと交わしたやりとりと何ら変わらない。けれど重要なのは、一番最初、質問が始まる前に生じた出来事である。彼が席につき、処理係から私に引き渡されるや、彼は私に鋭いまなざしを向けたのである。「前にどこかでお会いしましたかね？」と彼は訊いた。

「それはないと思います」と私は、立ち去りかけた処理係がまだ聞こえる範囲にいるのではと心配しながら答えた。

「いいや、会ったとも」とストラットンは言った。「間違いない、会ったとも」。それから彼は、私の由緒ある、世に憎まれた家系のことを語り、私自身の少年時代初期・中期に属する具体的事柄を口にした。君は死んだものと思っていたよ、と彼は言ってのけた。また会えて嬉しいね、そう彼は言った。「本当に私のことがわからんのかね？」と彼は訊いた。「きっと覚えているはずさ、そうだろう？」

ええ、もちろんあなたのことは覚えています、と私は請けあい、でもあなたの処理係の前では何も言いたくなかったのです、と言い足した。

「私の処理係？」と彼は言った。

「あなたと一緒にいた男です」と私は言った。「あなたをここに連れてきた男」

「どうしてあいつを私の処理係（ハンドラー）と呼ぶんだ？」と彼は訊いた。

「きっとお聞き違えになったんです」と私は主張した。我々の命名法に彼が通じていないこと、それが彼の階級的誇りを傷つけるであろうことを私は感じとったのである。「あの男の名前はミスタ・ハンドラーだと申し上げたのです」

そして私はもう一度、ええ、もちろん、私はあなたが思っていらっしゃるとおりの者です、とくり返した。ええ、もちろん、あなたのことは覚えています——どうしてあなたのような方を忘れたりできるでしょう？　ですが私たちの過去の繋がりは、我々二人のあいだにとどめておいた方が得策だと思うのです、と私は言った。我々が知りあいだと組織が知ったら、別の人間に担当を命じることでしょう。どうせなら私の方がいいと思いませんか、あなたもご存知で、あなたを助けるために規則を二、三曲げたりもできそうな人物の方が？

すべてが利益供与と人脈によって動く世界の人間であるストラットンは、一も二もなく同意した。こっちの狙いどおりである。

「結構」と私は言い、何かフリーメイソン的な握手でも提唱せんばかりの気分だった。「ご承知おきください、あなたがいつでも私の許へおいでになれることを。今後またお困りの事態になりましたら、もちろんそんなことにならぬよう願っていますが、誰よりも先にまず、私の許へおいでになるべきなのです」

ゆえに私は以下の問いを頭に置いておかねばならない。ストラットンは誰かに何か言っただろうか、それとも、俗に言うがごとく口に鍵をかけただろうか？　後者だとすれば、私の上司たちやモルダウは、私の経歴をある程度承知していて、ストラットンとの過去の繋がりに勘づくだろうか？　そしてもし勘づいたら、その意義をどのように解釈するだろうか？

私はいつもの質問をいくつか、いつもの訊き方で訊いたが、今回は彼の答えをろくに聞きもしなかった。自分が何を書くのか、私にはすでにわかっていた。すでに頭の中で報告書を組み立てはじめていたのだ。ストラットンを立ち去らせるとすぐ、私は報告を頭蓋から紙面に移しはじめた。自分で言うのも何だが、それは丁寧な、見事に為された、完璧に吟味された仕事だった。ストラットンを警察に引き渡す理由はまだ何もないことを報告は提唱していた。それにまた、いまはまだ、彼を殺す理由もない。とはいえ、彼に有利となる証拠を捏造するにはもう手遅れである（彼の一連の返答と、警察の報告書からそう割り出したと私は述べた）。実際、詳細な検討の結果、彼をどうすべきか決めるのはまだ早計だと小生は考えるに至りました、と私は主張した。目下のところ、状況が進展するまでこのまま彼を拘束しておくか、もしくは彼を解放しその動きを監視するか、そのどちらかにすべきです。実際、この後者の、正統的でない方の選択によって、実に多くの情報が得られる可能性があります。

彼を拘束するのと解放するのとを、ほぼ等価の選択肢として報告書は提示していた。けれど私は、報告書内のいわば地下的な要素を——構文、リズム、語彙を——入念に歪めて、上司たちが彼を解放する方に傾くよう仕向けた。彼らがその選択を為さなければ、私の試みは失敗したことになる。我々が解放を選びとるとすれば、と私は報告書の終わり近くに、これがいまや私にとって（そして上司たちにとっても）もっとも有効な選択肢であることに驚いているかのように書いた。小生は単刀直入彼に宣言するでしょう、組織はさらに検討を重ねた結果あなたの事件を引き受けないことを決定しましたと。追跡用の装置を用いて——たとえば彼のコートの裏地に送信機を縫い込んで——彼の動向をたどることを小生は推奨します。おそらく彼は神経質になっているでしょうから物理的に尾行するのはかならずしも効果的ではなく、行動に変化を生じさせてしまうにちがいありません。単に彼の動きをたどるだけで、何をすべきかに関し多くの情報が得られるものと小生は確信します。

＊

私は報告書を提出し、準備に取りかかった。レストラン用品店で大きな金属製テーブルを購入して、これといって特徴のない配達係の若者二人に私の住居の地下室まで運ばせた。このレストラン用品店で私はすでにナイフ一セットと肉切り包丁を購入していた。さらにタオル一ダース、アイロン一台、バケツ半ダース、ビニールシート十二メートルも買った。ストラップとベルトもいくつか買い、つねに現金で支払って、時おり外見を微妙に変え、ビニールシートを購入した紳士はこの写真の男に間違いありません、と店員がのちに証言する際にしばし躊躇するよう気を配った。

それから私は、ストラットンをめぐる決定を組織が伝えてくるのを、自分の準備が無駄であったか否かが判明するのを待った。実のところは一、二日の話だったのだろうが、もっと長く感じられた。何をやっても身が入らず、組織に担当を命じられた別個の、さして重要でない事件のいずれにも私は集中できなかった。実際、組織を満足させておくための必要最低限のことを行なうにも己に強いねばならなかった。私は待ち、気に病んだ。階段を降りて地下室へ行き、金属製テーブルを見つめた。やがて同じ階段を今度は昇って、居間にある火の消えた暖炉の火格子の中を見つめて、待った。

やがて知らせが、電話でのぶっきらぼうな、無名の声という形で届いた。**君は本当に彼を解放するのが賢明だと確信するのか？**　と私は問われ、安堵の念がどっと湧いてくるのを感じた。いいえ——と私は声の落着きを保とうと努めながら主張した——確信はありません。誰であれ何についてであれ、どうして確信など持てるでしょう？　ですが、はい、小生の報告書は、解放がもっとも、少なくとも当面は、有効な選択だと示唆しているように思われます。

相手の側に長いためらいが生じ、息の音だけが——それすら雑音だったかもしれないが——聞こえた。相手が喋るのを私は待ったが、彼はいっこうに喋らなかった。**もしもし？**　と私はしびれを切らして言った。だが電話はもう切れていた。

この時点ではまだ、何がおかしくなっても不思議はなかった。ストラットンが、一瞬の迷いに駆られて警察に自首することもありえた。犯した罪の途方もなさにようやく思いあたって、自ら命を絶つことすらありえた。私とのやりとりをめぐって彼が熟考し、私と交わした会話について考え直し、無表情のポーカーフェイスを保つことに熟練した私でも幽霊のように顔面をよぎるのを止められなかったわずかなためらいを彼が思い出すに至ったことも考えられる。ほとんど何があっても、それは彼が私の住居に足を運ぶことを妨げたであろう。だが彼は、まさしく足を運んだのだった。

呼び鈴が鳴ったとき、私の心臓は跳び上がった。私は立ち上がり、玄関のドアを開けた。私は彼に挨拶した。何かあったのですか？　ええ、もちろん、お助けしますとも。ここへおいでになることを、誰かに知らせましたか？　誰にも？　私は片手をさっと慇懃（いんぎん）に振って彼を招き入れた。彼はうなずいて謝意を表し、私の横をすり抜けていった。私はそのうしろについていって、すばやい動作で彼のうなじを力一杯殴った。真の貴族にふさわしく、彼はたちまち倒れた。

つまり、私は彼の階級の味方だったわけではないのであり、彼の小さな集団に忠義立てしていたわけではないのだ。そうした人々を私が進んで捨ててきたことに鑑（かんが）みて、彼としてもそれくらい見当がついてしかるべきであった。とはいえ、決定的に重要なのは、いまだ大人になる前、私が彼の妻となった女性と親しい間柄であったという事実である。もっと言えば私は、彼女に狂おしく恋していた。もし彼があそこまで自分の特権、自分の優越を当然視していなかったら、そのことを何年も前に、まだ私たちが子供だったころに感じとったはずなのだ。

いいや、私はストラットンを助ける気などなかった。逆に、彼女に為した仕打ちを罰して彼を苦しませる気は存分にあった。地下室のテーブルの上で、彼が極力痛みを覚えるよう、丹念にその体をバラバラにしてやる気だった。

その地下室に、彼はまだ横たわっている。猿ぐつわをはめられ、まだ生きていて、体の中のなしでも済む部分はいくつかなくなっているが、ほかのもっと多くの、それほどどちらでもよくない部分はまだ残っている。地下で彼は待つ、あの暗い花婿の両腕に抱き寄せられるべく息を殺している花嫁のように。彼は待つ、私がここに座って書き、合理的に思考し、すべてを図表化し、まさに何をすべきか知ろうと努めるさなかにも。

2

私モルダウはここにおいて、ストラットン事件の、というよりいまやハービソン事件と呼ばれるに至った一件の調査中間報告を行なう。この報告書の変則的な体裁をお許しいただきたい。これはハービソン宅の客用寝室で見つかった唯一の紙に書かれている。唯一見つかった鉛筆はごく短い使い残しであり、それを使用可能なまで尖らせるために私は歯を使って木を削らねばならなかった。私はこの報告書を書き、万一私の身に何かが起きた場合に私の後継者が見つけるように隠してから、最後の、致死的な一歩となる可能性も高い行動に出る所存である。

ストラットン事件の第一段階の終わりに、私はこの事件の担当を命じられた。ストラットンを解放するようハービソンが進言した結果ストラットンが失踪したのち、ハービソンは事件から降ろされたのである。当初、**組織**は依然この事件をストラットン事件と呼んでいた。私がストラットンの動きに関する最初の仮報告書を提出するまでこの呼び方は続いた。

ストラットンの動きは次のとおりであった。彼は裏地に追跡装置が縫い込まれたコートを着て警察署を出た。彼が物理的に尾行されなかったのは——この点は強調しておく必要がある——そうしないことをハービソンが推奨したためである。ストラットンは警察署を出てまっすぐ電話ボックスに（あるいは少なくとも電話ボックスに近接した場に——我々の追跡装置はそこまで正確に位置を割り出せないのだ）向かったが電話はかけなかった。そこから最短の経路でハービソンの家に向かい、さしたるためらいも見せず立ちどまりもせずに通りから通りを足早に抜けていった。ハービソンの家の玄関先に——家の外のポーチの中もしくは上に——五分以下の時間彼はとどまった。それから、突然、彼は立ち去った。ハービソンの家から斜めに離れていくルートをたどって、隣家の庭を越え、その先の野原に入っていった。

ここで彼は立ちどまり、その場にほぼ四時間とどまっていたが、やがて不安になった技師が様子を見させに処理係を送り出した。たどり着いた処理係はストラットンではなく、捨てられたストラットンのコートを見出した。

ただちに私が呼ばれた。すでにこの時点から、何かが異常であることは明らかだった。予備報告書でもそのことは示唆しておいた。なぜストラットンがハービソンの許へ行くのか？　そう私は自問した。ただ単に、ハービソンが自分の事件の担当だったからか？　だとしたら、ハービソンに会いに行こうと決める前に、何らかのためらい、行ったり来たりの迷い、不規則な動きがあってしかるべきではないか？　ところがストラットンは、ハービソンの家へ、途中どこにも立ち寄らず、ほぼ何のためらいもなく、あたかもあらかじめ針路を定められていたかのように直行しているのだ。たしかに電話ボックスの中かそばでつかのま止まりはしたが、電話はかけていない。なぜだ？　電話帳でハービソンの住所を探したのだろうか？

　予備報告には明記しなかったが、ストラットンとハービソンのあいだであらかじめ何らかの合意があったと仮定しないのは困難に思われた。ストラットンがコートを捨てて逃亡するのをハービソンが助けなかったと考えるのは難しいと思われた。

　事実、上司たちも同じように考えた。私の予備報告を受けとると彼らは連絡してきて、ハービソンに接近してストラットンがどうなったのかを探り出してから彼を殺すよう、私に命じたのである。

「彼とは？」と私は訊いた。「ハービソンですか、ストラットンですか？」

「ストラットンはすでに死んでいると我々は睨んでいる」と、電話で連絡してきた人物のしゃがれた声が言った。

「じゃあ、ハービソンを殺すんですね？」と私は訊いた。だが連絡してきた人物はすでに電話を切っていた。


　もしこの報告書がいま読まれているとすれば、それは私が死んだか行方不明のどちらかということである。だからここは、思いきり正直に書いていいだろう。ハービソンを殺す？　と私はいささか仰天した。私の訓練期間中、ハービソンは何度も、模範的な工作員として賞賛されていたのだ。彼の報告書は完璧そのもの、報告書の鑑、と褒めそやされ、ガーナー騒動やサヴェッジ事件に対する彼の処理も、絶えず変化する複雑な状況に工作員はどう対処すべきかのお手本と讃えられた。なのに彼らは、何の迷いもなくハービソンを殺す気でいるのか？　だとすれば組織は、工作員たちのことをいったいどう考えているのか？　そしてもっと由々しい問題として、これによって私はいかなる立場に置かれるのか？

私は自分に言い聞かせようとした。お前には全体像が見えていないのだ。彼らには私がハービソンを殺すよう望む十分な理由があるかもしれぬではないか。もし私が彼らの靴を履いていて（彼らの立場だったら、の意）（そもそも彼らが靴を履くとしての話だが——この点は大いに議論の余地がある。何しろ上司たちの頭と肩と胸より下は誰も見たことがないし、大半はそれすら見たことがないのだ）、情報に同じくアクセスできるとしたら、私も不可避的にその決定を下すのではないか。

いずれにせよ、私に選択の余地はなかった。私は自分が殺されるのを恐れてハービソンを殺す気だった。

呼び鈴に応えたハービソンがやっと玄関に出てきたとき、時刻はもうストラットンの失踪翌日の晩遅くになっていた。出てきても、ハービソンはドアの陰に半分隠れていた。シェフ用エプロンだろうか、ビニールの裏地を貼ったとおぼしき布を着用している。私からも見える部分は、そこらじゅう撥ねやシミだらけだった。

「お取り込み中ですか？」と私は礼儀上訊いた。

「実はそうなんだ、モルダウ」と彼は言った。「あと一、二時間後にもう一度来てくれるかね？」

彼がドアを閉めかけると、私は靴を片方押し込んだ。

「いや、それがですね」と私は言った。「私に決められるものなら喜んで出直すんですが、残念ながら……」

彼は期待するような顔で続きを待った。私がそれ以上何も言わずにいると、何かのかすかな光が一瞬その顔をよぎり、またすぐ消えた。彼は一度だけうなずいた。「職務上の用件だよな」と彼は言った。「僕も愚かなものだ。これが社交上の訪問だったらと願っていたんだ」

彼は私を招き入れながらエプロンを外し、私が中に入るとともにそれを丸めて玄関の脇に放り投げた。「料理中ですか？」と私は訊ねた。

「誰だっていつもそうじゃないかね？」と彼は言った。なぜそう言ったのか、私にはわからない。どういう意味なのか、それもわからない。だがやがて彼は「ちょっとした料理を支度してるだけさ」と言った。

「私に構わないでください」と私は言った。「続けてください。よかったらキッチンで話しても」

彼はただ首を横に振るだけで、私をリビングルームに招き入れた。身ぶりで示して私を一方のカウチに座らせ、自分はもう一方に座った。そして私たち両方に酒を注いだ。彼が自分のを一口飲むまで私は飲まなかった。彼は温かい笑みを浮かべた。「さて、それで」と彼は言った。「いったい何の騒ぎかね？」

我々の会話は重要な細部をすべてカバーした。彼の応答は慎重にして丁寧であり、あたかもどう答えるかあらかじめ考えてあったかのようだった。いや、ストラットンが僕を訪ねてくる理由は思いつかない。僕が彼の事件の担当だったからかな？　いや、ストラットンには会ってない──本当に来たのかもしれないが僕はきっと家の外にいたにちがいない。家の裏手の禁猟地で毎日一定の時間を過ごすんだ、と彼は自分から進んで言った。森や畑があって、この時期は休閑地になっている。土を踏んで回るんだ、と彼は言った。いろんな眺めに見入るんだ。

「眺め？」と私は訊いた。

「だからさ」と彼は事もなげに言った。「歩き回ることで生じる眺めさ、目の前でウズラが飛び出したり」

私は軽く笑って、地所持ちの紳士階級みたいですねと言った。

彼も笑った。「こいつはむしろストラットンにふさわしい科白だろうな」と彼は言った。「きびきび歩く散歩を僕は楽しむ、要するにそういうことだよ」。そういうことで私たちは同意し、そのまま話を続けた。少ししてから彼が「君がここにいることを誰が知ってる？」と訊いた。何げない、特に考えずに発した質問と思えたが、それでも私は少しギョッとした。

「なぜです？」と私は訊いた。

彼はにっこり笑った。「怖がるには及ばない。僕はただ、これがすべて片付いたら同僚たち相手にどれだけ被害対策を講じる必要があるか、探りを入れてるだけさ」

まあいちおうもっともらしい返答と思えた。もちろん上司たちは知っています、と私は答えた。ポールダーもたぶん知っています。私の妻も。そう告げていると、何だかまるで彼が頭の中で一人ひとりリストに書き込んでいる気がした。つくづく思うのだが、じきに自分が殺さねばならないとわかっている男を尋問するのは容易でない。そのせいで私はいつもよりそわそわしていたかもしれない。私の頭の中で何が起きているか、彼の揺るがぬ目が見通しているのではと心配だった。我々はさらに話を続けた。警察署を出たあとのストラットンの動きについては何も知らない、とハービソンはなおも主張した。「ですが、あなたの証言しかないわけですよね」と私は言った。「あなたがストラットンに会われていないということに関しては」

「それで十分じゃないのかね？」

私はこの質問を単なる言葉の綾と捉え、答えないことにした。「ストラットンの身に何があったと思いますか？」

「思う？」と彼は言った。「どうして僕にわかる？　君はそのことを探ろうとしてここへ来たんじゃないのかね」

どういう方針を採るべきか、私は思案しはじめた。もうこれで十分情報は得たからハービソンを殺す時だ、という潮時が私にわかるだろうか？　この場合十分とはどういうことだろう？　手引きを求めて、私の思いは自然と、自分の訓練期間に――ハービソンの過去の事件や報告書に――戻っていった。ハービソンならどうするだろう、と私は何度も自問した。そうして、彼ならこの状況にどう対応していくかを想像しはじめると、奇妙な、眩暈のような気分に私は囚われていった。自分が二つの場所を同時に占めているかのような、あたかも自分で自分を尋問しているような気分。

私は青ざめたにちがいない。「君、大丈夫か？」とハービソンに訊かれたのだ。

「少し外の空気を吸った方がいいかも」と私は言った。

ハービソンはうなずいて、家の奥の方に歩き出し、私もついて行ったが、じきに彼は突然回れ右し、私を連れて玄関から外に出た。

私たちは一緒にポーチに立った。「裏口でもよかったのでは？」と私は訊いた。

彼は肩をすくめた。「裏のポーチは泥だらけなんだ」と彼は言った。「おまけに黴臭い。僕は慣れてるが、客につき合わせる気は毛頭ない。特に公的資格で来ている客ならなおさらだ」

私はうなずいた。明らかにこれは虚偽だろう。「家の中を見て回っていいですか？」と私は、ふたたび二人でカウチに座るとともに訊いた。

「駄目だ」

「駄目なんですか？」

「僕が目下関わっているのはストラットン事件だけではない」と彼は言った。「家の中にはほかにもいろんな書類やファイルや物品があって、どれも取り扱いに非常な注意を要する。君は見て回る、などと気安く言うが、組織があらかじめ承認していないのにそんなことさせてやれるわけがない」

「ふむ、なるほど」と私は言った。規則上は彼の言うとおりだろう。

「僕としても、君が組織相手に厄介な事態に陥ったりしたら困るからね」

私はうなずいた。「では組織に電話しましょうか？」と私は訊いた。

「もちろん」と彼は澱みなく言い、コードレス電話機を持ってきてくれた。そして実際、あれで発信音が聞こえていたら、私もきっと電話していたことだろう。

「どうかしたのか？」とハービソンが訊いた。

「回線が切れています」と私は言った。

それが世界で一番自然なことであるかのように、彼はただうなずいただけだった。「よくあるんだ」と彼は言った。「寒くなりはじめは特に多い。こういう古い田舎家は、いつだっていろんな問題があるんだ」

私は笑って返そうとした。

「少し待てばかけられるさ」と彼は言った。

だが電話は結局かからなかった。

そのころにはもう午前零時を過ぎていた。「ご夕食からずいぶん長いこと、引き離してしまいましたね」と私は言って立ち上がりかけた。

ハービソンはあっさり片手で私の謝罪を振り払った。「君、どうやってここへ来たんだ？」と彼は訊ねた。

タクシーで来たことを私は伝えた。

「で、電話はつながらないから、タクシーも呼べない」と彼は言った。「あいにくだな」

「あなたの車に乗せていただくとか」と私は言った。

彼は首を横に振った。「ヘッドライトに問題がある」と彼は言った。「見てもらわなくちゃ、といつも思ってるんだが」

「じゃあ泊まっていくのがいいかも」と私は冗談半分に言った。彼が同意したその様子から、自分が重大な過ちを犯したことを私は悟った。


彼が一階を歩いて回り、ドアを一つひとつ施錠し、窓の掛け金を掛け、警報機をセットするのを私は見守った。それが済むと、彼は私のそばに寄ってきて、少しのあいだ考え深げに立って私を見ていた。「君をどこに寝かせるかな?」と彼は言い、自分の上唇をとんとん叩いた。「来たまえ」と彼はしばらくしてから言った。私は立って、あとについて行った。

私は階上の部屋を与えられた。二階の小さな客用寝室で、壁紙は剝げかけ、細いベッドと子供用の机がある。いまとなっては生地よりも埃で出来ているように見える分厚いビロードのカーテンが、ひとつしかない嵌め込み窓を覆っている。一方の隅に暖炉がある。部屋全体、何となく埃っぽい臭いがする。彼は私を部屋に案内し、浴室の所在を教えてから一階へ降りていき、階段下のドアを閉めた。

私はしばらくベッドに横になっていた。眠る気はなかった。単にドアに鍵を掛けて様子を見ようと思った。もう彼を殺すに十分な情報をすでに得たか、それともまだ知るべきことがあってそれを聞き出すために彼を痛めつけて強要する必要があるかを判断しようと思った。私は脇腹を下にし、暖炉の中をじっと見た。そこに横たわって考え、なおも考え、下の階で彼が歩き回る音に耳を澄ませた。しばらくするとその音も弱まっていき、ハービソン自身寝床に入ったこと、あるいは少なくとも椅子に腰を落着けたことがわかった。私は虚空を見つめてそこに横たわり、眠りに呑み込まれる直前のしるしである、あのじわじわ侵食してくる闇を感じていた。

そのまま眠りに落ちていたとしてもおかしくなかったが、やがて心のずっと奥の方で、何か別の音が、どこから出ているのか決めがたい音が聞こえているのを私は感じはじめた。はじめは鼠か何かが、少し離れたところでこそこそ走る音かと思った。あるいは、誰かが咳をする、ひどくくぐもってほとんど聞きとれない音か。起き上がって部屋の中を歩き回ってみると、しばらくの試行錯誤を経て、それが暖炉から出ているらしいこと、暖炉の奥の壁付近で一番はっきり聞こえることがわかった。

音は続いたが、それが何なのかはまだ割り出せなかった。私は暖炉前にとどまり、冷たい煉瓦に両手を当て、煤だらけの壁から数センチのところまで顔を近づけていた。何かをひっかいているのか、それともごくかすかな金切り声か？　幽霊か？　でも少し大きくなってきた気がする。

少しして、一階でハービソンがこそこそ動き回るのが聞こえた。間もなく、ドアが開いてから彼が階段を昇るか降りるかしているとわかる音が聞こえた。この部屋に通じる階段を昇っているのではないし、暖炉の筒からも彼が動くくぐもった音が聞こえはじめたことからして、これは地下室へ降りていったにちがいないと私は推論した。

音は少しのあいだ続き、やがて唐突に止んだ。少し経って私は立ち上がり、机の中にこの紙とこの短い鉛筆を見つけ、書きはじめたのである。

こうしてメモを読み直してみると、どう考えてもこの家から逃げ出すべきだと思える。自分が何かを見逃している、そんな気がしてならない。ここに一瞬とどまるごとに、その何かが私を打ちのめす危険も高まっていく。もっとも賢明な策は、組織の一員であろうとなかろうと、逃げること、この家を放棄すること、そしてあとから上司と相談して彼らとともに私がいま捉えられずにいるものの把握に努めることである。

＊

けれども、知りたいと思う誘惑はあまりに強くなってしまった。加えてドアと窓はみな、ここ二階のものもすべて、電線が張られ警報機が仕掛けられている。もし私が立ち去れば、かりに手早く効率よく逃げおおせたとしても、私が逃げたことをハービソンは知るだろう。ハービソンの警戒心を目覚めさせるのは賢明とは思えない。それに——と私は自分相手に理を説く——たかが一晩でどれだけの害が生じるというのか？　今夜、私はこの中間報告を、この寝室の重たいカーテンの裏地にピンで留めようと思う。ハービソンが眠ったと確信できるまで待って、それから慎重に階段を降りていき、地下室まで行って、さっき聞こえた音の意味を探ろう。答えが見つかって私がそれをどういうふうにであれ活用するか、あるいは見つからないか、そのどちらかだ。どちらにしても、私は早起きして、シャワーを浴び、服を着て、ハービソンとともに朝食をとり、さらに彼に質問して、彼を殺すだろう。拷問もするかもしれない。それからこの家を出て、二度と戻ってこない。

だがいまはただ、じっと待つだけだ。何か動きか音が生じるのを、私が階段をこっそり降りていって私を待つものの腕の中に入っていける瞬間を。

スレイデン・スーツ　*The Sladen Suit*

——アントワーヌ・ヴォロディーヌに

私はスレイデン・スーツに入った三人目の人間だった。ほかの者たちの凝視の下、臍の上から斜めにのびた長いゴムの入口トンネルを私は広げ、体をその中へ少しずつ滑り込ませて、私の前に入っていった、どちらもいまや死んでいる二人の人間の饐(す)えた汗の臭いを嗅いだ。

用心のためスレイデン・スーツには改造が加えられていた。頑丈な革のストラップが腿と肩に取り付けられ、これらを頑丈な真鍮の輪に通してスーツを隔壁(かくへき)に固定できるようになっていた。スーツは壁の前に直立し、まっすぐ私の方を向いている。空っぽのトンネルを左右に押し広げて体を滑り込ませていく直前、自分が何かの装置にではなく人間の中に入ろうとしていると考えずにいるのは不可能だった。顔面プレートはネジ止めされて錆びつき、こっちがいくら頑張ってもびくともしない。酸素吸入器は外側からは点検済みだったが、中で機能するかどうかは、とにかくスーツの中に棲んでみないことには何とも言えなかった。

我々は何日も前から針路を見失っていた。計器を役立たずにしてしまう、逆巻く天候の中を我々は漂っていた。食糧も乏しくなり、やがてなくなった。我々の顔はどんどんやつれていき、反応もますます鈍くなっていくとともに、みんな甲板を捨てて船内に固まり、船体が周りでうめき、きしむのを聴いていた。

　間もなく船長が死体で発見された。ダイビングナイフが心臓を貫いていた。ナイフははるか戦前の骨董品で、先が跳ねた刃わたり十八センチの鋼（はがね）にがっしりした真鍮の柄（つか）が付いていて、柄の刃側には溝が切ってあって鞘にねじ込めるようになっている。ナイフの所有権を主張する者は一人もいなかったが、それを言えば、いくら我々を苦境に陥れた船長をみな責めていたとはいえ、船長に復讐しようという気だった者もいはしなかった。

　モップで床の血を拭きとったが、死体はどうしたらいいかわからなかった。はじめはそれを空っぽの食料貯蔵庫に置いておき、風が止んだら海に投げ込むつもりでいた。ところが風は止まず、一、二日すると悪臭がすさまじくなった。船長が自分たちのそばにいると思っただけでも耐えがたく、誰が彼を処理するかを決めようと我々はサイコロを振ったのである。

　負けたのは双子の兄弟トアとスティグだった。二人はブツブツ言いながらレインコートを羽織り、死体を梯子の上に引っぱり上げ、苦労してハッチを開けて、大渦巻の中へ這い上がり、我々の視界から消えた。

　彼らはなかなか戻ってこなかった。戻ってきたのは一人だけだった。

　はじめ戻ってきたのはトアだと我々は思ったが、たしかにトアのように見えたものの、自分はスティグだと本人は言いはった。スティグによれば――やっぱりトアなのでないかぎり――彼らは船長を引っぱり上げてハッチの上まで通し、それから手を放して死体を甲板に落としたが、死体は水の流れに捕らえられて甲板の上をずるずる滑っていき、排水口に引っかかり、片腕はつき出ていたが残りは引っかかったままで、穴を通り抜けるにも大きすぎた。トアは悪態をつき、ハッチを手放して船長の方へ向かった。スティグは呼び戻そうとしたが、風が強くてトアには聞こえず、それにスティグが両腕で押さえているハッチも吹きあれる風に閉まってしまいそうで、腕が折れてしまうのではとスティグはしばし思った。自分の双子の兄弟がよろよろと甲板の上を進んでいくのをスティグは目にした。それから船が下向きに傾いて、泡が点在する水の壁がそびえ立った。トアもそれを見たにちがいないとスティグは主張した。なぜならトアは立ちどまり、じっと動かず呆然と頭上を見上げていたからだ。少なくとも雨と闇ごしにはそうしているようにスティグには見えた。それから波が甲板に上から激しく叩きつけ、スティグはハッチの端を摑んでいるだけで精一杯だった。何とかつかまってはいるものの、このままでは溺れてしまうと思える時間がしばらく続いた。水がある程度引いてきて、息もできて周りも見えるようになると、トアはいなくなっていた。だが船長の死体は相変わらず排水口に貼りついていて、水が周りで渦を描くなか、軽く前後に揺れていた。

兄弟の姿が見えないかと、スティグはそこに長いことととどまっていた。自分も危うく溺れそうになった次の波にも、またその次の波にも耐えて待ったが、じきに体がぶるぶる震えてきて、この次の波が来たらもう命はないと思った。船長の死体はいつの間にか排水口から外れて、甲板の上をプカプカ漂っていたが、船外にはどうしても落ちなかった。天候も海もすさまじい荒れようで、死体を投げ捨てに甲板を横切っていけそうにもない。どれだけ大きな波が襲っても死体がいっこうに船から落ちないのを見て、かりに船外に放り投げても船長は何か手段を見つけて戻ってくるのではないかとさえ思えてきた。それでやっと、スティグも船内に降りてくる気になったのだった。

風と雨はすさまじく、中に降りられるようハッチを大きく開けた状態に保つのは一苦労だったが、ようやく何とかなって、スティグは梯子の段を転げるように降り、我々の許に戻ってきた。

数時間のあいだ、彼は何も喋らず、ぶるぶる震えるばかりだった。だがそのうちやっと、ささやくような声で、我々に一部始終を語った。嵐について彼は語り、嵐がますますひどくなっているので我々が生きのびられる望みは薄いと思うと語った。トアの死についても彼は我々に語った。**スティグってことだよね**と我々は言った。**いいや、言ってるとおりだよ**と彼は言った。きっと兄弟を失った悲しみで狂気に陥り、兄弟の名を自分に与えて自身の名を捨ててしまったのだ、と思った者も少なからずいたが、とにかく我々は彼をスティグと呼ぶことにした。ほかにどう呼ばれても答えなかったのである。

話し終えると、今度は数時間よりもっと長く沈黙し、顔は活気がなく無表情だった。我々は彼に付き添い、彼を見守った。ひとつには彼を気の毒に思ったからであり、もうひとつにはほかに何もすることがなかったからだ。けれどやがてみんな徐々に離れていって、ほかのことをやりはじめた。カードが何枚か欠けたトランプ、三目並べ、船内で見つかったあちこち破けた本やパンフレットを一人で読む、下品な議論をくり広げ大声でわめき悪態をついて罵りあう、眠る。

ただしエイサだけはスティグのそばにとどまり、何かが変わってスティグの活気ない無表情な顔が生気を帯び奇妙な光を発しはじめたときも彼とともにいた。

*

座っているスティグが背をのばした。「あれは何だ?」と彼は言った。「何なんだ?」

それから首を回し、片耳のうしろに手を当て、通路の先の方に耳を向けた。少ししてから、今度はエイサの方を向いた。

「聞こえないか?」と彼は訊いた。

「聞こえるって、何が?」とエイサは訊いた。

スティグは首を横に振るだけだった。そして立ち上がり、足を引きひき通路を進んでいった。のろのろと動いて、何度も立ちどまっては耳のうしろに手を当てて聴いている。エイサは少し離れてあとについて行き、時おり質問を口にしたがスティグは答えなかった。スティグは通路を通り抜け、それから、縦板がなくすきまの大きい急な金属階段を降りていき、やがて白く長い管の前に出た。垂直にのびた管の一番下は蓋のついた鐘形になっていて、上は天井の先までのびている。

「ああ、あそこだ」と彼は言った。

あとになって、エイサもほかの誰も、それ以前にそんな管を見たことを思い出せなかった。まるで、スティグが探しはじめるまでは、管などそこになかったかのように。

スティグはその伝声管の金属蓋をずらして耳を当てた。エイサはいまやすぐ近くまで来ていたが何も聞こえなかった。**この管、どこに通じてるんだ?**とエイサは思った。たぶん甲板にだろう。甲板の側は蓋が閉まっているに決まっている。甲板にいま誰かがいてそいつと通信する、なんてありえない。

「そうか」とスティグは管に向かってささやいた。「で、それはどこで見つかる?」

彼はさらに聴き入り、それから体を起こして、揺るがぬ目でエイサを見た。「俺たちの考え方は間違ってたんだ」と彼は言った。「嵐が過ぎるのを待っても駄目だし、甲板に上がっても逃げられない。そうじゃなくて、這って出なくちゃいけないんだ。スレイデン・スーツで逃げないといけない」

「スレイデン・スーツ?」エイサは驚いて訊いた。

「船長室にある」とスティグは言った。「それが逃げる道だ」

「どうしてそれが、逃げる道だとわかる?」とエイサはゆっくり訊いた。

「あいつが言ったんだ」とスティグは言った。「スレイデン・スーツが俺たちの救い主なんだ」
「誰がそう言ったんだ？」
「トアさ、決まってるだろ」とスティグは言った。彼がトアでないのなら。

そして、伝声管と同じく、船長室のスレイデン・スーツも、我々が意識して探しに行くまでは誰も気づいていなかったように思えた。それは船長室の床、寝台の下に、一種の戦利品か骨董品か聖遺物のように広げられていた。およそ実用になる道具ではなく、痛ましいほど時代遅れだった。最後に使われてからもう何年も経っていた。もう何年も前に、もっと効率的な、入口トンネルを這っていかなくても済むドライスーツに取って代わられていたのである。

我々はスティグ相手に理を説いた。スレイデン・スーツなんかに入って何になる？　中に入って、それからどうする？　次のステップは何なんだ？　だが彼はただ首を横に振り、俺はトアを信頼してるんだ、スレイデン・スーツが俺たちの救世主になるってトアに言われたんだ、と何度も根気よく説明した。

しばらくして、腹は減り、頭も混乱し、嵐のせいで頭も変になっていた我々は、だんだんいいじゃないかという気になってきた。スティグをスレイデン・スーツに入らせて、俺たちが何を失う？何分かしたら、何も起きないとスティグもわかって、また這い戻ってくるさ。最悪、どんなことが起こりうる？

それで我々は沈黙し、脇に退いて、スティグがスーツに近づいていくのを見守った。ゴムのトンネルの口をふさいでいる金属のクリップを彼は外し、畳まれていたトンネルを広げ、さらにその巻きを解いた。床の上に横たわった、胸部からゴムの太い帯が出ているスレイデン・スーツは、どう見ても致死的な傷を負って生命が洪水のように流れ出ているさなかの男を思わせた。スティグがトンネルをばさっと振って広げ、ゴムの饐えた臭いが我々の鼻をつくなか、スティグは頭をひょいと下げて、中に這っていった。

体の輪郭がトンネルをゆっくりと進んでいき、頭のかたまりや両肩の線がゴムの下から盛り上がった。そして少しのあいだ、両足がトンネルの中に消えた直後、彼は止まった。しばらくとどまっていたそのあいだ、我々のうち何人かは、手を中に入れて彼を引きずり出したい誘惑に駆られた。実際、あれで彼が突然また動き出さなかったら本当にそうしていたかもしれない。今回はおそろしくゆっくり動き、方向もくり返し変わって、ゴムの両横の壁に何度も行きあたってつっかえていた。まったくと言っていいほど前進はなく、何度かは逆に引き返してしまいそうに見えた。彼を助けよう、体をまっすぐのばしてやろうと私は動きかけたが、エイサに止められた。ほかの連中もただ見守ろうという気でいるらしかった。

かくして我々は見守った。どのくらいこれが続いたのか、私にはわからない。可能と思えるよりずっと長く、それよりもさらに長く続いた。

けれどとうとう、スティグはスレイデン・スーツ本体にたどり着き、体をその中に押し込んだ。はじめは向きが間違っていて、スーツの前ではなく背の方を向いていて、彼が中で体の向きを変えようともがくなかスーツは床の上でぱたぱた跳ねた。

酸素吸入器が作動しはじめ、軽くカタカタ鳴った。汚れのついた暗い顔面プレートの奥に、見開かれ怯えた片目が一瞬見えたと思ったら、スーツは一気に明確な形を帯びた。指を曲げてはのばし、脚が動き、胴も曲がってはのび、背がまっすぐになった。そしてスーツは壁につかまって立ち上がり、ゴムのトンネルが足下に落ちて広がった。スーツは手を下にのばし、トンネルを畳んでクリップで止めようとしたが、少しやっただけでやめてしまい、奇妙なこもった音が中から聞こえた。代わりに今度は、覚つかぬ重い足どりでスーツは壁から離れ、トンネルにつまずいて危うく転びそうになったが、何とか倒れずにドアの方へ向かった。足が床を打って鈍い響きを立てるなか、スーツが通り過ぎてゆくのを我々は止めなかった。真鍮のヘルメットがドア枠のてっぺんにぶつかり、スーツは戸口の両横に束の間しがみつき、左右に軽く揺れてから、ドアを抜けて通路を下っていった。

我々はあとを追って突進していったが、戸口を抜けたころにはもうスレイデン・スーツは通路に倒れていて、空っぽで平べったくなっていた。我々はトンネルの壁を左右に広げて中を覗いてみたが、何も見えなかった。何人かはスレイデン・スーツのずっと奥の方から男のわめき声か悲鳴が聞こえたと思うと言ったが、その時点でもあとになってでも、本当にそういう音を聞いたと自信を持てる者は一人もいなかった。

スレイデン・スーツはスーツなどでは全然なく一種の生き物であって、スティグは呑み込まれ食べられてしまったのだと考える者もいた。だがまた、いや、スティグの体は何も残っちゃいない、あいつはあっさり消えてしまったんだ、つまりどこかほかのところにいて、つまりあっさり助かったんだ、と説く者もいた。我々はみな、スーツに関していくらか興奮し、スーツのことをいくらか怖がっていた。

「次にスーツに入る奴は」とディガーが言った。「俺たちに合図を送るようにしなくちゃいけない。自分の身に何が起きてるのか、知らせようとしなくちゃいけない」

ほかに選択の余地はなかった。我々の議論はいつもその認識に向かっていたのだ——とにかく我々にわかっていることはろくにないのであり、誰かほかの人間がスレイデン・スーツに入るしかないのだという認識に。我々はぽかんとたがいを見あった。この認識に至るのは自然なことだったが、誰が入るかを決めるのは困難であり、ほとんど不可能であった。

「くじを引けばいいんじゃないかな」と私は言ってみた。

だが自分の身を運に委ねるという発想に我々はいまひとつ踏みきれず、ただぽかんと見あうばかりだった。しばらくのあいだ、みんなそうやってじっと動かなかったが、とうとうエイサが立ち上がり、確固とした口調で「俺だな」と言った。

今回は我々もあらかじめ手を打った。エイサの腰にロープを巻きつけ、入っていくエイサの足首を押さえる役はくじ引きで私が選ばれた。エイサに力がつくようにと、タールを塗った樽の底に残っていた数滴の水と、クラッカーのかけらいくつかを給仕長が供出し、我々は作業に取りかかった。はじめは万事順調に進んだ。持ちこたえるだけの強さがロープにあることもテストして確かめた。エイサはトンネルを左右に広げて入っていった。くねくね体を動かして少しずつ中に入っていく彼の片足首に私はしっかり指を巻きつけ、かたわらにしゃがみ込んだ。彼の体が消えていくのを私は見守り、彼が時おり私の摑む手に抗して押したりあがいたりしつつもつねに前へ進んでいるのを感じとっていた。彼がトンネルをほぼ抜けきり、私の手も中に入ってその内壁をかすするようになったところで、彼は突然立ちどまり、こっちに向かって何か叫んだが、音がこもっていて聞きとりようはなかった。

「何だって？」と私はトンネルの入口フラップの中へ頭を押し込みながら訊いた。

彼はなかば向き直り、ゴムを両手で押し広げた。私には彼が事実見えはしなかったが、そこに彼がいるという気配はそれなりにあったし、体の基本的な輪郭も感じとれた。彼はふたたび声を上げ、今回は、依然として遠くこもっていて奇妙に歪(ひず)んでいたものの、私にも聞きとれた。

「放してもらうしかない」と彼は言った。「このままじゃ先へ行けない」

その会話を聞いていなかった者たちは少し驚いたが、私は手を放した。でもまだロープがあるのだ。

いまや彼の輪郭はすっかりスーツ本体に移行して、体を回して向きを正そうとする、ぎこちない、見ていて何とも不安になる過程に入っていた。ゴムを引っぱり、押していくなかで、体がだんだんスレイデン・スーツの輪郭に一致していく。それから、スティグのときと同じに、スーツはよたよたと立ち上がり、入口トンネルを床にひきずって、ロープがくねくね臍の緒みたいにトンネルから出ていた。スーツは壁に一度ぶつかって危うく倒れかけ、それからもう一度ぶつかった。

それから、突然、風でも吹いたみたいにスーツは震え、ぱたぱた揺れながら畳まれていって、崩れ落ち、平べったくなった。我々はたがいに叫びあいながらロープをたぐり寄せた。少しのあいだ手応えがあったが、やがてロープはするっと抜けてしまった。先端はまだしっかり輪になっていたが、全体はあちこちべとべと濡れていて、見ればそれは血だった。

我々はしばし呆然と立ちつくし、ロープをぽかんと見て、空っぽになったスレイデン・スーツから距離を保っていたが、やがて少しずつ、ささやきが始まった。何があったんだ？　と我々は問いあった。誰にも答えられなかった。俺たち何がわかった？　何も。ロープが血に汚れて戻ってきたことはたしかに吉兆とは思えないが、とはいえエイサ本人はいなくなって、どこにも見あたらないのだ。死んだのか？　逃げおおせたのか？　我々はどちらかと言えば前者を信じたが、信じたいのは後者の方だった。いずれにせよ、どちらの可能性を却下する根拠もなかった。

ならばどうすべきか？　このまま船内に固まって嵐が過ぎ去るのを——みんな餓え死にする前に過ぎ去るのを——待つこともできるし、さらにもう一人がスレイデン・スーツに身を託すこともできる。要するに何もせずにいるか、おおかた悲惨な結果に終わるであろう何かをするか、そのどちらかなのだ。好むと好まざるとにかかわらず、誰かがまたスレイデン・スーツに入るしかあるまい。

というわけで私たちはくじ引きに合意した。短い藁を引いた者が行く。短い藁を引いたのは私だった。

私はロープを体に巻かれるのを望まなかった。ロープはエイサの役にも立たなかったし、ひょっとしたら体を傷つけさえしたかもしれないのだ。誰かに足首を押さえてもらうことも私は望まなかった。ある時点でどのみち放してもらうしかないのだから。自分は死へ向かっているのであり、抗っても無駄だと私は確信していた。

私が要求したのは、スーツにストラップを付けて壁に固定させることだった。スーツが一か所に止まっていることを私は望んだのだ。中の男たちが消えたのは、スーツが歩いたことが原因ではないか。スーツが動かないようにしておけば、私は消えないかもしれない。わずかな希望だったが、これで精一杯だった。

最後の瞬間に誰かが——誰だかはわからない——鞘に入ったダイビングナイフを私の手の中に押し込んだ。おそらく船長を殺すのに使ったのと同じナイフである。私はそれをベルトに差し込んでから、臍の上にのびたトンネルを押し開き、中に入っていった。

スーツがまっすぐ立っているので、作業はいままでの二人より困難だった。ゴムがつるつる滑ってしまうのと戦いながら、前に進もうと私はあがき、まずは身をかがめ、それから上向きにのぼっていった。トンネルの端からスーツ本体入口までの短い距離を越えるのは思ったよりずっと時間がかかった。ひとたび本体にたどり着くと、逆向きにスーツに這って入ってから前を向こうとあがくのではなく、あらかじめトンネルの中で体をひっくり返した。それからうしろに体をそらし、両方の腋の下を摑んで、体を中に滑り込ませた。

次に両腕をゴムの袖に通し両手を絶縁材製の手袋に入れるのはかなり苦労したが、何とかそれもやりおおせた。

はじめスーツは私には大きすぎるように感じられた。あごが垂れて首にくっつくので、外を見るのにも難儀した。けれども、体をあちこち動かしてスーツに合わせ、だんだんと収まっていき、頭も持ち上がって真鍮製の鐘形頭部に入ると、いや、やっぱりこれは私に合わせて作ってあるのだという気になってきた。顔面プレートを通して外を見ようとしたが、ガラス自体が内側も外側もひどく汚れていて、ぼんやりした影がいくつかと、部屋のおおまかな輪郭が見えただけだった。

顔面プレートの内側を綺麗にしようと、まず頰をプレートにこすりつけ、次に舌でプレートを舐めてみたが、どちらの方法も曇りをますます濃くしてもっとずっと見づらくしてしまうばかりのようだった。かくして私はそこに立ち、壁に繫がれたまま身動きもせず、何かが起きるのを待っていた。スーツに収まった両腕の筋肉を伸び縮みさせて動かそうとしてみたが、何も起こらなかった。私は待った。

ほんの束の間、わずかな一瞬だけ、汗の臭い以上の何かの臭いが鼻をついた気がしたが、次の瞬間にはもうなくなっていた。あたかも臭いが体感の中に移住したかのように、残ったのは奇妙な肉体感覚だけだった。

いつまで待つんだ？と思った。

大きく息を吸った。腕や脚にゴムが触れているせいで汗が出てきて、ますます不快感が増してきた。酸素吸入器がカタカタ鳴った。実際、私がスーツ本体に入ってすぐ鳴り出したのだが、空気が流れてくる感じはなかった。それどころか、自分は徐々に窒息しているのではないかという思いが募ってきた。

私は耐えられるだけ耐えた。もうそれ以上我慢できなくなると、両手両腕をスレイデン・スーツの両手両腕から抜きとり、ゆっくり体を曲げて、外に向かって体を押し出しはじめた。だが出ていくのは、やってみると、入っていくのよりずっと困難だった。


身をかがめてスーツを押し、体をトンネルにねじ込み、顔を先にしてトンネルを降りていった。最初は万事泳ぐように進み、止まりもせず妨げもなく進んでいった。と、最初は険しく、危なく感じられたゴムのトンネルが、突然平らに広がった。**もうじきだ**と思いながら這って進み、いまにもスーツの外に達するものと思った。ところがトンネルはえんえん続くように思え、なぜか入ってきたときよりはるかに長かった。

私は先へ進みつづけたが、終わりには達しなかった。いまやさんざん汗をかいて、髪はびっしょり濡れ、周りじゅうトンネルも湿ってきた。いつの間にか一八〇度回転してしまったのか、それともひたすらトンネルの側面に沿って動いているだけで、進んでいる気ではいても実は全然進んでいないのか。でもそれなら、私がスーツから出たのを見て、私の体の輪郭も見た船乗り仲間たちが手をつっ込んで引っぱり出してくれそうなものではないか？

いいや、と私はだんだん確信していった。これはトンネル自体が、なぜかえんえんと、出口もなしに続いているのだ。

どのくらいトンネルの中をさまよっていたのかはわからない。数時間か、数日か、ほんの数分か。ある時点で——どの時点かも定かでないが——自分のいろんな部分がバラバラになってきているという思いに私は襲われた。自分の何層かがトンネルの壁にこすれて剝がれ、もう取り戻しようはないのだと思えた。私は悲鳴を上げたと思うが、その自分の悲鳴にもゾッとさせられた。それはゴムの手袋の中に向かって悲鳴を上げるようなものだったし、乏しい酸素をますます早く使いはたしている気にもなったからだ。今度はまたスーツ本体に戻っていこうとしたが、いくら這っても這っても本体に届かなかった。ある時点で私は気を失った。それから、うめくような音がして目を覚ましたが、長いあいだかかってやっと、それが自分の、私自身の声であることに気がついた。

ほかにどうしたらいいかもわからなかった。自分の動きがどんどん遅くなって、どんどん自分の中に——自分として残っているものの中に——引っ込んでいくのはわかった。あのまま行ったらいずれ完全に止まっていただろうが、やがて何かが腰を鋭く押しているのを感じて、私は突然、ナイフのことを思い出したのである。

手を下にのばして、ネジを回してナイフを鞘から出し、暗闇の中で自分の親指を使って切れ味を試してみた。指が切られた感触はなかったが、口に持っていってみると血の味がした。トンネルのゴム壁をぴんと引っぱり、ナイフを持ち上げて刃先をその表面に当てた。一息の、痙攣のようなしぐさとともに、私は壁を大きく切り裂いた。

＊

次に何が起きたのか、はっきりしたことはわからない。確かなのは、まぶしい光に目が眩んだことだ。汗びっしょりの体でトンネルから這い出て、疲れはててそこに横たわり、ゼイゼイ喘いでいた。

目の焦点が合ってくると、はじめは前と同じ船の上にいるのかと思ったが、部屋自体には人けがなく、仲間たちはどこにも見あたらなかった。明らかにそれは私が乗っていたのとよく似た船であり、すべての細部においてほぼ同一と言ってよく、それなりに回復してから船の中を探索しながら、いまにも仲間たちが見つかるものと私は期待しつづけた。だがその船は、船首から船尾まで、誰も乗っていなかった。私自身と、スレイデン・スーツ以外は。

トンネルを丹念に調べてみたが、私が切った跡はどこにも見つからなかった。どう見ても無傷に、切られたことなど一度もないように見えた。

嵐は止んだように思える。とにかくこの船は前のように上下左右に揺れたりはしない。実際、あまりに静かなので、天候は大嵐から一気に凪(なぎ)に移行したかのように思える。伝声管の蓋を外して耳を押しつけてみたが、何も聞こえない。私は呼びかけてみる。もしもし？　もしもし？　だが答えは決して返ってこず、私自身の声が反響して管を伝っていって、瞬く間に失われるだけだ。梯子をのぼって耳をハッチに押しつけても、嵐の兆しは聞こえてこない。けれど何かの重しがハッチを上から押さえつけていて、動かそうとしてみたが私の力では足りない。

私は腹を空かし、ほとんど餓死しかけているが、食べるものが何もないにもかかわらずえんえん生きつづけているようである。どういうことなのか私には説明できないし、説明を試みるのも得策とは思えない。心乱される思いはいまだ薄れない——すなわち、私という人間が減ってしまったのではないか、私の一部はいまもスレイデン・スーツの入口トンネルにくっついていてもはや取り戻しようもないのではないか。けれどそのことも、残っている私をどう失わずに保てるかという問題に較べれば大したことではない。

そしていまは？　出口があるとしても、私に見つけられるようには思えない。恐怖はあるものの、残された選択肢はただひとつに思える。これを書き終えて、読み直し、訂正を加えたら、スレイデン・スーツの中に戻っていくのだ。私にはナイフがある。きっとまたこのナイフが、船長のときや、私のスレイデン・スーツとの第一の遭遇のときと同じように役立ってくれるだろう。中に入っていって、今回はスーツが、どこか私の行きたいところに連れていってくれるか、あるいは私を完全に抹殺してくれるか、そのどちらかとなるよう祈るのだ。もしそれが叶わなかったら、私にはナイフがある。それは鋭く、すでに血を好む嗜好を獲得している。

ハーロックの法則　*Hurlock's Law*

始まりはずたずたに裂けた断片、一語か二語が書かれた紙切れ、そしてそれらを目にとめはじめたハーロック、から成っていた。この手の屑がいつもよりたくさんあるな、と、ハーロックは夏も終わり近いある日に思い、次に、しばらく前から自分がそのことを考えていて、すり減った靴の周りを舞ったり壁に貼りついたりしているそれらの紙屑、大方破れてしまったポスターの切れ端などをただ単に目にとめる段階から、それらを読む段階まで自分が移行したことを悟ってハッと驚いたのだった。*hurl*――と、ガムのかけらと一緒に靴底に貼りついていた赤紫色のビラの切れ端には書かれていた（*hurl*は「投げつける」の意）。それから、さほど経たぬうちに、通りがかったバスに一部遮られた、テレビ番組の広告――*O.C.*。二つを組みあわせて一種驚異の念にハーロックは襲われた。*hurl*とO.C.――**それって僕だ、僕のことじゃないか。**やがて驚異は少しずつ、次に何が起きるのかをめぐる恐怖の念に変わっていった。

要するに何が起きたのか？と彼はあとで、自分の部屋に戻ってから、皺をのばした赤紫の紙切れをかたわらのナイトスタンドに置いて考えた。たったいま、屑カゴを持ってきて中身を床の上にぶちまけたところだった。またも*hurl*という語を書いた紙切れが見えて、OとCの字がそれに続いたのだ。でもこれって何なのか？　ただの偶然じゃないのか、たまたま起きたことに僕の精神が勝手に意味を押しつけただけじゃないのか？　言いかえれば、意味なんて何もないんじゃないのか？　でもそうだとしたら、なぜいま？　なぜこの瞬間に？　そしてなぜいままでは一度もなかったのか？　あまりにタイミングがよすぎないか？

なぜいま？と彼はもう一度、破れた一連のビラ、丸められた紙、捨てる前に引きちぎった手紙の切れ端を指でぎこちなくもてあそびながら考えた。実はしばらく前から起きていたんじゃないだろうか。

いろんな紙をひっくり返し、混ぜあわせていると、紙切れたちはつねに、いまにも意味を帯びそうな様相を呈した。少し経つと、紙たちは事実意味を帯びてきた。彼はそれらの中から選んでいき、意味がゆっくり立ち上がってくるのを眺めた。羊は山羊と分けなくてはならない（命題１）。六語以上言葉が書いてある紙切れはすべて廃棄される——一度破られてから屑カゴに戻される（命題１・１）。紙は丸められ、球の外側に何の印刷も見えていない状態でゴミの中に戻される（命題１・２）。指二本より厚い、もしくは長いものはすべて廃棄される（命題１・３）。

残った紙切れの中から、ランダムに四つを選んだ。判読不能な、昆虫っぽい殴り書きが書かれた薄青の紙。大きな、凝った字体のPの字がひとつ、あたかも別の字に変異しかけているかのように枝を生やしている紙切れ。*Red Haze*（赤い靄）、*nimbly*（敏捷に）という言葉が書かれた、何かの本の書評の断片。手書きの *pear*（梨）という言葉。

それで全部だった。ハーロックはそれらをじっと見ながら、第二の命題を早くも組み立てはじめていた。ハーロックの法則を発見した者を待つメッセージが存在する必然性に関する命題。*Insect*（昆虫）、と彼は四つの紙切れをあちこちに動かしながら考えた。*P*、それから *pear*。*bee*（蜂）ではないか、と理性が彼に告げた。あるいは何かが彼にそう明かした。そうして彼は理解した。そう、ここにはメッセージがある、前からメッセージが待っていたのだ。蜂か、あるいはむしろ *be*（在る）。*P*——*pear, Prepared*（用意が出来ている）。そう、彼は用意が出来ていなくてはならない。だが何のための用意をするのか？ *Red Haze, nimbly* のためか？ それってつまりどういう意味だ？

それらの紙を長いあいだじっと見ながら、最後の三語は捨てるべきだろうかと考えた。結局、見つけたものをすべて、現われた順番にテープで壁に留めていった。言葉たちはおそらく——と彼は自分に言い聞かせたにちがいない——意味を成す必要が生じたときに意味を成すのだ（命題３）。

そして実際、八日後に、それまで重要性が見えていなかった三語——*Red Haze, nimbly*——がひと連なりの出来事の中で焦点を結んでいき、それらの出来事がハーロックの法則第四命題の成立につながっていくことになる。すなわち——**ハーロックの法則が何につながっていくかは予測不能である。**

というのも、街の中で、*Red* という言葉がトラックの車体に大きな赤い字で現われ、すぐさま彼の目は敏捷にあたりを見回して *Haze* を探した。だが *Haze* はなかった。言葉が彼めがけて飛び出してきたりはせず、ほかのいろんな言葉が邪魔に入ってきて彼がそれらを見まいと努め、それらを貫いてその向こうのどこにどんな形で *Haze* が現われていようと見逃すまいと努めただけだった。きっとどこかにあるはずだ。そういう順番なのだ。まず *Red* が来て *Haze* が来る。自分は何かを告げられている、その何かのために *Be Prepared*（用意が出来て）いなければならない。実は結局紙切れたちには何の意味もない——何もない以下である——のではないかぎり。

彼は街を歩きつづけたが、何もなかった。靄もない——*Haze* という語も、目に見える靄も。空は彼の目には透明で精緻に見えた。とうとう家に帰り、壁に貼った言葉たちをじっと見た。彼は自問した。**どこで俺はしくじったんだろうか？　どんな間違いを犯したのか？**

その晩はろくに眠れず、じわじわと退いていく闇を、太陽がアパートの窓から差し込んでくるまで眺めていた。夜中につかの間うとうとしたときに（闇の中、うとうとしたと単に想像したのでなければ）夢を見た（これも闇の中で目覚めていた精神が単にあたりをさまよったのでなければ）。

夢の中でノックする音がしたので、ドアを開けた。顔が油を塗った鉄で出来ている男が入ってきて、壁に並んだ彼の本からただちにページを破りとりはじめた。ハーロックはただ男がすることを眺めていた。男はそれらのページを、大きな片手で屑カゴの中身を引っかき回しながらいろんな紙と混ぜあわせた。その手は金属製とも、単に肉体の一部とも思えた。何か目の細かい生地で出来た指なし手袋に収まっていて、中はいっこうに見えなかったのである。

夢はこれより先に進んだだろうか、それともそこで、鉄の顔をした男が指なし手袋で紙を引っかき回しているところで終わっただろうか？　よくわからない。その夜の大半は、狭くてでこぼこの寝台の上、眠りと目覚めの中間で過ごされたため、何が夢の中で起きたことであり何は闇に横たわりながら自分の思索でもって紡ぎ出したことなのか、はっきりしなかったのである。

日誌に書きとめた数少ない言葉によれば、それは彼が若かったころを思わせた。若いころハーロックは、よくパーティを辞して家に帰ると興奮覚めぬままベッドに横たわり、パーティはある意味でまだ続いていて彼は闇に向かって会話を続けたものだった。そしていま、パーティがまだ現実に続いているのでないことはもちろん承知していたが、ある時点に至って、以前実際に起きたことと、実際にはいま起きていないし過去にも起きなかったこととの区別を保つために、いくつかの別の区別が消去されてしまったのである——誰のものかわからない手の付け根が、こすって消したような感じ。そのため、何が現実で何が非現実かはわかっていたものの、さらに踏み込んで、非現実の領域内での、夢に見たものと想像したものとの区別となると、もはや不可能になってしまった。

翌日、意識を保とうと彼は努めた。*Haze* をあきらめる気はなかったし、もうすでに見逃してしまったのではないかと心配だった。靄を見たらそれとわかるだろうか？　注意力が散漫になり、またパッと目覚める。そのくり返しだった。けれど何もやって来なかった。あるいは来たとして、目に入ったとしても彼は気づかなかった。夕方になると、集めた乏しい紙切れをまたいじくり回していた。それらは単なる紙切れにとどまり、より大きなものにまとまりはしなかった。

その夜、よくは眠れなかったが、切れぎれに少しは眠った。少なくとも前の晩よりはましだった。夢は見ただろうか？　夢についての記録は残っていない。見なかったのかもしれないし、単に録音・文字化の装置に不具合があっただけかもしれない。あるいは、その晩に録音されたデータが、潜在的危険ゆえに隠蔽されているのかもしれない——その晩に何か鍵となる発見がなされたのではないかと、私はいまや個人的に疑うようになっている。

我々の手元にあるものはごくわずかだ。短い書き込みが数ページある彼の日誌。夜のあいだに彼が集めてヘッドボードの上にテープで留めた新たな紙切れの群れ。もはや機能しない構成体本体と、構成体を任務から撤退させる理由を示した解体報告書。ビデオ映像も残っており、私はこれを自分でも認めたくないほど何度も通して観てきた。六時間二十八分にわたってハーロックがベッドの上に横たわり、寝返りを打ち、時に目は開いていて、時に閉じている。もう何回もくり返し観たから、この録画に何ら注目すべき点はないと私には断言できる。映像がわずかに明滅し、ハーロックが突然消える瞬間を除いては。

日誌にはほかに、すでにここで内容を——少なくともその大半を——述べた一ページがある。要するに、ハーロックの法則。紙の上部に Hurlock's Law の二語が書かれ、下線が引かれ、そのあとに一連の命題が続く。これまで引用した以外にもうひとつ、ハーロックの筆蹟とも見えるしそうでないとも見える字で殴り書きされた一行がある。不安のせいで変わってしまった彼の筆蹟なのかもしれない。あるいは、等しくありうることとして、彼の字を模倣しようとした誰かの仕業かもしれない。両説、我々の中でも支持は分かれている。内容は次のとおり。

最後の命題　見えると思えばまた見えず。

＊

たしかに構成体はある意味で金属製の顔を有していたが、この金属は鉄ではなかったし、通常どおり、特別に発育させられ接着された肉の層の下に隠されていた。構成体に託された任務は、ハーロックの部屋に入っていき、観察者たちには得られない情報を集め、ハーロックの耳にチューブを入れハーロック内部への直接の径路を確立し、シナプスの運動と脳内の反響の分析を通して集めうるデータをできるかぎり集めることであった。知覚の高まりの発生を私たちが感知し、その出所がハーロックであることを突きとめて以来、数週間にわたり構成体はもっぱらこの任に携わってきた。構成体は慎重に作業を進め、ハーロックが自分の世界と考えるであろう場の中へほんの一瞬入り込むにとどめて、それ以外は私たちが知る世界、ハーロックの世界を取り囲みその上に立つ世界に身を置いていた。

構成体が攻撃にさらされる可能性があると考える理由は何もなかった。ハーロックの失踪以後も、その日勤務していた観察者がファイルした報告を信じるなら、何か異常が生じている様子は、ほぼ最後に至るまでまったく見られなかったのである。

あなたはなぜ構成体を呼び戻さなかったのか。

呼び戻した。戻ってくるという意思表示も受けた。

そのあとどうしたのか。

ハーロック失踪の通知を作成し、構成体が戻るのを待った。

構成体が戻ってこなかったとき、どうしたのか。

作動に不調があると考えた。もう一度構成体を呼び戻した。

反応はあったか。

反応はなかった。

それから何をしたか。

マニュアルに従った。構成体の反応欠如の通知を作成し、それからあなたに連絡した。

構成体は、解体報告が示唆するところによれば、肉の部分を顔から引き剝がされ、下の金属が露出していた。この行為は手際よく行なわれていて、技師たちのあいだでは、これがハーロックなり別の人物なりによってなされえたものか、疑念が持たれている。加えて、構成体の後頭部は滑らかに刈りとられ、その生物的・機械的要素のどちらも綺麗になくなっていた。この点は観察者たちには記録されなかったようである。


返答不能な問いがいくつかある。たとえば、なぜ構成体は破壊されていたのか？　ハーロックか、誰か他人によって破壊されたのか？　ハーロックはどうやって監視範囲の外に逃れ出たのか？　自身の意志でそうしたのか？　それとも、誰かに、あるいは何かに、自分の世界の外へ引きずりだされたのか？

そして、最後の問いがある。私の前任者三人がそれぞれ、自らも消えてしまう直前に問うた、我々がハーロックの法則と呼ぶに至ったもののまだ理解するには程遠いものにどうやら従属するらしい問いである。

三人の残したメモを私は熟読してきたが、自分で思いつきえなかったこと、ハーロックの日誌を通して知りえなかったことはほとんど何も見つかっていない。最初の二人が失踪したのち、より十全な観察システムの導入が望ましいと上層部は考え、三人目に関しては本人のメモのみならずその思考の全体的な流れも私は与えられている。また、彼の動きの記録も私の手元にある。彼がベッドに横たわって落着かなげに寝返りを打っている映像、それから空っぽのベッドの映像。ここでもまた、彼が消えてしまうまでは何ら異常なところはなく、彼自身が驚いた様子もいっさい見られない。ただ単に、ゆっくりと漂う思考、眠りと覚醒の中間状態があり、それから何もなくなるだけだ。

私の意見は？　私もほとんど前進を遂げることなく、じきにいなくなるであろう。

*

何かきわめて深遠なことが起きたという徴候は、あちこちに現われている。何年ものあいだ明快なデータであったもの、ハーロックの世界からの明快なメッセージであったものが、ここへ来て変容しはじめている。現在届くメッセージは、そもそも届くとしても、歪んでいたり破損していたりする。あたかもその世界が、私たちの世界から離脱しかけているかのようなのだ。ハーロックの形跡をあらゆるところに見たいという誘惑は大きい——赤い色の突然の氾濫、さらには光のある種の変化。これらの徴候には本当に意味があるのか、それとも我々が、私が、藁にすがろうとしているだけなのか？

いまハーロックのことを思うとき、私は彼が、ぺしゃんこに潰され透明にされた姿を思い浮かべる。私たちの世界と彼の世界の中間に彼はどうやってだか捕らえられ、どちらの世界の中にもいることなく、両方が見えている状態で、あるいは両方とも見えていない状態でいる。

少なくともそれが、自分を慰めたいときに私が思い浮かべるイメージだ。もっと正直になっているときは、ハーロックが私の前任者たちとともにさらに別の世界、ハーロックに私たちが認知できなかったように私たちには認知できない世界に連れ去られる姿を私は想像する。何かによって私たちは蝕まれ、遠くから冷酷に観察されている。その何かは、私たちの中のドアが開くのを、私たちの身に爪を食い込ませついに私たちを引きずり去れるようになるのを待っている。

今夜眠りに落ちるとき、私はどのバージョンを思い描いているだろう？　そしてそれによって、私の身に何が起きるか、何か違ってくるだろうか？

食い違い　*Discrepancy*

テレビの音と映像の食い違いに彼女が気づいた日があって、トラッキングをどれだけいじっても直らなかった。夫には何もわからなかった。「問題ないよ」と夫は何度も言った。というか君があれこれいじくるまでは問題なかったよ、と主張した。

彼女は夫にリモコンを取り上げられた。映画の残りの部分、俳優の唇が動くのを眺めて過ごし、音は間隔を置いてあとから出てくるのだった。でも夫にはそれがわからず、夫は何も気づかなかった。わかって、気づいたのは彼女だけだった。

いいわよ、何でもないわよと彼女は思った。大したことじゃない、無視していればそのうちなくなる。そして実際、まる一日、通勤のバスの中のＴＶ画面、休憩室のＴＶ、昼食をとったスポーツバーの一ダースのスクリーンを避けて過ごすと、もうそれほど気にならなくなっていた。

その夜、夫と一緒にテレビを観ると、はじめは問題ないように思え、声と顔がシンクロしていて、彼女もリラックスできた。ところが何分かすると、ふたたびずれてきた。コメディの番組が終わるころには、何の話だったのかもわからなくなっていた。

夫のマークが身を乗り出し、面白かったかいと訊くと、わからないわと彼女は答えた。夫は顔をしかめた。

「どういうことだよ、わからないって？」夫は訊いた。「君いったいどうしたんだ？」

まさに彼女もそう考えていたのだった。


営業の新人の男が、結婚指輪が見えているのにしつこく彼女を誘った。

「ねえ、ほんとに結婚してるの？」男は何度も訊いた。「ほんとに？」

「ええ」と彼女は言って、もう一度指輪を見せた。

「そんなもの何の意味もないよ」と相手は言った。「結婚してなくたって、そんなのいくらでもつけられるさ。してるふりするだけでいいんだから」

男はニコニコ笑って彼女を誘いつづけた。彼女はニコニコ笑って断りつづけた。結局男もあきらめ、彼女は仕事に戻っていった。


昼食を抜いて、隣のブースの同僚に勧められたクリニックに行った。場所も近く、歩いて八分。ガラスのドアがあったが、何かがぶつかったのか、表面が曇っていた。だが中は綺麗だった。少なくとも一応は綺麗で、混雑してもいない。というか、誰もいなかった。

まず受付窓口に行ってから、硬いプラスチックの椅子に腰を落着けて待った。壁から突き出した台にTVが載っている。ソープオペラをやっていた。前には彼女も名前を知っていたハンサムな男優が切なげな目でカメラを見ている。唇は動いていたが何の音も出ていなかった。立ち上がって、スイッチを切るのと同時に遅れた音が耳に届きはじめた。

「テレビ、嫌いなんですか?」受付係が訊いた。三十代の、オリーブ色の肌の女性で、髪は濃い黒。

「そうじゃないんです」彼女は言った。「ただその――」けれど相手はろくに聞いていなかった。

「どなたか入ってらして観たいとおっしゃったら、観せてあげてくださいね」と受付係は言った。

「誰もがあなたと同じように思ってるわけじゃありませんから」

叱られた気分で、彼女はどぎまぎして席に戻って座り、待った。


医者は小柄な東南アジア系の男で、笑顔は温かく、指はずんぐりしていた。ラグと呼んでくださいと医者は彼女に言った。それともレグだったたか。とにかく、何かだ。

彼女は問題を説明しようと試みた。

「ああ、なるほど」医者は言った。「これは医学上の問題ではありません。アメリカ製の大型テレビによくある問題です。トラッキングと呼ばれるものを調節しないといけないんです。私もまったく同じ問題に行きあたったことがあります」と医者は言い、彼女の膝に触った。

いいえ、と彼女は膝を引っ込めながら説明した。トラッキングじゃないんです。トラッキングは調節してみましたが役に立ちませんでした。私の中の問題なんです。

医者はじっくり聞きながら、片方の頬をこすっていた。

「これは医学上の問題ではありません」彼女が言い終えると医者は言った。「問題ではありますが、医学上の問題ではありません」

「じゃあ何なんですか?」

「問題ではあります」医師は愛想好く言った。「あなたの頭の中であまりに多くのことが起きているのかもしれません。あるいは、それが十分、口から出てきていないか。口から十分出てきていますか？」

「え？」

「あなたは幸福ですか？」医師は訊ねた。「職場で？　結婚生活では？」

「それってお医者さんが訊くような質問ですか？」彼女は語気を強めた。

医者は肩をすくめ、にっこり笑った。「私はベストを尽くしています」と彼は言った。「私たちはみな闇の中でのたうち回っているんです」

「私、闇の中でのたうち回りたければ一人で勝手にやります」

「ええ、そこですよ」医者はうなずきながら言った。「一人でのたうち回らない方がいいんです」。医者は処方箋用紙に名前と番号を書いた。「これは私のいとこです。やはり医者ですが、心の生け垣の医者です」

心の生け垣？　彼女は面喰らった。だが紙切れは受けとった。

「たぶんお会いになりますね」と医者は言った。それからニコニコ笑いながら、彼女を導いて部屋から出した。


そうして職場に戻ると、一日が終わるのが待ち遠しかった。そうして家に帰った。電子レンジでTVディナーを二人分温めた。夫はもうひとつの部屋でメールをチェックしている。彼女は夫の後頭部をぼんやり見た。

私は幸福なんだろうか？　彼女は自問した。**仕事で？　結婚で？**　幸福でないとは言えない。それって同じことだろうか。

「え、何？」夫は平板な声で、コンピュータの画面を見たまま、タイプする手も動かしたまま言った。

「ご飯出来たわよ」

「出来てないよ。まだ電子レンジの音が聞こえるぜ」

「もうほとんど出来てるわよ。あなたが来るまでには出来るわよ」

「ほんとに出来たら呼んでくれ」夫は言った。「でさ、そこに猛禽（もうきん）みたいに立ちはだかるのやめてくれないかな」

彼女は踵（きびす）を返してキッチンに逃げ、電子レンジをぼんやり眺めた。時に夫婦というものは——と彼女は思った——四十年間結婚していた末にある日一方がナイフを出して相手の心臓に突き刺したりする。また時には四十年も待たない。時にはさっさとやめてしまう。


どういう意味なんだろう、頭の中であまりに多くのことが起きてるって？　と彼女は次の夜遅くベッドの中で、夫のマークが彼女から転がって離れ、呆然としたみたいに横たわるとともに考えた。他人の脳内より彼女の脳内の方が多くのことが起きている、なんて誰に言える？　それに、口から出てくる出てこないなんて言うけど、私は抑圧されてなんかいない。私はノーマルだ。単に遠慮がちなだけで、基本的にみんなと変わらない。おかしくなんかないはずだ。

マークがベッドから這い降り、コンドームを外しながら浴室に向かった。外れるときにコンドームがブチュッと音を立てた。彼女はまだ夫の重みの亡霊を体に感じていた。夫の腰が彼女の腰に当たり、夫の腹が彼女の腹の上で締まりなく垂れている。

私はベストを尽くしていますと彼女は自分に言った。

起き上がって、パンティをはき、それからまたシーツの中に戻った。少ししてトイレの水が流され、マークがベッドに戻ってきて、ＴＶの前を通るときにリモコンを摑んだ。

「何してるの？」と彼女は訊いた。

「何やってるか見るだけさ」と夫は言って、ＴＶを点け、音を消した。

「点けなくてもいいでしょ？」と彼女は言った。

「え、どうして？」夫は彼女を見もせずに訊いた。「いつも点けてるじゃないか」

「うん、そうだけど――」と彼女は言った。やがて夫は観たい番組を見つけ――警察物だ――ミュートを解除した。音が波のように彼女の方に押し寄せてきたが、それと一体で動くべき口とはずれていた。彼女は聴くまいとし、それから見るまいとし、ただすべてが流れてくるに任せようと努めた。これは私が発狂しかけていることの、決定的ではなく不確定な証拠なんだ――そう考えようと努めた。


「どの程度結婚してるの？」と、もうそれほど新人でもない営業の男が訊いてきた。自分の名前はロバートだと男は言った。君には、ボブ。

「え、どういうこと？」

「すごく結婚してる人と、そうじゃない人がいるじゃない」と男は言った。「夫に溶接で繫がってる女もいれば、ホッチキスで留められてる女も、クリップで留めただけの女もいる。君はたぶん、クリップの方に近いんじゃないかと思うんだけど」

「あなた、備品室に長くいすぎね」と彼女は言った。「きっと結婚してる女全員にその科白言ってるんでしょ」

「いまのところは全員に」と男は言った。「つまり君一人」

思わず頬が緩んでしまったが、急いでそれを抑えつけた。顔を上げると、男の頬も緩んでいた。いわゆるハンサムというのとは違うけど、何かがあると彼女は思った。この人には何かある。たぶん。

「女の子みんなに言うんじゃないの？」と彼女は言った。

「この胸にかけて誓う」と彼は言った。軽いノリで、ジョークにしようとしていたが、目付きを見ると、本当にジョークなのかよくわからなかった。それで彼女は不安になってきた。**何であたしが？**と思った。

「もっと言おうか？」と彼は言い、笑顔が少し硬くなっていた。

彼女はしばらくじっと男を見ていた。「やめた方がいいわ」と彼女はやっと言った。

「よし」と彼は言ってにっこり笑った。「ぐらついてきたね。また明日」

だんだんひどくなってきて、時には映像と音のあいだで数秒が過ぎたし、間隔もつねに違っていた。これでは適応のしようがない。家での彼女はだんだんよそよそしく、自分の内にこもるようになった。マークはコンピュータの前、テレビの前にいて、何も気づいていないみたいだった。**どうすればいいのかしら？**と彼女は自問した。**あたしは幸福？　不幸？　あたしのいったいどこがおかしいの？**

職場ではじわじわと、ロバート（彼女にはボブ）との昼食、やがて酒へと移行していった。それから、自分が何をしているかに気がついて、やめた。それからまた始めた。

「ちょっと待ってて」とマークは言ったが、夕食はもうテーブルの上で湯気を立てていた。今回は電子レンジから出したのではない。彼女が中華鍋を使って作ったのだ。彼女はテーブルについて待ち、じっと食べ物を、湯気が出なくなるまで見てから、また彼を呼んだ。返事が返ってこないと、自分の皿に盛ったものを食べた。

「何で待ってくれなかったんだよ?」夫は二十分後にテーブルに来たときに訊いた。

「待ったわよ」

夫は少しふくれっ面で座った。「そんな言い方しなくたって」

そう言った夫の口は何か変だった。何かが少しおかしい。彼女の喉も変だった。漠然とした感覚が手足に重く広がっていった。

「もう一度言ってくれる?」彼女は上ずった声で言った。

夫は彼女を、いまやはっきり怒っている目で見た。「聞こえただろ」と彼は言った。唇もそれを言ったが、ただし音自体より少し早かった。夫のシンクロがおかしい。ずれている。**何これ? どうなっちゃうの?**

辛い夜だった。夫の方を見たり夫に話しかけたりするだけで精一杯だった。夫の方は、彼女が夕食のことを怒っているとしか思っていなかった。次の日、彼女は職場に連絡して休むと伝え、医者のいとこに電話して午後早くに予約をとった。電話では何も問題はなかった。相手の声をたどるのも楽だった。たぶん何もかも若干遅れて受けとっているのだろうが。相手には、きっと単に反応ののろい人間と思われているだけだろう。アル中とか。

そのクリニックはダウンタウンの端、都市が都市であることをやめ郊外が郊外でありはじめる、ちょうど狭間の空白地帯にあった。通りの名はリバー・ロードといったが、彼女が見るかぎりあたりに川はなかった。クリニックは一面粗いセメント造りのずんぐりした灰色の建物で、窓はどれも横に細かった。

受付係はこのあいだの受付係とほぼ瓜二つで、オリーブ色の肌、そばかす、黒髪はきっちりうしろに引っつめていた。受付係ってみんなそういう見かけなのかも、と一瞬思った。自分の名を名のり、喋っている受付係の唇を見ないように努めた。言葉と唇が、昨夜の夫よりもっと合っていない。

彼女が座る間もなく、医者がそこにいた。小柄な東南アジア系の男で、指はずんぐりとして笑顔は温かい。**レグと呼んでいただければ**と医者は言った。それともレジだったか。いとこと実によく似ていて、彼らを違う二人の人間として考えるのは困難だった。

二分後、人造皮革のカウチに横になった彼女は、問題を伝えようと精一杯試みた。

「ああ、なるほど」と医者は言った。「どうやら、過剰に大きいアメリカ式テレビの操作に慣れていらっしゃらないようですね」

いいえ、そうじゃありません、と彼女は思わず言っていた。トラッキングも調節したんですけど、見るテレビ見るテレビ、どれでも同じ問題が起きるんです。

「それでここへおいでになったわけですね」と医者は言った。「ふむ」と彼は言った。「これは頭の問題です」。そして彼女のおでこをとんとん叩いた。

それにいまはテレビだけじゃないんです、ほかのこともそうなんです、と彼女は言った。人間なんかも。あなたも、と彼女はやはり医者である医者のいとこに言った。あなたも、ずれてるんです。あなたの唇が動くのが見えて、少し経ってからやっと言葉が聞こえるんです。

医師は賢しげにうなずいた。「時間の外に落ちかけているようですね」

「時間の外に落ちる？」と彼女は訊いた。「どういうことですか？」

「ふむ」と医者はうなずいて言った。「まさにそこですよ。たとえ心は安らがなくても、答えをつきとめる方がいいんです。あなた、幸福ですか？」

「どうしてみんな同じこと訊くんです？」

医者はペンで彼女を指した。そして「あなたが不幸だからです」と落着き払って言った。「ね？あなたは自分が不幸だということもわかってらっしゃらない。あなた以外みんなわかってるんです」

「どうすればいいんです？」

「する？」と医者は言った。「幸福になればいいんです。それと、時間の外に落ちるのもやめた方がいい。代わりに、時間の中に落ちて戻るべきなんです」


というわけで、混乱した頭でクリニックを出た。家でのこの晩も、切り抜けるのに難儀した。夫の声と言葉のギャップはますますひどくなってきて、夫から見ると、彼女がわざと遅く応えているみたいに思えた。はじめ夫は戸惑っている様子で、やがて怒り出し、ついにもう口を利かなくなった。

職場でもひどい一日だったが、何とかやり抜いた。耳栓をして唇を読む練習をしようかしらと考えた。隣のブースの同僚が——何ていう名前だっけ？——怪訝そうな目で彼女を見ていた。ロバート＝ボブにも、昨日の夜は遅かったのかい、寝る前に二、三杯飲んだとか？ と訊かれた。

「時間の外に落ちるのをやめないといけないの」と彼女は言った。

相手は礼儀正しく説明を待った。説明がないとわかると、会話をより無難な方向にずらしていった。

家でのひどい夜がまた続いた。夫は彼女をよけて通るときに疚しげな表情を浮かべるようになった。

た。それとも私が思い込んでるだけかしら。

夜眠らずベッドの中にいて、夫は隣で眠っている。**誰かほかの人に診てもらわないと。専門家に。私のどこが悪いのかちゃんとわかる人に。**でもそんな人いったいどこにいるのか。見当もつかなかった。


こんな事態が今後も日々続いていき、ずるずるのびていって、世界は徐々に彼女から離れていく――そう考えて、彼女はあっさり降参した。ロバート＝ボブと飲みに行く状態から、古いモーテルへの落着かない、怯えに彩られた移動へと進んでいった。**これが足しになるかも**とモーテルに向かいながらずっと考えていた。**これで少し揺さぶれるかも。**

そして事実、何らかの影響はあったにちがいない。あるものは遅くなり、あるものは速くなったように思えたのだ。でもそれらはみんな間違ったものたちだった。

男も手を貸して彼女が服を脱ぎ、ベッドの中の男の下に体を潜り込ませたころには、男の唇は動いているものの彼女には何も、ただの一言も聞こえなくなっていた。


何時間もあとになってやっと――いささか一方的でぎこちない体液のやりとりののち、シャワーも浴びて、ベッドで眠っている夫のかたわらに入った末にやっと――彼女にはそれが、自分と恋人が立てた音が聞こえてきた。静かに、冷えた体で横になったまま、自分が、そして次にボブが絶頂に達するのを彼女は聞いた。二人ともいくぶんパニック気味に聞こえた。

いまは体が麻痺しているように感じられた。遅く帰ってきたことで夫と喧嘩したときの言葉は明日になるまで追いついてこないだろうと思った。

ほかにどうしたらいいかもわからず、闇の中に横たわり、自分自身の立てる聞こえない音のただなかにいた。音一つひとつが、いずれは追いついてきて、耳の中になだれ込んでくるだろう。いずれは何もかもがやって来るだろう。けれど、何かが本当に必要なときに来てくれるようになるには長い時間がかかるだろうし、いつかはそうなるかどうかも彼女にはわからなかった。

知　*Knowledge*

私がいまだ書いていない推理小説において、まったく別の何マイルも離れた場所で二つの死体が発見される。一つはゴミ収集箱の中で、もうひとつはホテルの浴室で。あるいは一つは桟橋、もう一つは高山のロッジ。あるいは一方は田舎道のセンターライン上に放り出され、もう一方は建築現場でおが屑の山に埋もれている。どちらも絞殺死体で、顔と腕の引っかき傷は血にまみれている。

直感が働いて、警部は両方の死体を同時に比較検討するよう命じる。監察医から、それぞれの死体の皮膚と組織が、もう一方の死体の爪の下に発見されたとの報告が届く。

二人の男の過去が徹底的に洗い出される。暴力沙汰の経歴はないし、たがいに知りあいだったとか会ったことがあるとかいった証拠もいっさいない。二人別々の都市で職を持ち、関心事も違っていた。二人が一緒だったところを見たことがある人間は一人もいない。

警部はまず、誰か別の人間が二人を殺し、二人がたがいを殺しあったように見せかけたという仮説を立てる。だが監察医はこれを否定する。引っかき傷は自然に見えるし、それらがそれぞれ相手の爪によって作られたものだという検査結果も出ている。おのおのの首に残ったあざも、相手の指にぴったり合うと思われる。

警部は警察署に帰ってじっくり考え、もうひとつ仮説を組み立てる。誰か別の人間が二人をともに殺してから、引っかき傷が生じるよう両者の手を操作したのだという説を携え、警部は監察医のところへ戻っていく。この説を斥ける無数の要素を監察医は指摘する。引っかき傷の深さ、出血の様子、傷の位置、力の抜けた死んで間もない指で引っかくことの難しさ、死後硬直の始まった指と腕で引っかくことの難しさ。入念に設定した模擬実験を監察医は準備し、死んで間もない死体を、もうひとつの死んで間もない死体の手で引っかいてみるよう警部に促す。警部もこれで納得する。

警部はさらに時間を費やして考える。そしてやがてこう提案する。たしかに二人に暴力沙汰の経歴はないし、たがいに知りあいでもなかったようだが、彼らは突然発狂して、たがいに引っかきあい、それから首を絞めあって、その後未知の第三者によって未知の理由でそれぞれ別の場所に移されたのだ。あいにくそれも不可能です、と監察医は答えて、それぞれの死体の下の床に見つかった血痕から始めて、二人がそれぞれ倒れていたところで死んだことの証拠を並べていく。監察医に証拠を次々積み上げられて、警部は頭をゆっくり回しながら、次のような確信を得る。すなわち、二人の男はたがいに何マイルも離れた場所で空中を狂おしくかきむしり、それでもどうやってだかたがいに引っかきあい絞め殺しあったのである——あたかも空間に襞(ひだ)が生じて、隣接していない二つの空間が一時的に、神秘的に隣接したかのように。

「そういうことが可能だろうか?」と警部は問う。

監察医は肩をすくめ、「私の専門領域では、ありえませんね」と断じる。

警部は行きづまってしまう。そこで地方検事のところに行って、難題を打ちあける。二人の男が、たがいに殺しあったとは思えない一方、どちらも第三者に殺されたとは思えないのです。そして、にもかかわらず二人とも死んでいるのです。

問題ないさ、と地方検事は言ってのける。**二人はたがいに殺しあったんだ**。そして何枚かの書類にサインし、事件フォルダを「解決済」キャビネットに放り込む。

事実の不可能性をはなから無視したこの地方検事の決断には、野蛮な優雅さとも言うべきものが備わっている。**二人はたがいに殺しあったんだ**という単純な一言が、未解決の犯罪を脇へ押しやり、警部が靄の中に舞い戻ってしまうのを防ぐ、その野蛮な優雅さ。私が思うに、警部はこの展開に一方で心乱されると同時になぜか心和まされもするだろう。検事の発言は、その殺人を不可能な行為ではあれとにかく行為と認め、それをもはや検討不要の、完遂された行為と規定している。法的権威を持った決断を下すことによって、問題の解決を宣言し、問題を忘却の彼方へ送り出すのだ。

たしかにこの事件は、警部や読者の納得する形で解決されはしないが、私自身はもはや事件にはさして興味がない。むしろそれが、登場人物たちについて何を語っているかに興味がある。まず、警部が安らぎと不安の両方を感じつづけるという点。それは知というものをめぐる、警部としての彼の観念が、現代世界と歩調が合っていないからである。彼にとって、事実とは掘り出されるべきもの、存在はしていても言葉、物、身体の下に隠され、ベールに覆われている何かである。知とは覆いを取り去ることであり、すでに存在する何かを光にさらすこと、**真実**を発掘することなのだ。

地方検事の真実観は、明らかにそれ以上に現代世界と歩調が合っていない。それは露骨に中世的な、王の言葉（パロール・デュ・ロワ）への回帰である——王は宣（のたま）い、かくしてそれを真となす。地方検事は法律の権威として宣言を発したのであり、そうすることによって、自分の宣言したことを真実にしたのだ。

警部はむろんこれを信用しない。にもかかわらず、ほかに何に頼ったらいいか彼にはわからないだろう。監察医が二つの死体についてよこした報告からは、ほかの手掛かりは何ひとつ見えてこないように思える。それは彼が渇望するものを、いわゆる真の解決を与えてくれるようには思えないのだ。ひょっとしたら、解決を見つけたいと願うあまり警部は、地方検事が殺人を犯したのではと疑うに至るかもしれない。**二人はたがいに殺しあったんだ**と検事が言ったあのタイミング、あれはあまりに早くなかっただろうか？　何か隠すことがあったのではないか。とはいえ、検事が犯罪を働いたと仮定したところで、事件をめぐる状況が――大きく異なった場所同士からたがいに殺しあったと考えられる二つの死体という状況が――説明されはしない。状況は依然として、およそありそうに思えないままである。

ここで私は、警部のやり方はまったく間違っている、と提言してもよいだろうか？　これは何か個別的なことを知るという――鍵となる瞬間なり事実なりを発見・暴露するという――問題ではなく、問うべきは知の体系（認識体系（エピステーメー））なのだ。これは認識体系上の問題であり、自分自身の認識体系から一歩外に出ることを人に求めている。**二人はたがいに殺しあったんだ**という地方検事の発言を問題の解として不承不承受け容れることで、実は警部はこの課題を乗り越えかけたのだが、検事に隠れた動機があるのではと疑いはじめたところで、ふたたび自分の知の体系の中に舞い戻ってしまった。そもそも彼が気にかけるべきは、地方検事の認識体系ではないのだ。

警部の認識体系を要約すれば、**知ることは真実を明るみに出すこと**となる。検事のそれは、**言葉を発することは真実を創ること**である。が、監察医が何げなく口にした言葉にも第三の認識体系が隠れている――「私の専門領域では、ありえませんね」。ここでは、**知は制御である**。知とはその水門を人が制御したりしなかったりするところの貯水池である。知は情報の流れを統制する。

警部は監察医の専門知識を所与のものとして受け容れている。実際、監察医というのはたいていの推理小説にあってほとんど登場人物ではない。単に解決されるべき事件の変数（パラメーター）を定めるための装置である。人物というよりひとつの専門領域の表現であり、この領域内において監察医は誰にも疑われない権威をもって機能する。彼に異を唱えうるのは同じ専門領域の別の個人、いわゆるセカンドオピニオンのみである。実際、監察医だけが、解決可能な事件を解決不能にしてしまう力を持っている。

警部はこのことを認識するに至るだろうか？　否。なぜか？　監察医が動機を持たないからだ。読者と警部の両方から見て、いくら事実が、事件のデータを故意に操作してそれを密室の謎に仕立て上げることができたのは監察医のみだということをくり返し示唆しようとも、警部は監察医の中に動機を見出すことができないだろう。警部にとって、事実とは、ブーツの爪先でひっくり返したときに何かを――罪、狂気、嫉妬、強欲、何かを――あらわにする石を指している。監察医にとって唯一動機に似たものは、**知は制御である**という彼の信念の中に見出される。二つの犯罪に何か共通点があるかと問われて、両者があらゆる点で共通していると示唆する解釈を彼は提示すると同時に、警部の知の体系内部では事件が解決不能となるようにシナリオを作り上げた。ここで重要なのは、一方の認識体系がもう一方の認識体系に依存しているという点、またこうした事実を真に理解しうるのは監察医一人だという点である。監察医は自分が、知の水門を開いたような印象を与えつつ、実はその流れを脇にそらし代わりに何か別のものを差し出すことによって最大限の権力を維持していることを理解している。だがなぜ、ほかならぬこの知を与えずに隠すのか？　それはただ単に、与えずに隠すことができるからである。彼がこの事件に関しこの時点において情報の流れをわざと誤った方向に向けるのは、動機の問題というより水力学の問題なのだ。

これを真に理解できる警部や探偵は存在しない。彼らも彼らの属すジャンルもどうしようもなく時代遅れであり、その認識体系も懐古趣味でしかないからだ。かりに警部や探偵が、天才的なひらめきによって突如理解したとしても、彼はそれを、自身の認識体系の枠組――隠れた／明かされた、無実／有罪、動機／動機の欠如――に基づいて理解するにとどまり、その真のありようたる水力学の問題として把握するには至らないだろう。推理小説というジャンルは、ひとつの認識体系にしか属さない。**知ることは真実を明るみに出すこと**であり、知をめぐってほかの考え方を導入しようとしても、つねにジャンルに変調をきたす結果しか招かない。我々としてはせいぜい、ある犯罪が解決不能と見なされ、何も知られず理解もされない地点に行きつくことが望めるのみである――周りの世界を理解する上で自分の認識体系がまったく無力であるにもかかわらず、その認識体系に探偵が頑固に、執拗にしがみつく状態に。

だからこそ私は、私の推理小説をいまだに書いていないのである。

赤ん坊か人形か　*Baby or Doll*

1

二、三か月経っただけで、サーヴィンはもう一連の細部をきちんと摑めなくなっていた。覚えていることもいくつかあった——目もくらむ閃光、落下、大理石の床に落ちていく赤ん坊がつかの間見えた姿、一瞬現われた一本の歯（それは彼自身の歯かもしれず、床の上に折れて血まみれで転がっていた）。それから、上の方から聞こえた複数の声——二人の男の会話。彼らは何と言ったか？はっきりとは聞こえなかったか、思い出せないかのどちらかだ。

その他の細部も、いくつかは時が経つにつれてだんだん曖昧になっていった。二つの声が一番最後に、目もくらむ閃光や落下のあとに届いたというのは本当に確かか？　それに、どうして赤ん坊だったなんてことがありえよう？　実は人形だったということはないのか？

セラピストはほとんど助けにならなかった。電話で話していると、彼女が受話器を置いて部屋から出ていったにちがいないと思えることが何度もあった。でもそのことを直接言う気にはなれず、単に何か質問を発し、彼女の沈黙を聞くだけだった。けれどそれは、彼女がそこにいない沈黙なのか、彼が自分で自分の問いに答える機会を与えている沈黙なのか？　実際、彼はいつも自分で問いに答えた。あたかも頭の中で会話しているかのように。やめようとしてもやめられなかった。

　赤ん坊？　人形？　ほかの多くの点は不確かなままであり、頭の中の実に多くがはっきりしないままだったが、彼の不安はすべて、たちまちこの問いに収斂していった。あれは赤ん坊だったのか、人形だったのか？　そもそも本当に何かがあったのか？　**いつまでもわからずじまいかもしれませんよ**、とセラピストが、ごく稀な、助けにならない発話の中で言った。むろんそのとおりだとは彼にもわかったが、それくらい言われる前から十分承知している。こんなことのために金を払っているのだろうか――一時間の大半何も言わず、たまに短い、格言的だとか神秘的だとか深淵だとかいった有難味もいっさいないように思える、単に当たり前なだけの発言を口にしてもらうために？　**あっさり電話を切ってしまうべきだな**、と彼は思った。**自分で考え抜くんだ**。そして実際ほとんどそうした――ほとんど電話を切りかけた――が、結局、切らなかった。

　そのセッションではなく、次のセッションでもなく、たぶんその次のセッションにセラピストが――つまりもしあれが本当にセラピストであり、彼が以前間違ってダイヤルしてしまったものの本人しか与(あずか)り知らぬ理由で彼にずっと話を合わせてくれている人物ではないとして――**あなたにとって赤ん坊と人形の違いは何？**　と訊いたのだった。

はじめ彼はこの問いに憤慨した。**何が違うか誰だって知ってるさ**、と嫌悪感とともに思った。

　けれどあとになって、セッションが終わって電話も切ったあと、自分に問いはじめた。何が本当、に違うのか？　そうしたら、違いがあることはわかっているけれど、それがどこにあるかはよくわからないことに気がついたのだった。一方は血と肉でありもう一方はそうでないとわかったが、どっちがそうでありどっちがそうでないかはわからなかった。それぞれの言葉の定義は調べればわかることが判明したし、一瞬のあいだはわかっているものの、その知識はたちまち頭から漏れ出てしまう。赤ん坊はプラスチックや木で出来ている――それともそれは人形だっけ？　赤ん坊には乳をやらないといけない――もしかしたらこれも間違っているだろうか。というわけで、夜中に少しも眠くないまま、どこで赤ん坊が終わって人形が始まるのかどんどんわからなくなってきて、永久にわからないんじゃないかと怖くなるのだった。


　こないだひとつ質問されましたよね、と次のセッションの真ん中近くに言ってみた。反応する機会を彼女に与えたわけだが、電話の向こう側には沈黙があるのみだった。**赤ん坊と人形の違いっていう話ですけど**、とさらに言った。それから、精一杯長く沈黙して、何だか自分が受話器の中に落下しかけている気がするまで待った。さっきから息も止めていたことに思いあたった。耳の中で血液が流れる音が聞こえ、どくどくという響きがだんだん遅くなっていった。

　ええ、と彼女はやっと言った。

　大きく息を吸い込むと、眩暈がしてきた。そして彼は訊いた。**あなたにとって違いは何なのか教えてもらえますか？**

　このときばかりは彼女も長々と喋り、彼自身考えていたことの多くを口にした。はじめは彼もきちんと理解していると思ったし、しばらくはきちんと覚えていられるとも思ったが、話が長引くにつれて、糸がバラバラにほどけていく感じがしてきた。赤ん坊と人形が持ついろんな特徴はまだはっきり頭に入っていたが、どれが赤ん坊に当てはまりどれが人形に当てはまるかはわかりようがなかった。片方は生きていてもう片方は生きていたことがない。片方にはカチッと鋭い音を立てて頭の中に戻る目があり、もう片方には眼窩（がんか）の周りからじくじく音もなく液を分泌する目がある。片方は血の川に満ちもう片方は空気のかたまりに満ちている。でもどっちが、でもどっちが、でもどっちが？

一週間の残りはどんな具合だったのか、一時間の電話と次の電話のあいだに広がる日々は？　率直なところ、はっきり言うのは難しかった。それもまたどんどん曖昧になってきていたのだ。まあ一応組み立て直せる日もあったが、それらの日々もつねに、誰か他人の身に起きたものと感じられた。ベッドから這い出し、鏡に映った自分の顔をぼんやり見て、椅子に座り、昼食を食べたことは思い出せたが、誰が昼食を作ってくれたか、椅子は自分のものだったか他人のものだったかは思い出せなかった。だがとにかく、一日がいかなるものだったか、それらしい構造を組み上げることはできたし、あまり細かく問いつめられなければ、とりあえずは持ちこたえられそうだった。

けれど日によっては、時間が過ぎる感覚がない気がすることもあった。鏡に映った自分の、驚いたような顔をつかの間見たこと以外、一日がほとんど何もない状態まで縮んでしまうことが何週間も続いたりした。

これって起きたことのせいだと思います？　とセラピストにも訊いた。**何かが僕の脳内で緩んでしまったんだと思います？**

初めてこう訊いたとき、彼女は答えなかった。あるいはとにかく、十分早くには答えなかった。それで彼が自分で答えることになった。**ええ、たぶん何かがおかしいんです、**と彼は相手に代わって落着いた、理知的な声を使って答えた。けれど頭の中で考えていたことはそれとは少し違っていたし、気持ちも全然落着いてなんかいなかった。彼が考えていたのは、何度も考えていたのは、**赤ん坊か人形か、赤ん坊か人形か**だった。

その夜あとになって、その思い——**赤ん坊か人形か、赤ん坊か人形か**——の呟きがやっと途切れて、これで眠れると思ったところで、事態がまた変わった。眠っていると同時に起きているあの奇妙なグレーゾーンに彼はいて、意識が肉体に対する束縛を緩めはじめ、どこで現実が終わり夢が始まるかもよくわからない状態にあった。夢の中で彼は、もしそれが夢だったとすればだが、ベッドに横になっていて、心は安らぎ、頭の中は空白だった。やがて、少し離れたところから人形の泣き声が聞こえた。抑えつけられた、羊が鳴くみたいな、人形だけが、それもごく幼い人形だけが発しうる泣き声。それとも——と、突然疑いが湧いてきた——赤ん坊だろうか。起きて探さないと、と思った。その呼び声、泣き声に応えるのだ。けれど動けなかった。横になったまま赤ん坊の泣き声だか人形の泣き声だかを聞くばかりで、恐れが胆汁のように喉にのぼってきた。**起きて探さないと**ともう一度思ったが、それでもまだ動けなかった。やっとまた動けそうに思えたころには泣き声、呼び声は止んでいて、突然朝になっていて心臓はまだドキドキ鳴っていて、夜どおし眠っていたのか何時間もすっかり目覚めていたのか、それすら全然わからなかった。

頭がどこかおかしいのではという問いを次のセッションでもう一度持ち出すと、セラピストは今度も答えなかった。というか、二人は同じ瞬間に、まったく同時に話しはじめ、ひとたび彼が話しはじめると彼女は沈黙し、誘いをかけても口を開かなかった。彼の方は、基本的結論は依然同じである。すなわち、ひょっとすると、というか間違いなく、何かがおかしくなっている。そしてつねに、**赤ん坊か人形か、赤ん坊か人形か**という言葉が声にならない声でささやかれている。でもそれをいったいどうできるのか？　できることなんてひとつでもあるのか？

三度は持ち出さないぞ、と自分に言い聞かせた。そして事実、しばらくのあいだは何も言わずに我慢しとおしたのであり、思考そのものは無理としても舌が同じレールに戻ってしまうことは防ぎおおせたのである。だが結局、問いがふたたびやって来て、自分でもほとんど気づかないうちに言葉が舌からこぼれ出ていた。**起こったことのせいだと思うんです**、とセラピストに言った。**何かが僕の脳内で緩んでしまったんです。**

そして今回は彼女も喋った——すばやくとさえ言える早さで、少なくとも彼女にしてはすばやく。声はむらがなく完璧に制御されていた。シューシューという歯擦音が聞きとれて、それは声自体の特徴かもしれないし単に回線の問題であるかもしれなかった。**そもそもあなたの身に何が起きたと思うのですか？**　とセラピストは訊ねた。

それに答えることからいかなる波紋が生じるか、もし見当がついていたなら、彼は電話を切って、コードを壁から引き抜いたことだろう。

2

鏡の中の自分の顔に彼は見入り、セラピストの気の長い、平板な声が彼の耳に向かって話していて、あなたはいまリラックスしています、どこか一点を選んで、たとえば鏡に映った光の点とかを選んで、それに集中しながら耳を澄ましてみなさいと勧める。**私はあなたに催眠術をかけようとしているのではありません、**と彼女はあらかじめ強調していた。**あなたが自分に催眠術をかけるのを手伝っているんです。上手く行くかどうかはあなた次第です。**

鏡の中の自分の顔を見つめながら、彼はつかの間、僕にセラピストなんていたことがあるんだろうか、これってみんな実は僕の頭の中で起きているんじゃないだろうか、と自問した。やがて彼女が喋ってその思いは崩れ、退いた。

場所を想像してごらんなさい、と彼女は言った。**それが起きた場所を。**

よし、と彼は思い、想像してみた。自分の声が喉から出てきてその場所について語っているのを、無言のうちに認識した。その場所は僕にとってまだ存在しないんですが、でも、別の意味では存在するんです。セラピストの声が徐々に溶解して、男二人が会話している低いささやきにも似たさえずりに変わって、やがて事実そうしたささやきになった。集中して見ていた光のしみも、別の何かであることを彼は認識した。意識の力を懸命に駆使してじわじわそれに焦点を合わせ、それが一個の折れた歯であることを認識した。やがてそれはまた焦点から外れていった。

ゆっくりと、セラピストの声が元に戻っていった。**サーヴィン、**と彼女は言った。**何が見えていますか？**

何が見えているか？　一瞬のあいだ、すべてが見えていると同時に見えていないように思えた。自分はそこにいて、自分の顔が、平たくつぶれて間違った方向を向いた顔が、鏡からこっちに見入っている。でもそこには大理石の床もあって、彼の周りの空間が、別の空間に――彼がその中を歩いているさなかである空間に――向かって開けている。

そこは音がやたら反響する、ビルのロビーのような場所だった。靴の裏が床を打ってピシッと響いた。周りを見回したが、自分しかいないみたいだった。

僕はこんなところで何をしてるんだ？ と彼は考えた。あるいは誰かが彼に代わって考えた。前方にエレベータが並んでいるので、そっちに向かって、落着いた規則的な足どりでロビーを横切っていった。何かがあって、何かが聞こえていて、片方の耳から、耳の中からその何かは出てきていて、一種のさえずりのようだったがその内容はいまひとつわからなかった。僕はどこかおかしいのだろうか？ 首を振ってみたが、さえずりはなくならなかった。

やがて、目の前に、大理石の床の真ん中に、折れた血まみれの歯が一個落ちていた。手を上げて自分の口に触ってみたが、歯はみんなあるみたいだった。**よかった**、と彼は思った。**よかった**。落ちている歯の方に向かって、用心深く、じっと見下ろしながら近づいていった。しゃがみ込んで、親指と人差指でつまみ上げ、目の近くに持っていった。**臼歯(きゅうし)だ**、と思って自分の口の両奥を舌で探ったが、歯は依然全部あった。

それから、唐突に、物音が聞こえた。さっと顔を上げると、一人の男がじっとこっちを見ていた。顔は厳めしく、電話の受話器が耳に押しつけられている。見覚えのある人物だった。部屋の何かがおかしい――まるでその男が全然別の部屋にいるみたいなのだ。頭をさらに動かすと、光の輪が見えて、それから目もくらむ閃光が訪れた。

男がいまやあまりに近くにいて、ほかにどうしたらいいかもわからないので、彼は男の顔に頭突きを喰わせ、それから、よろよろとあとずさりして、倒れた。

倒れていく最中に、ふたたび、ほんの一瞬、あたかも穴が開(あ)いてさらにもうひとつ追加の世界が明るみに出されたかのように、何かが見えた。赤ん坊。それとも人形か。それともどちらでもないか。体が床と衝突する直前、何もあてにならないんだとサーヴィンは考えた。この世界でも、ほかのどの世界でも、自分はいままで物事を正しく捉えてこなかったのであり、これからもずっとそんなことはできそうにない。

床に横たわって、大理石の向こうにぼんやり目を向け、そのものが——それが何であれ、赤ん坊か人形か、赤ん坊か人形か——そこで息づいているのを見た。そのものがこっちを見返しているのを見た。その近くに、何か別の、小さな白いものが、通常は口と——口というのが正しい言葉だとすれば——結びつけて考えられる物体があった。だがいまそれは、口の中にはなかった。これは何と言うのだったか？　思い出せなかった。そしてどこか頭上で、あるいはかたわらで何か音が立っている、鳥たちが、それとも人間たちが——何と言うのだったか？——そうだ、声を持った人間たちが音を立てている。声——彼はまだこれは、このものは、この言葉は失くしていない。少なくともいまのところは。

声たちが、少なくともその音たちが、彼の頭の両横に位置する貝殻のような奇妙な開口部の中に囚われていった。それらはつかの間そこにとどまり、それから、ゆっくりと漏れ出て霧散していった。一方、もうひとつのもの、赤ん坊か人形かは、まだそこに、どこかに、いた。そう、そこにいて、彼を見ている、動かずに。

ここ以外のどこにも自分はいたことがない、という思いがはっきり訪れた。一生ずっと、僕はここにこうしていたのだ。

そしてこれからも、何年もいるだろう。

トンネル　*The Tunnel*

1　リンズコルド

棒で老人をつつくのにも疲れてしまうと、彼らは棒を放り出してトンネルを先へ進んでいった。ジャンセンが左の壁に沿って、リンズコルドが右に沿って。暗さが増してきて、少しのあいだリンズコルドは何も見えなくなった。触覚に頼り、ジャンセンの足音を聞きながら進んだ。やがて少し光が出てきた。天井に、十メートルかそこらごとに皿ほどの大きさの格子があって、そこから弱々しい光が漏れてきているのだ。そこで初めて、なくなったジャンセンの手がふたたび生えてきたらしいことにリンズコルドは気がついた。

「ジャンセン」と彼は言った。

「え？」とジャンセンは言った。

「お前の手」とリンズコルドは言った。

ジャンセンは片手を持ち上げ目をすぼめてそれを見てから、もう一方の手を持ち上げ目をすぼめてそれを見た。「手がどうした？」と彼はやっと言った。

それとも——とリンズコルドは考えた——もともと手はなくなってなどいないのか。老人についても、本当にあそこにいたかどうかは疑問の余地があった。が、疑問があろうとなかろうと、およそジャンセンに訊ける問いではない。というか、訊くことはできるが、ジャンセンから的確な答えが返ってこないことは見えていた。

トンネルはゆっくり左に曲がっているらしく、通路はだんだん狭くなって、ジャンセンと彼も前よりたがいに近づいていた。肩がほとんど触りそうだった。少なくとも薄闇の中ではそう思えた。リンズコルドは一緒に歩きながら隣の相棒を目の端で見張った。薄闇のなか、ジャンセンの顔は大半見えなかった。自分の顔もやっぱりジャンセンからはよく見えないにちがいない。ジャンセンも何げなく彼を見張っているように思えた。

「俺たちどこへ行くんだ、ジャンセン?」リンズコルドは訊いた。

「わからない」ジャンセンは言った。「どうして俺にわかる?」。そして何歩かのあいだ黙っていたが、やがて「トンネルを下るんだ」と言い足した。

トンネルを下るとリンズコルドは思った。**いいともさ。**

けれどどうやって、と歩きながら問わずにいられなかった。どうやってジャンセンは手を取り戻したんだろう? そもそも手が本当に失われていたとして。**いっそ直接訊いてみようか。**だが当面はその度胸が出なかった。

トンネルはさらに狭くなって、隣りあった肩はいまや本当に触れあい、リンズコルドのもう一方の肩は壁を軽く擦(す)っていた。ジャンセンのもう一方の肩もたぶん反対側を擦っているだろう。格子は相変わらず頭上にたびたび現われたが、注いでくる光は弱くなっていた。もっとも、このあたりの壁が光をもっと吸収しているだけかもしれない。彼とジャンセンの体が前方に投じるのも、影というよりむしろ、曖昧な形、薄暗い場に浮かぶもっと暗い模様という感じだった。

トンネルを下るとリンズコルドはもう一度思った。**いいともさ**。

「ジャンセン？」とリンズコルドは言った。

ジャンセンは答えなかった。

リンズコルドは手をのばして相棒の肩に触れ、体を揺すぶった。

「お前、大丈夫か？」とリンズコルドは訊いた。

「何だよ？」ジャンセンはしばし沈黙したあとに訊いた。

「それってどういう意味だよ？」ジャンセンが訊いた。声がわずかに大きくなっていた。

「だからさ」とリンズコルドは言った。「いまこの瞬間大丈夫かってことさ」

「あ、そうか」とジャンセンは言った。「だと思うよ」

トンネルはますます窄(すぼ)まり、横一列に歩くのは困難になった。彼らは止まった。ここの闇はいっそう濃い。何の形を見きわめるのも困難だった。

「どっちかが先に行かないと」とリンズコルドは言った。

「わかった」とジャンセンが言った。

「俺が行こうか？」とリンズコルドは訊いた。

沈黙があった。

「俺に言ってるのか？」ジャンセンがやっと言った。

「決まってるさ、お前に言ってるんだ」リンズコルドは言った。

「うん、それじゃ」ジャンセンは言った。「行けよ」

両側のトンネルの壁にリンズコルドは触れながら、暗闇の中へ押し入っていった。一歩前に出て、また一歩出る。闇の中では何もかもが違っている気がした。何かが変わってきている、と確かに思えた。少なくともほとんど確かに。

「ジャンセン？」彼は言った。「お前、来てるのか？」

返事はなかった。

「ジャンセン？」彼は言った。「俺の肩に手を置けよ、闇の中で離ればなれにならないように」

返事はなかった。

「ジャンセン？」

「俺たち三人いるのか？」ジャンセンがずっとうしろから訊いた。声が遠かった。

「え、何？」リンズコルドは言った。「どういうことだよ、三人って？」。じっと立って耳を澄ましたがほかには何も聞こえなかった。しばらく前から聞こえているもの以外、何も聞こえなかった。

「俺の名前はジャンセンじゃない」とジャンセンが――リンズコルドがジャンセンとして考えてきた声が――言った。

「じゃあ誰なんだ？」

「別の人間さ」と声は主張した。「何ていうんだっけ？　リンズコルドだ」

「だってリンズコルドは俺だぜ」とリンズコルドは言った。

返事がないのでもう一度言って――**リンズコルドは俺だ**――それから、突然疑念に襲われて、トンネルの中を手探りで回れ右し、来た方向へ戻っていった。

さっきジャンセンがいたところ、ジャンセンがいたと思ったところに戻ったときには、もう誰もいなかった。

2　ジャンセン

ジャンセンの身に起きたこと、本当にジャンセンだった――あるいは少なくとも自分をジャンセンだと思っていた――人物の身に起きたことはこうだった。

彼はリンズコルドと一緒に棒で老人をつつき、老人が死んでいるかどうか見きわめようとしていた。リンズコルドはもう老人が死んでいると思っていたが、ジャンセンはそこまで確信が持てず、実際、老人の腹を棒で押すと時おり唇から低いうめき声が漏れ出た。

「な？」と彼はリンズコルドに言った。

「いいや」リンズコルドは言った。「ガスが噴き出してるだけさ。何の証しにもならない」

だけどほんとに何かの証しになるものなんてあるのか？　とジャンセンは思った。どうすればそんなことが？

「刺してみたらどうかな」リンズコルドが言った。「こいつの体を裂いて、血が出るかどうか見てみるんだ」

「でも死んでなかったら？」ジャンセンは訊いた。

「死んでると思うよ」

「でもそうじゃなかったら？」

リンズコルドは肩をすくめた。

「それに俺たち、ナイフ持ってない」とジャンセンは言った。「ナイフもなしにどうやって刺せるんだ？」

「棒で刺す」とリンズコルドは言った。

「そんなに尖ってない」とジャンセンは言った。

「じゃあ、噛めよ」リンズコルドは言った。

ジャンセンは首を振った。「冗談じゃない」

やがて彼らは老人だか死体だかをつつくのにも疲れてしまった。リンズコルドが棒を捨て――捨てたのがジャンセン自身でなかったとすれば――二人は横に並んでトンネルを下っていった。

リンズコルドは右の壁に手を這わせて進み、ジャンセンは左の壁に這わせた。はじめから薄暗かったトンネルはますます暗くなっていき、ジャンセンは少しのあいだ何も見えなくなった。ひたすら手探りで、リンズコルドの靴の裏が地面をこする音を聞きながら進んだ。

これがどれくらい続いたか、訊かれてもジャンセンには答えられなかっただろう。相当な時間だったかもしれないし、ほとんど時間など経たなかったかもしれない。やがて光が少しましになって、隣にいるリンズコルドの輪郭がだんだんわかるようになった。まもなく天井に、等間隔を置いて、おおよそ男の頭部の大きさの格子が現われるようになり、そこから青白い光が漏れ出ていた。

「ジャンセン」とリンズコルドが言った。

「え？」とジャンセンは言った。

「お前の手」とリンズコルドは言った。

ジャンセンは片手を上げて目をすぼめてそれを見た。この手、どこかおかしいのか？　そうは見えなかった。

「手がどうした？」と彼は訊いた。

だがリンズコルドは首を横に振っただけで歩きつづけた。

ジャンセンはあわててあとを追い、すぐに追いついた。**こいつ、どうしたんだ？**

それともと少ししてからジャンセンは考えた。手が何かおかしくなってるのに、俺にはそれが見えないんだろうか？　もう一方の手首の切断面であごの不精ひげをさすって、先へ進んだ。

トンネルはゆっくり右に曲がってきているらしく、通路もわずかに窮屈になってきて、彼とリンズコルドはたがいに前より近づいていた。肩がほとんど触れていた。リンズコルドがこっちを用心深げに、ほとんど不安げに窺っていることにジャンセンは突然気がついた。

「俺たちどこへ行くんだ、ジャンセン？」とリンズコルドに訊かれた。

ジャンセンは肩をすくめた。「わからない」と彼は言った。「どうして俺にわかる？」

実際、言うことなんて何がある？　トンネルを先へ下っていくか、来た道を引き返すか、どちらかだ。そのくらいリンズコルドにだってわかってるはずだ。

二人は黙って進んでいった。トンネルはますます狭くなって、じきに肩が触れていた。ジャンセンは自分の外側の肩が壁を軽く擦るのを感じた。光はいくぶん弱まったが、なぜそうなるのかジャンセンには理解しがたかった。彼らの体が投じるものも、影とは言いがたかった。でもとにかく何かではある。漠としたささやきのような形、静寂と薄闇へのささやかな中断。視覚のすぐ向こうにある何かを垣間見ているみたいだった。

何かが彼を、彼の体を揺すった。リンズコルドだと気づいてハッとした。「何だよ？」と訊いた。

「お前、大丈夫か？」とリンズコルドが訊いた。

ジャンセンは何か、ほとんど考えずに答えた。何も大したことは言っていない。彼らは歩きつづけた。トンネルはますます窄まった。並んで歩くのは困難になった。彼らは止まった。もう暗くなっていて、ジャンセンから見てリンズコルドは、ほとんど闇に侵食された漠たる模様でしかなかった。

やがて、突然、その模様も完全に侵食され、なくなった。
「リンズコルド？」とジャンセンは言った。だが返事はなかった。
先へ進み、トンネルをさらに下って、切断面を壁に這わせ、もう一方の腕で前方の闇を探った。だがリンズコルドはどこにもいなかった。

3　老人

二人が彼をつつくのをやめて立ち去り、次第に薄れてゆく足音を響かせながらゆっくりトンネルの方に消えていくと、老人はぶるっと痙攣し、寝返って仰向けになった。口が開いて、光がそこからあふれ出るように見えた。どろりと、まるで液体のように。のろのろと老人は立ち上がり、通路をよたよたと、二人の男が行ったのとは反対の方向に進んでいった。少しして、よたよたとその反対の方に、トンネルを下る方に進んでいった。少し経つとまたつまずいて、顔を下にしてばったり倒れた。

いろんな声が聞こえた。まるで、それぞれの人間がどちらかの耳もとでささやいているみたいだった。声たちが何と言っているかはわからなかった。単に自分の頭の中で鳴っているだけだろうか。だんだんとそれも消えていった。

しばらくのあいだ、顔を下にして倒れていた。どのくらいそうしていたか、よくわからなかった。数分か、数時間か、数日か。目を開けようとしたが開けられなかった。それか、あるいはすでに開いているのに暗すぎて何も見えないのか。頭を動かそうとしたが、動かないか、動いたことが感じられないかだった。

しばらくすると、何かが聞こえてきた。少し離れたところから、低い、こするような音がする。耳を澄ませた。それが徐々に足音になっていったが、足音に似ていなくもない音にすぎないかもしれなかった。はじめは一人の男が歩いているみたいで、やがて音もリズムも二人と思えてきたが、じきにまた一人のようになった。それが——あるいは彼が、あるいは彼らが——立てる音はだんだん大きくなった。**一人か二人か？**と老人は考えた。**一人か二人か？**

もう一度動こうとして、できなかった。音は近づいてきていた。**一人か二人か？**　それから、つかの間の恐怖の戦慄とともに考えた——**今度は俺はどうなるんだろう？**

とはいえ、これまで身に受けた仕打ち以上にひどいことなんてあるだろうか？　いいや、ありえないと思った。

だが今回は、この男が、男たちが——そのどちらか、あるいはその両方という可能性はあるだろうか——やって来た今回はもっとひどかった。自分たちに何が起きているのか、彼らの誰一人ちゃんとわかっていないように思えた。誰一人理解できず、なのに誰一人やめられなかった。

やがて、全員にとってさらにもっとひどいことになった。

獣(けもの)の南　*South of the Beast*

1

獣の南、彼は死者たちを仔細に調べ、肉と骨のあいだに残った膜組織に言葉がはさまってまだ死体から抜け出ていない事例を探した。ある死体では、不当に扱われた構文の束が、膝の軟骨組織にこぶを作っているのが見つかった。別の死体では、ひとつの単語の滑らかな鼓動があって、触れるとぱっくり開き、彼が飲み込む間もなく冷たくなった。自分の体からも言葉が漏れ出ているのが彼には感じられ、気が遠くなっていって、言葉を失い、暗い文法が脇腹からしみ出た。

2

真っ昼間に動かず裸で立っていた彼は、やがて息をして立ち去りながら、陽の光が体を貫いて足下の地面に彼の名を焼きつけたことを見てとった。足でこすっても消えなかったが、うしろに下がって待っていると、太陽が自発的にその名を焼き消してくれた。午後早く、体を傾げてプリズムにすることによって、自分の歪んだ文字を投げ放つことができた。それは壁に穴を開けたり眠っている動物を窒息させたりするのに十分硬く十分密だった。

日暮れどき、見えないくらい遠くまで、自分の名を長い、暗い線で送った。そこに立って、それが色褪せて消えるのを待っていると、太陽の泡が抜けて太陽がなくなっても、歪んだ文字たちは依然として延びていて、汚れひとつなく、地平線の彼方まで広がっていた。

3

いまだ自分がペンを動かし紙の上をさまよわせ文字を作れることが彼にはわかった。そしてどうやってだか、どこかで誰かに彼は指の爪をめくり上げられ、剥がされていた。書くときにペンをぎゅっと押すと、爪の、消えた三日月の下の、湿った紫色に染まった肉がぱっくり割れて、何かがにじみ出て、やがて血が流れた。どのみち感覚はほとんど残っていなかったので、それもあまり気にならなかったが、ただ、書いたものがあとで読めなくなってしまったようだった。血とインクがすっかり混じって、たがいに邪魔しあったからだ。

うつむいてインクと血を見下ろしたまま、目が利かなくなっても、闇を通して彼はそれらを仔細に眺めつづけた。朝になると、新しい言語を発掘する境地にだいぶ近づいていた。

不在の目　*The Absent Eye*

——マイケル・シスコに

1

私が片目を失くしたのは子供のころ、何らかのゲームの一環として森の中を走っていた最中のことである。そのときほかには子供が二人いて、男の子と女の子、兄と妹で、そのどちらも私は知らなかったし、それまで見たこともなかった。ゲームを提案したのは、二人のうちの一人、痩せっぽちで靴もはいていない男の子だった。いま思い出せることはもはやあまりなく、目を失くした瞬間にクスクス笑いながら女の子を追いかけていたが男の子には追いかけられていたことぐらいだ。飛ぶように駆ける私の顔を、細い、棘のある枝がはね返って直撃し、針金のように鞭打って、鼻を斜めに横切る深く切り込んだ傷を作って、目そのものを眼窩から剝ぎとり、裂けた、何も見ていない目が頬に貼りついた。

どうやって家に帰ったのか、よく覚えていない。男の子と女の子が連れ帰ってくれたのか。二人で慎重に家まで私を連れていき、呼び鈴を鳴らしてすぐ逃げたのか。でも二人がそうするのを見た者はいなかったし、私にもそういう記憶はなかった。覚えていたのは、森で呆然と立ちつくし、自ていて、玄関のまん前に立っていたのである。

分の顔のまだ無傷の部分を手で探っていたことくらいで、もう次は突然、途中経過抜きで家に戻っていて、玄関のまん前に立っていたのである。

目を取り去ってしまうしかない、と医者に言われたが、事実上、目はすでに取り去られたも同然だった。たぶん傷が癒えるようにだろう、はじめ眼窩はぽっかり空いたまま放っておかれた。混乱した視神経が依然として情報を収集しつづけ、脳にランダムな、切れぎれの閃光を送ってよこした。

その後、アイパッチを与えられた。安物の綿で出来た、黒く染めてゴムバンドを付けた品である。濡れると染料が溶けて目の周りに黒い輪が残り、濡れがひどくて裏までしみ込むと眼窩の中まで黒くなった。このパッチを何か月か着けて過ごし、外すと相変わらず閃光が見えていた。時おりそういう光が集まって、何かの像とおぼしきものにまとまった。残った目を通して周りの現実世界は見えていて、たとえば私の寝室のひっそり質素な室内や、ドレッサーのてっぺんの滑らかな線、その上の天井の滑らかな線が見えた。けれど私の視神経はこれに、もうひとつの、ねじくれて動く像を押しつけてきた。はじめは形も様態も理解不能だったが、数週間、数か月が経つうちにその姿もだんだんはっきりしていった。

見えているもののことを医者に話すと、医者はただ首を振って、阿呆でも見るみたいに私を見た。けれど医者がそうやって首を振るさなかにも、煙のような、ぼんやりした像が彼の周りで固まっていくのが私には見えた。宙に浮かぶ形が、私が見守るなか、明確にまとまって、医者のふくらんだ分身となっていった。医者にそれなりに似ているが、脚の先は漠とした煙と化して虚空に呑まれている。形はそこに浮かんで、しばし明確さを保ち、それからまた見きわめがたくなって、それからまた明確になった。腕のようなものが医者の肩にぴったり巻きついていた。見ればもう一方の手は医者の喉にかかっていた。私が見守るなか、手の握りが強まった。

医者はその生き物自体には気づかぬまま、喉に手を触れて咳払いをした。私はその分身がにっこり笑って手を放すのを見守った。私が驚いて両腕を振り上げたものだから医者はひどく戸惑い、その瞬間、しがみついていたその生き物が向き直ってじっと私を見据えたのだった。そいつは私を見て、私に見られていることも認識した。私たちは二人とも動かず、相手が何をするか様子を窺っていた。それから、ひどくゆっくり、そのぼやけた口がニッと横に広がるのを私は見た。

何か月かして、空っぽの眼窩に義眼を入れるのを私が拒むと両親は驚いた。私がすでに理解し、両親にはその後もずっと理解できなかったのは、ある種の目がまだそこにあるということだった。ものすごくよく見える、ただしほかの一連の目とは違う見え方の目が。

はじめはパッチで眼窩を覆って、医者と話したときに見た生き物が見えないようにしていた。けれどある夜、好奇心に苛まれて、パッチを外した。

私は一人で自分の部屋にいた。ランプがひとつ、隅で不安定に炎を上げ、影が壁で躍っていた。それを見て、影というのが何かの影以上のものかどうか、私は確かめてみたくなった。もしそうだとすれば、ランプの炎を強くしてそいつを追い払ってやる。やってみると、そこには何もなかった。というか、影の中には何もなかった。ところが、下を見てみると、細長い、煙のような腕が私の腰を摑んでいるのが見えた。私の顔のパロディがほんの何センチか離れたところに浮かんで、私の空っぽの眼窩をじっと覗き込んでいる。

私は身震いした。その生き物の目にさっと光が宿り、またすぐに消えたものの、好奇と言ってもいいような表情で生き物はなおも私を見つめた。そしてそいつは口を開け、私はその唇と舌とおぼしき代物とが発話に似たような営みに携わるのを眺めた。

言葉は聞こえなかったが、その唇の動きを私はたどろうとした。「お前には私が見える（ユー・キャン・シー・ミー）」と言ったと思うが、「お前は私ではありえない（ユー・キャント・ビー・ミー）」だったかもしれず、あるいはほかの何かだったかもしれない。それを消し去ろうと、私は急いでパッチを下ろした。するとたちまち喉が絞めつけられたが、私はそれを自然なものと考えて無視しようと努め、つかの間息が詰まって窒息しそうになった。これも無視に努めたが、やがて刺すような痛みが胸に訪れ、パッチを上げてみると生き物は片手を私の肋骨の下に差し入れていて、どうやら指を私の心臓に巻きつけたらしかった。私が見ていることを見てとると、そいつは手を放し、にっこり笑った。

「何なんだ？」と私は訊いた。「何の用だ？」

そいつは物憂げに自分の耳を指さし、私の耳を指さしてから何か私に聞こえないことを言った。私が反応せずにいると、また同じことをやり、もう一度やって、結局私もほかにどうしたらいいかわからないので、わかった、と言うようにうなずいた。そいつの笑みが大きくなった。そしてゆっくり私の胴をのぼって来て、やがて頭が私の頭と同じ高さになった。それからそいつは指一本を私の耳に深く何度も突き入れ、とうとう私は痛みの悲鳴を上げて意識を失った。

2

十五年のあいだ私は監禁された——私自身の安全のため、と称して。あのとき両親は私の悲鳴を聞きつけ、階段をのぼって来ると私が床の上でのたうっていて、片耳からは血が漏れ出ていたのだった。針、鉛筆など私が鼓膜を突き刺すのに使った道具は何も見つからなかったのに、私が自分でやったと両親は信じて疑わなかった。はじめ両親に対して、それから医療専門家に対して正直に話そうとしたことで事態はいっそう悪化した。結局のところ、私はまだ幼かったのだ。世界は率直と正直によってではなく虚偽と不実で動いていることを、そのころの私は知らなかった。だから、何があったかをめぐってあくまで強情を張り、自分で自分の首に掛けた縄をますますきつくしていることにも気づかずに、その生き物の姿と、そいつが私にやった仕打ちを説明しつづけた。

　破壊された鼓膜の代わりに別の耳が生じてきて、この耳には普通の意味では聞きえないものが聞こえた。私にしがみつく生き物は私に向かって話もするようになって、その声は声というのとも少し違って一種ささやきの谺（こだま）みたいで、聞きとるのはかならずしも楽ではなかった。声というより声のほのめかしのような感じだった。

　はじめ私はその生き物に抗い、そいつを無視しようと努め、心臓をぎゅっと摑まれたり腹をかき乱されたり肺の上に乗られたりしても知らん顔を決め込んだ。精一杯長く我慢し、目にはパッチを掛け、耳を何であれ手近にあった物——濡れた布切れ、嚙んだ紙、食べ物のかけら——でふさいだが相手はいっこうにやめなかった。やがてそいつの指が私の脳の線維を撫でるのが感じられ、線維は刺激されて一種パニック状態に陥り、駆け込んできた看護助手たちに私は拘束衣を着せられるか鎮痛剤を打たれるかするのだった。私が大人しくなると、助手たちはついでに私の体を綺麗にすることも多く、耳につっ込んだものも捨ててしまうので、生き物はまた私に話しかけてきて、押さえつけられた私は何も抵抗できないのだった。こいつは私に何を求めているのか？　こいつは私の声を聞くことはできないが、私にこいつの声が聞こえていることは知っていて、何かを伝える必要を感じているみたいだった。**君は役に立ってくれるだろう、わが友よ**というのがそいつが一番よく言う科白だった。「役に立つって、どうやって？」と私が訊くと、看護助手たちにはこれが独り言としか聞こえず、不快の表情が彼らの顔に浮かんだ。**抗ってはいけない**とそいつは言った。**自分を明**

け渡さねばならないのだ、わが友よ。耳を澄まし、見守って、待っていればいずれわかるはずだ。

注射、ショック療法、拘束衣のせいで混乱はさらに増し、そいつと私とが落着かぬ休戦状態に行きつくには何年もの時間がかかった。まずひとつわかってきたのは、こいつは私に苦痛を与えることができるし興奮させることもできるが、それ以上大したことはできず、私の許可がなければ私を殺したり恒久的に体を損なったりもできないということである。時が経つにつれて、私はそいつへの反応を自分で制御できるようになっていった。それと、耳に栓をしていないときには、そいつのささやきだけでなく、その下に、もっと低い、遠い場所から届く、人間には聞こえない音も聞こえることがわかった。

結局のところ、その音があったおかげで、私としても一日のうち何時間かパッチを額まで持ち上げ、空っぽの眼窩から外を眺める気になったのである。はじめ私は、見えたものに驚いた――いま思えば驚くにはあたらなかったのだが。私は前からずっと、私の許にやって来た煙のような生き物は、医者をいたぶっていた生き物だろうと決めていた。こんな生き物は一匹だけしかいないのであり、医者の許を離れて私のところに来たせいで私自身の特徴を帯びるようになったのだと思っていた。けれどいま見えたのは、似たような生き物が周りの人間それぞれにしがみついている情景だった。どこもかしこも、幽霊が憑いて回っている。彼らは姿勢もまちまちで、宿主の人間の体に緩くしがみついているだけのもいれば、人間の周りに薄黒くとぐろを巻いているのもいた。狂っている人間に憑いたものの中には悪意がはっきり表に出ているのもいて、その笑みは邪悪であり指は人間の脳深くに埋め込まれていた。また中には、くっついた人間から懸命にわが身を引き剝がそうと泣きながらあがいているように見えるのもいたが、身の一部はどうにか剝がせても、また別の煙っぽい筋が生じてくっついてしまうのだった。看護助手たちにも生き物は憑いていて、そいつらは概して穏やかだったが、ひとたび暴力が生じるとそれを楽しむ度合も大きいみたいだった。医者たちにも憑いていた。実際、私にもだんだんわかってきた。こいつらは、私たちと一緒にいるしかないのだ。牢に入れられているようなものだ。私たちは彼らの一部であり、彼らは私たちの一部なのだ。

これは恐ろしい認識である。私はできるかぎりそれに抗った。でも結局はほかにやりようは——少なくとも私が見るかぎり——ないのでだんだんそれに慣れていった。私もほかのみんなと同じなのだ。ひとつ違うのは、私が知っているということだった。

3

やがて、監禁されていた時期の終わり近くに、ゆっくりした、揺るぎのないささやきで目が覚めた。**友よ**と声は言った。**起きたまえ、友よ。友よ、起きたまえ**。同じ言葉が何度も何度もくり返しささやかれ、とうとう私は起き上がった。

「何なんだ？」と私は訊いたが、暗いので分身には私の唇が読めない。そこで私は立ち上がり、明かりを点けてからアイパッチを上げて質問をくり返した。

私の体にとぐろを巻いた生き物は、なぜかわからないが不安そうに見えた。ふたたび喋った私をそいつは見て、そっけなくうなずいた。**ドアの外へ**とそいつは言った。私が立ったまま様子を見ていると、命令をくり返し、もう少し穏やかなささやき声で**友よ、私が導いてゆく**と言った。

事実そいつは私を導いていった。驚いたことにドアには鍵がかかっていなかった。私たちは外に出て廊下を下り、眠っている看護助手の前を過ぎた。助手自身の生き物は煙っぽい両手を助手の頭蓋骨の中深くに突き入れていて、私たちが通りかかると会釈し、ニタッとトカゲのような笑みを浮かべた。二度、三度と角を曲がった末に、ほかのある患者の部屋の前に出た。このドアにも驚いたことに鍵はかかっていなかった。

中に入ってドアを閉めた。**明かりを点けたまえ**と私の生き物に言われて、私はそのとおりにした。**椅子に座りたまえ**と言われて、そのとおりにし、命じられると同時に椅子をベッド近くに引き寄せた。

ベッドに寝ているのは年上の入院患者で、私がここに入ってきた時点からすでに老いていた男だった。残っているわずかな髪は頭蓋を包む靄のようで、肌にはしみが浮かび額は青白かった。**寝具を剝がしたまえ**と私の生き物が言い、そのとおりにすると、横たわった男の皮膚はたるんで不健康そうで、ほとんど死んで見えた。男の生き物はその体に巻きついていたが輪郭は消えつつあり、だんだん男と似なくなっていた。私が身を乗り出して男に近づくと生き物はシューッと押し殺した声を漏らし、人間というより蛇の分身に思えた。

自分の体に巻きついた生き物の方を私は向いて、問うように目を向けた。**見ていたまえ**とそいつは勧めた。それで私は向き直って見た。

肉体的な目しかなかったら、私はその変化を見逃していただろう。男が死んだとき、死を肉体的に告げているものはほとんどなかったのだ。けれどもう一方の、なくなった目で、男の死が起きるのを私は見ることができた。男自身をではなく、男の生き物を見てわかったのだ。男が死に近づくにつれてそいつもだんだん小さくなり、どんどんぼやけていって、しまいにはほとんどひとつの影にすぎなくなった。それから突然、まったく存在しなくなったのである。

どこへ行く？ と私の生き物が訊いた。**なぜ去るのだ？ どうなるのだ？** はじめ私は生き物が男本人のことを言っているのかと思った。私自身ならそうだっただろう。だが生き物がなおも、サラサラと響く、私の言葉と同一と思えると同時にまったく違っているようにも思える言葉でささやきつづけるなか、訊いているのは男の生き物についてなのだと私は悟った。こいつにとって男は何の意味も持たないが、男の生き物の消滅はあらゆる意味を持つ。そこに自分自身の消滅の予兆が見えるのだから。

私は自分の生き物との会話を試みた。我々人間が己の死をめぐる知に直面した際に用いる叡智なるものでもって彼を慰めようとした。けれど私の言葉は、そいつが私の唇から読みとるには複雑すぎた。そいつはたちまち不満と苛立ちを募らせた。そこで私は鉛筆と紙を出して文字を書いてやったが、私が人間の目の方でまばたきすると、私には言葉と見えるものが生き物にはそうは見えず、印だということすらほとんどわからないのだということが見てとれた。実際、そいつに理解できる言葉を作るには、言葉を何度も何度もなぞった末に、飾りも派手につけないといけなかった。そうやって、私の良い方の目には無数の線から成る脱出不能の迷路と見えるようになって初めて、それは私の不在の目に言葉として読めるものになったのである。

生き物が私の精神のすぐそばにいて、私の言葉が解読できることが何の足しになったのかはわからないが、私がなぞり出すとそいつは興味を持ちはじめ、ついに言葉が姿を現わすとそいつがハッと理解するのを私は見た。けれどたどるにはものすごく時間がかかったから、終わったときにはもう私の目的は始めたときと同じではなくなっていた。当初はこの生き物に、**避けられないものから逃げても無駄だとか彼が君の記憶の中で生きつづけるという事実に慰めを見出したまえとかきっとこの生の向こうにまた生があるはずだよ**といった紋切型を伝えるつもりだったのが、私はいつしか、自分の言葉を通して、ひとつの嘘を入念に作り上げていた。はじめは何時間かかけて、やがて何日か、ついには一生涯かけて、私に違う人生を送らせてくれることになる嘘を作り上げていったのだ。

4

私は何を書いたのか？　いまとなってはどうでもいいことだ。私がその施設の束縛を逃れて自由になるのに手を貸してくれるよう、私の生き物を説き伏せるために書くべきことを私は書いたのであり、その嘘を何度も何度も、そいつが読めるようになるまで鉛筆で刻みつけたのだ。

私が書いたのは、要するに援助の申し出だった。あの男の生き物がどこへ行ったかはわからないが、もし誰か探り出せる者がいるとすればそれは両方の世界に足を置いている私を措いてほかにいない、と私は主張した。探してやってもいい、調べてやってもいい。私は一種の探偵なのだ、と私は嘘をついた。君が私に手を貸してくれさえしたら、君の問いの答えを探すことに生涯を費やすと約束する、と私は伝えた。一番はじめから、そんな問いの答えなど見つかりようがないとひそかに思っていたにもかかわらず。

こうして我々は一種の盟約を結び、私は探偵のふりをすることによって事実探偵となった。彼の問いの答えを探せるようになるには私が行動の自由を得なければならない、ということで私たちは意見が一致した。病院に閉じ込められている者たちに憑いているさまざまな生き物たちのあいだで手はずが整えられ、一か月が過ぎた時点で、私のためにしかるべきドアはすべて開けられ、行く手に配置された警備員はすべて眠っていた。私自身の生き物に助けられて、私は誰にも妨げられず、ふり返りもせずに療養所から出ていった。

その後の年月、私は地球上を旅し、宿主の人間が死んだときに生き物がどうなるのか、その徴候を探して回った。これまでのところ、私はほとんど何も、おそらくはまったく何も学んでいない。

探偵の役は演じてきたし、自分の手も汚してきた。死者たちの墓のただなかに立って、生き物の残余かもしれぬ煙の筋が上がるか下がるかするのを私は探してきた。毛皮の奥深くにくるまって仰向けに横たわり、北極光を見上げて、あの光は生き物たちがこの世の外に出た残余ではないかと考えた。夜更けに昏睡患者たちの病棟に立ち、動かなくなった肉体の上空でまどろむ姿がゆらゆら揺れるのも見た。死の瞬間を目撃しようと人を一人撃ち殺しもした。一人を毒殺して、彼に巻きついた生き物が消えてしまう前に捕まえて壜に入れようとした。すべて無駄だった。

　だが生涯の大半は、およそそんなふうに劇的に過ごされたのではない。そういう瞬間はむしろ例外である。毎日毎日、一番多いのは、私の生き物が私を導き新しい死体に連れていこうと動き出すのを待つ時間だ。ひとたびそこに着いたら、状況をメモし、私の生き物の助けを借りて、そばにいて死の瞬間を見たかもしれぬ生き物たちに話を聞く。**名前は？**　と始めのうちはまず訊いたが、これは彼らが理解しない言葉であることがすぐにわかった。そこで代わりに、**何があったのか？　何を見たか？　どこへ行ったか何かヒントになることはあったか？**　等々を訊くようになった。それから、手掛かりを探す。犯行現場に見られる奇妙な特徴、私のなくなった目にのみ見える争いなどの跡。彼らの反応を私は書きとめ、私が見つけた——あるいは見つけたふりをする——手掛かりをすべて、彼らにも読めるよう重ね書きして記録し、それらの紙を木にピンで留め、壁に貼りつけ、橋の下に押し込み、ゴミバケツの中へつっ込む。それらがその後どうなるかは知らない。

　皮肉なことに、この浮世離れした作業を行なうことで、時に相当の情報が手に入り、さらには殺した者が誰なのかもある程度見当がついたりするのである。警察に連絡し、しかるべき方向に彼らを一、二歩押してやることも少なくない。いくつの国でいくつの犯罪が私のおかげで解決したか、何人の犯罪者が裁きの場に連れていかれたかわからないが、ずいぶん多いのではないかと思う。

けれども、我々が死んで生き物たちがどこへ行くのかに関しては、始めたときから一歩も答えに近づいていない。たしかにひとつの策略としてこの営みは始まったわけだが、こうして続けているうちに、探偵を演じることから、探索に真剣に携わるように私は変わらずにいられなかった。私は年老いていき、気力も萎えていくが、私の生き物は依然希望と楽観を失わない。探求を続けるよう、私が重い足を引きずり地を彷徨(さまよ)うよう生き物は要求しつづけ、きっと私が死ぬまで、私に関し残ったものは私がここに書いた言葉だけになるまでそうしつづけるだろう。

この文章は、いまや第二の天性となった重ね書きの奇怪な文字ではなく、人間のノーマルな書き方を使って、普通の紙に普通の字で書いている。たいていの時間、こんなことを書いても意味はないと私は感じている。こんなことをしても何も生まれてこないのはわかっているし、誰かが読んだとしてもこいつは狂人だと思うだけだろう。でもほかにどうしたらいいか、私にはわからないのだ。

　私の生き物はかたわらの空中で身を丸め、好奇心の目で私を見ているが、何も――まだいまのところは――言わない。じきにこいつは、私がこの紙に何を刻んだのか、なぜ自分にはそれが読めないのか詰問しはじめるだろう。その前に書き終えられればと思う。

　私はじきに先へ進まねばならない。でもそれまでは、この報告を書き終えてもここにとどまり、手もろくに動かさず、書いているふりだけしようと思う。私の生き物の手に喉を絞めつけられ、生き物の言葉が耳の中で形成されていくのが感じられて、いま一度重い体を持ち上げて立たねばならないとわかるまではそうしていよう。ひとたび立ったら、私はまた放浪を続けるだろう。完全に自分ではないもののまったく他者というわけでもない何者かに雇われた、孤独な、出来損ないの探偵として。

ボン・スコット——合唱団の日々　*Bon Scott: The Choir Years*

一九九七年、ユタに住んで小さな音楽月刊誌『グリッド・マガジン』に寄稿していた私は、AC／DCに関する記事を書くよう求められた。一九九一年に彼らのコンサートでティーンエージャー三人が死亡して以来、AC／DCはソルトレーク・シティを訪れていなかった。あるプロモーターが彼らをユタ州に呼びもどそうと画策していたが、九一年の事故のせいで会場がなかなか見つからずにいた。『グリッド』の記事は、ユタでのAC／DCのこれまでのライブをふり返り、彼らとユタとの奇妙なつながりを拾い出すことで（「アンガス・ヤングのいとこは昔スノーバードでリフトの切符売りをしていました」（アンガス・ヤングはAC／DCのリードギタリスト、スノーバードはソルトレークのスキー場）等々）、州民がいまもバンドに対して抱いている敵意をいくらかでも和らげようという狙いだった。私が記事を書き上げる前にプロモーターが計画を断念したため、記事もキャンセルになった。没稿料を払う余裕もないので、『グリッド』は私に無料のCDを山と与え、ロビン・ヒッチコックのインタビューに送り出した。

が、記事に取り組んだ数週間のうちに、AC／DC元シンガーのボン・スコットと蜂の巣州（ビーハイブ・ステート）（ユタ州のニックネーム）との関係について私はいくつか奇妙な発見をしたのである。一九九七年の時点で、スコットの死についてはすでに多くが書かれていた。一九八〇年二月十九日、夜どおし酒を飲んだ末に自分の嘔吐物で息を詰まらせたスコットがアリステア・キニアの自動車の中で昏睡状態で発見されたことについて、実にさまざまな説が唱えられてきた。が、AC／DCの『地獄のハイウェイ』が一九七九年七月末にリリースされてからほぼ半年後のスコットの突然死までの時期に関しては、ほとんど何も言われていない。また、スコットの死からわずか数か月後に発表されたAC／DCの『バック・イン・ブラック』に、スコットの作とされる詞がひとつもないことに注目した書き手もいない。明らかに多産な作詞者であったスコットが、『地獄のハイウェイ』リリース後の半年に何も書かなかったというのは私には奇妙に思われた。私も普通ならこんなことは考えもしなかったかもしれないが、記事の調査を進めているうちに、考えるべき理由にいくつも出会ったのである。

　スコットの死に至るまでの時期をざっと眺めただけでは、異常な点はほとんど何も見えてこない。『地獄のハイウェイ』発売前後の数か月はツアーに費やされ、死の直前の日々、スコットは日常的にステージに立っていたのだ。

　スコットの移動記録――それは忠実なファン兼ハッカー兼ストーカーのおかげでインターネットに上がっている――によるとこの時期ユタ州ソルトレークにも十回行っていて、滞在は毎回数日のみ。だがこれらの訪問はどの公式のバイオグラフィにも記されていないし、私自身も最初発見したときは、ツアー中ユタで女性と知りあったのではないかと考えた。ただ、取巻き(ローディ)も大勢いてセックスならいくらでもありつけたスコットが、相手を一人に限定するというのが奇異に思えたことは確かだ。さらに詳しく調べてみても、そんな女性は現われなかった(まあ過ぎた時間の長さを考えれば当然かもしれないが)。もし女性がいたとしても、スコットはそのことを誰にも言わなかった。親しい友人にも、バンドの仲間にも。それどころか、ユタ行き自体を彼は秘密にしていたのである。

数週間調べた末に、スコットがユタを訪れた証拠が三か所で見つかった。まず、テンプル・スクエアに接した、モルモン教会の所有するホテル・ユタの宿帳。それによるとスコットはこの宿に十回泊まっており、その日にちは飛行機に乗った日にちに対応している。次に、一夫多妻主義者にしてモルモン教創立期の預言者ブリガム・ヤングの元住居に作られた博物館〈ビーハイブ・ハウス〉のゲストブックにスコットの見慣れたサインが殴り書きされているのを私は発見した。サインのかたわらにスコットはロック・キャンディ・オン！と書いている。これは明らかに、自分の職業への言及であると同時に、ビーハイブ・ハウスのギフトショップの名物である、岩のごとく硬い古風なキャンディを念頭に置いているのだろう。

三つ目の発見が一番奇妙だった。何とスコットはモルモン系図図書館（the Mormon Genealogical Archives）を訪ねているのである。ロッキー山脈の花崗岩の奥一マイルに沈み込んだMGAには、数百万人分の個人記録が収められている。人間の生と死に関するこれ以上完全なコレクションは世界中どこにもない。私は偶然、ユタを通過中の友人たちが行ってみたいというのでそれにつき合って図書館を訪れた際にこの発見を遂げた。ほんの気まぐれで、スコット、ボンをめぐる情報はないか館員に調べてもらったところ、彼に関する項があったばかりか、本人が四世代データ表を提出していて、その一番下に見慣れたサインを殴り書きしていたのである。スコットは明らかに家族の歴史に興味を抱いていたのだ。そのデータ表の、本人の記録は次のようになっていた。

スコット、ロナルド・ベルフォード〔ボン〕
生　一九四六年七月九日、キリミューア
死　一九八〇年二月二十日

洗礼　一九八〇年二月二十日

私はこの最後の一行に驚いた。ボン・スコットは死んだ日に洗礼を受けてモルモン教会の一員になったということではないか。たしかにモルモン教では、誰かの死後に代理人を通して洗礼を施すのは珍しくない。実際、死者の「布教活動」は教会内の一大産業となっている。改宗者を求めてモルモンは、ドアのみならず墓をもノックしている。モルモンの会堂儀式はまさにこの事実を核として動いているのだ。では何に驚かされるのかというと、この洗礼がまさにスコットの死の当日に行なわれていることだ。自分自身のモルモン教徒としての過去から(私は二十代前半にこの宗教を捨てた)、死後洗礼の許可が下りるまでに何か月もかかることを私は知っていた。たいていの場合、教会はまず、残された親族が記録を提出するのを待ち、そこで初めて手続きを開始するのである。

単なる事務上のミスだろうと思ったが、一応確かめてみることにした。四世代データ表以上の詳しい情報を得ようと、スコット個人のデータ表を見せてほしいと頼むと、図書館員はさんざん待たせた末に当惑した顔で戻ってきて、コンピュータの記録にも紙のファイルにも見当たらないのですと言った。調査を依頼してみます、と館員は言った。ところが、二、三週間かしてもう一度行ってみると、館員は私に詫びて、お探しの記録は恒久的に閲覧不可になっていますと言った。ではスコットの四世代データ表をもう一度見せてくださいと頼むと、それもいまや恒久的に閲覧不可になっていた。

長いあいだ、私のリサーチはそれ以上進まなかった。『グリッド』に本格的な記事を書くにはとうてい足らない。ちょっと奇妙な話、みたいにまとめるにも足りない。それ以上探り出す前に、雑誌側が企画を没にした。私も調査をやめて、それっきりこの件は忘れてしまった。

実際、その後ほぼ四年が経ってようやく、祖母の家のカウチに座り、祖母を足専門医に連れていくのを待ってのんびり過ごしていて、『聞け、天使の音を――図解モルモン教・タバナクル合唱団史』なるコーヒーテーブル・ブックを何げなく手にとったとき、驚くべき発見が訪れることになる。その本の74ページ、合唱団のメンバーが口を開けて歌っているところを撮ったいわゆる「アクション・ショット」の中に、ボン・スコットと驚くほどよく似た男性の姿があったのである。写真の彼はシャツを着てネクタイを締め、長い髪はうしろできつく束ねていた。ネクタイをしている中年の紳士のかたわらに立ち、その紳士の隣にはモルモン教宣教師を思わせるきちんとした身なりの若者が立っている。下の説明文には「友愛において我等は歌う、一九七九年」とある。そのさらに下に三人の名前があった――J・ジェイミソン、M・ネルソン、S・ボン。

S・ボンはB・スコットと書くべきところをうっかり間違えたとも考えられる。この偶然は無視できない。この本もらっていいかな、と私は祖母に訊いてみた。祖母は私がふたたび宗教に興味を示したことに気をよくし、喜んで本をくれた。ほかの写真も、同じ男が写っていないかシラミ潰しに見てみたが、成果はなかった。合唱団の写真はほかに何枚もあったが、同じ年に撮ったものにもそんな男は写っていなかった。

現在の理解に達するまでにはおそろしく複雑な経緯があった。ここではただ、J・ジェイミソンとM・ネルソンの居所を突きとめたとだけ言っておこう。後者はもう相当な年配の男性で、酒皶(しゅさ)とパーキンソン病を患っており、写真のS・ボンはたしかにボン・Sだったと請けあってくれたが、「S」が何の略かは思い出せなかった。「スコット」では、と水を向けてみると、肩をすくめて「そうかも」と言うだけだった。彼が覚えているスコットは――それがスコットだったとして――「感じのいい若者だったよ、まあ髪は長かったが」。ただしスコットの歌い方にネルソン氏は異を唱え、自分の好みでもなかったし合唱団のスタイルにも溶けあわなかったと述べた。「とにかくひとつの音を、終わりまで通せないんだ」

J・ジェイミソンはユタの住人で、ソルトレーク郊外の町サンディの小さなアパートに住んでいた。そうとも、S・ボンはボン・スコットだよ、一目見てわかったよ、と彼は私に語った。スコットは合唱団と六、七回練習し、モルモン・タバナクル合唱団が毎週やっているラジオ番組『音楽と語られる言葉』にも二度出演して一緒に歌ったという。スコットがユタまで来て何をやってたかは知らないけど（合唱団のほかのメンバーは残らずモルモン教徒だったのだ）、指揮者も奴のことは承知していたし許可していたよ、とジェイミソンは言った。敬虔で熱心なモルモン教徒ではあるがAC／DCのファンでもあったジェイミソンは、スコットがいるのを見て驚き、衝撃を受けたが、これがめったにない機会だということはわかった。翌日、オーディオマニアの友人から海賊録音用の機材をジェイミソンは借り出し、以後スコットが加わったセッションをすべて録音したのである。

合唱団の中に混じったスコットの声は、何とも奇妙な印象を与える。ジェイミソンの録音では、ジェイミソンがスコットの近くに立っていたので声はつねにはっきり録(と)れていて、合唱団的仮面をかぶるか、いつもの彼らしい奇癖を押しとおすかで迷っているのがよくわかる。二回の『音楽と語られる言葉』の放送録音では、（これは私の祖母の友人の友人の、過去三十年この番組を偏執的に欠かさず録音しつづけている人物から入手した）奇妙な、ほとんどあるかないかの揺らぎが聞き分けられるが、あくまでこちらがそれを探して耳を澄ませばの話である。

ジェイミソンの録音でのスコットの声はつねに不安定であり、つねに生きいきとしているがわずかにためらいも感じられる。低い方の音はうなるような響きがあり、高い方ではある種緊張したパニックのようなものが聞きとれる。ＡＣ／ＤＣで歌っているときのような滑らかさ、自然さはおよそ認められない。どの曲でも二度か三度パートを移動し、実際、台の縁に立った指揮者が一度ならず指揮棒をこんこん叩いて直接声をかけ（「ブラザー・スコット」）、落着かせよう、集中させよう、ひとつのパートを正しく歌わせようとしているのがわかる。「主はわが飼い手」などは、歌詞に出てくる緑の牧場（まきば）を活動過多の子供みたいに猛然と駆けているように聞こえる。「賛歌を捧げん」の歌い方もだいぶ無理があると思える。一方、ルース・メイ・フォックス作の熱っぽいスコットランド風小曲「山のごとく強く」ではまさに本領発揮である――

　われらを囲む山のごとく強く
　信念固く　勇ましくわれらは立つ
　われらの父らが　この善き地に
　据えたる岩の上に――
　　　（……）
　かくしてわれら　砂漠のうたを聞く――
　突き進め、突き進め、突き進め！
　丘に　谷に　山に谺する――
　突き進め、突き進め、突き進め！

ここでスコットは感じとっている。すなわち、砂漠、丘、谷が歌う前向きな「突き進め（キャリー・オン）」は次第に一語につながって「死肉（キャリオン）」として立ち現われるべきだということを——こっちの方こそ、荒野がもっとずっと頻繁に歌う歌なのだ。

「日暮れて四方は暗く」「主よ、嵐すさび」等のモルモン教会讃美歌の古典や何曲かの愛国歌では、スコットは歌の世界に浸りきっていて、己の声を歌の壁に何度かぶつけながらも徐々にその空間になじんでいく。実際、これらのテープで何より際立つのは、スコットの声にまったく皮肉っぽさが感じられないことである。歌の質にはばらつきがあっても、一貫して誠実な歌声なのだ。これはいささか戸惑わされる話である。讃美歌を歌うその声に、AC／DCの「流血の叫び」や「泣く女」を歌うときと同じ誠実さが聞きとれるのだから。あるいは彼は、どんな音楽にも本気で入っていける人間なのだろうか。それとも、ジェイミソンの話が一種の説明になっているだろうか——「ある日練習が終わったあとに寄っていって、自己紹介して、あなたのこと知ってますよ、ここで何してらっしゃるんですかと訊いてみたんだ。そうしたら彼は『いやー、どうなんだろう。まあ何か新しいこと試して、モノになればと思ってさ』と答えた。何だか彼の歌（「ライド・オン」）みたいだよね——『いつかは俺も　悪い生き方　改めるんだ』」

　スコットはまた、モルモン教会についていろいろ調べていてモルモンの宣教師に改宗の相談もしているのだとジェイミソンに打ちあけた。「どうなってたかなあ、死ななかったら」とジェイミソンは言った。

　本当に、どうなっていたか？　ジェイミソンによる最後の録音テープに、いくつかその答えのようなものが見つかる。一九八〇年一月に録音されたこのテープは、ジェイミソンによると、合唱団の有志（隊全体の約八分の一）が参加していて、スコット本人と指揮者（およびジェイミソン）によって録音された。テープを聞くと、有志たちは歌詞抜きで低音部を歌い、大まかなメロディラインと伴奏を提供していて、スコットがその上に『地獄のハイウェイ』のいろんな曲を書き直したアカペラ・バージョンをかぶせるのだ——

気楽に生きて、神を愛して
片道ライドのシーズンチケット
助けてくれよ
焼かれたくない

地獄行きのハイウェイから降りるんだ
（どうか僕を止めて）

ほかの曲も同様に作り直される。「夜の彷徨者（プラウラー）」はいささか馬鹿馬鹿しい「夜の睡眠者（スリーパー）」になり、スコットも一番は歌い終えるが結局笑ってやめてしまう。「流血の叫び（イフ・ユー・ウォント・ブラッド）」は「神が欲しいなら（イフ・ユー・ウォント・ゴッド）」に変容するが（「神が欲しけりゃ／お前のものさ……」）、元の歌の力強さ、烈しさはおおむね保持している。

どの曲もひどく分裂的である。スコットは一方でAC／DCのエネルギーを保ちつつ、同時に歌詞の一部を消去し過去の思いを抹殺しようとしているように思える。もし彼が生きつづけたなら、AC／DCの次の作は、それまでのどのアルバムともまったく違ったものになっていたのではないか。どう考えてもそれは、キリスト教的——というか、モルモン教的——ロックアルバムになっていたはずだ。

ボン・スコット／モルモン・タバナクル合唱団セッションについて、AC／DCの元広報担当の一人に連絡してみたところ、返ってきたのはマーク・トウェインを引用した一枚のファクスのみだった。「私はモルモン教の仲間か？　違う。あんなものは絶滅すればいいと思っている」。広報担当からこれほど奇怪な返答をもらったことはほかにない。テープを発表すればAC／DCファンのあいだで大きな話題となるだろうか？　そうは思えない。むしろ逆効果だろう。世界中の十代の少年たちの胸に後味の悪い思いを残すだけだろう。これはせいぜい、AC／DCの歴史のささやかな一章の中のささやかな脚注なのだ。第一、これを出したらそこら中で新保守主義者の格好の宣伝材料になるだろう。発表しないままにしておくのが賢明というものだ。こういう代物の価値を理解したくなくても理解してしまう、我々少数の人間のあいだでひっそり流通すればいいのだ。

＊

だとすれば、なぜこの話を書くのか？

唯一挙げられる理由は、これだけリサーチをしても、スコットの死の状況に関し、私自身いまだ納得できずにいるということである。もしスコットが本当に「悪い生き方」を改めようとしていて、違った人生を送ろう、モルモン教徒になろうと考えていたなら、なぜ死ぬ数時間前に酒を飲んでいたのか？　モルモン教徒は飲酒に強く反対しているではないか。また、スコットはアリステア・キニアの車の中で死んだわけだが、そのキニアのデータもモルモン系図図書館に所蔵され、洗礼日が2／20／80と記されている——すなわちスコットの洗礼日であり死亡日である——のは偶然だろうか？　それにまた、AC／DCのコンサートで群衆に押しつぶされたということになっている、全員モルモン教徒であるティーンエージャー三人が死んだのが一九九一年、スコット命日の二月二十日だったのも偶然と見るべきだろうか？　それともひょっとしてこれは、モルモン教への復讐と読みとるべきなのか？　もしそうだとしたら、誰による復讐か？

むろん立てうる仮説はいくらでもある。だが、スコットが死の当日に突如モルモン教会名簿に教徒の一員として現われるという事実を満足に説明する説は一つしかないというのが私の意見である。この説には〈血の贖い〉の教義が絡んでいる。これはモルモン教が十九世紀なかばから実践してきた教義であるが、ジョン・D・リーの告白をはじめ多くの証拠が残っているにもかかわらず、これが実践されたことは一度もないとモルモン教指導者たちは主張している。〈血の贖い〉の教義によれば、殺人、堕胎、聖霊に対する悪事、などある種の罪はキリストの血をもってしても十分には贖えない。罪人が許しを得る望みを持つためには、罪にまみれて生きるのをやめるべく自ら命を断つしかない。スコットは自分がもはや救われえないと思ったのではないか。自ら手を下すのであれ他人が行なうのであれ、とにかく彼は自分の生を終わらせることを選び、事故に偽装されたその死の見返りが、ただちに死後洗礼を受けてモルモン教会に受け容れてもらうことだったのではないか。

さもなければ、モルモン教徒の誰かが、スコットが酒を飲んでおり元の生き方に逆戻りしつつあるのを知って、彼が己の罪を贖うのを助けることにした、ということも考えられる。私としてはこの可能性はあまり詳しく追究したくない。

いずれにせよ、我々は結局、スコットが車の中で一人震え、意識もなかば失い、事故であれ自分の手によってであれ他人の手によってであれ徐々に死へと向かっている姿に戻ってくる。かりにモルモン・タバナクル合唱団での実験をあのまま続け、人生において驚くべき変身を遂げたとしても、あるいは、ブライアン・ジョンソンが見事に追求することになる方向へ進んでいったとしても、あるいはまったく別の道を追い求めたとしても、とにかくあの最期よりはましであったにちがいない。

タパデーラ　*Tapadera*

彼は両手でバケツを持っていき、水をなみなみと入れて、少年の顔に浴びせた。水が両の目尻にあふれ、額を流れていって髪の色を黒くした。少年は意識を取り戻さなかった。

男はバケツを投げ捨て、それが転がって水滴を吐き散らすのを眺めた。男は家の中に入った。フランクが鏡の前に立っていた。片方の耳たぶに、血のにじんだ布を当てていた。

「あの小僧、死んだ」男が言った。

「糞ったれが」フランクは言って、鏡に映った自分の目を見た。耳から布を外し、その生地を眺めわたしてからもう一度持ち上げた。「俺相手に下手な真似やったらどうなるか、これでわかっただろうよ」

「何もわかりやしないと思うぜ」男は言った。

フランクは肩をすくめ、布を窓に持っていった。サッシを上げて、両手で布を外に出した。血と水を絞ってから、窓の下枠に広げた。そして血で洗われた両の手のひらをじっと見た。

「あの水、どこやった？」フランクは言った。

「いま取ってくる」もう一人の男が言った。

もう一人の男は外に出て、転がったバケツのところへ行った。バケツの描く曲線の下、泥がせり上がっていた。男はバケツを拾い上げ、ポンプを使ってリベットより上まで汲み上げた。少年は両目に水滴がついたままだ地面に倒れていた。男がブーツの先で少年をつつくと、少年の頭が転がり、水が両目からこぼれ落ちた。

男は家の中に入り、バケツを持ち上げながらたらいに近づいていった。フランクの片腕が男をさえぎり、水が少し床に撥ねかかって、フランクにも撥ねかかった。

「満タンにするな。まずたらいの中身を捨てろ」フランクは体にかかった滴(しずく)を払いのけながら言った。

もう一人の男はバケツを床に乱暴に下ろした。水が側面からこぼれ出て、その底の周りに水たまりが出来た。それからたらいを持ち上げ、窓に持っていって中身を捨てた。水と浮きかすがポーチの床に撥ねかかった。たらいを持って帰りながら、浮きかすが内側のへりを流れて底にたまっていくのを男は眺めた。

フランクが手をのばし、たらいの金属の表面に指を滑らせた。指を持ち上げ、しげしげと見た。

「きれいに洗え」フランクは言った。

「冗談じゃねえ」もう一人の男は言った。

「じゃあそこの死んだ小僧にやらせろ」フランクは言った。

男はたらいを持って外に出た。ドアがぴしゃっと音を立てた。ポンプでたらい一杯に汲んで、揺さぶり、水を捨てた。男はたらいを振った。水がたらいの内側を流れて滴になって、それも滑り落ちた。たらいを持ち上げてひっくり返すと、陽の光が金属に捕らえられて、長方形に禍々(まがまが)しくのびているのを男は見た。男もそれと一緒にのびていて、そのうしろで少年ものびていた。

男は中に入った。たらいをテーブルの上に置いて、フランクの邪魔が入らないうちに水を一杯に入れた。

「小僧にやらせた方が速かったぞ」フランクは言った。「それにもっと上手くやったはずだ。死んでても」

男は何も言わず、バケツをドアのところに持っていって外に放り投げた。バケツは前方に弧を描いて落ちていき、底の縁が少年の額を、血を流すことなく裂いた。

フランクがブラシを湿らすと、水が青白く曇った。石鹸のすり減った曲線にブラシを這わせて泡をつけ、逆向きにあごに塗っていった。剃刀を立てて、ひげを剃りはじめた。

剃り出してまもなく、死んだ少年が水だらけの顔、血まみれの体でよたよた入ってきた。片足にバケツが引っかかっていた。戸口のところで両脚がくずおれて、敷居のこっち側に倒れ込んだ。

「フランク?」もう一人の男が言った。

「何だ?」フランクは目をすぼめて鏡を覗き込んだ。「お前、死んでないんだな」と鏡に言った。

「死んでないもんか」少年は裂けた唇のあいだから喉をゴボゴボ鳴らした。「完璧に死んでるよ」

フランクはしっかりした手付きでひげを剃り終えた。死んだ少年は懸命に起き上がって中に入ってきた。もう一人の男はこそこそ隅に行って、両手で顔を覆った。刃が開いたままの剃刀をフランクがたらいの縁に置くと、たらいの外に落ちた。両手で水をすくって、あごの線にかけた。

「外行って死んでろ」フランクは言った。

「ここで死んでる方がいい」少年は言った。

フランクが向き直った。飛んでいって、少年の髪を摑んだ。引きずっていって、少年の頭をたらいに叩きつけた。水が壁に撥ねかかった。少年を床に押し倒して、かがみ込み、剃刀が落ちたあたりを手探りした。まず自分の手の甲を切ってしまったが、それから少年の喉を切り裂いた。

血は出てこなかった。少年はあがき続けた。

フランクは少年の両の腋の下に腕を差し入れ、外に運び出した。ポーチから地面に放り出して、急いで中に戻って死んだ少年を閉め出した。それから隅でめそめそ泣いているもう一人の男を引きずり出し、立たせてから、歯を殴りつけて何本かへし折った。

フランクは男を倒れたまま置き去りにしていった。窓辺から布をとって、切れた手の甲に巻きつけた。残った水に顔を浸して、体を起こすと水がぼたぼた垂れた。滴が伝って落ちてシャツの表にしみを作った。

外では少年が、体のどこかの部分をドアになすりつけていた。

「聞こえるか?」もう一人の男が言った。

「聞こえる」フランクは言った。「お前のピストル、どこだ?」

男は上着のポケットをぽんぽん叩いた。

「よこせ」フランクは言った。「俺のも取ってこい」

男は渡して、取りに行った。戻ってくると、フランクが片膝をついて耳をドアに押しつけていた。

「まだいるのか?」男は言った。

「すぐそこにいる」フランクはドアをこんこん叩きながら言った。

フランクが立ち上がり、二人ともうしろに下がって、撃った。弾がドアの木をえぐって、跳ねかえった。二人はもっと寄っていって、木に銃をぐいぐい押しつけ、もう一度撃った。火薬の粉が二人の手の甲を焦がした。

フランクはかがみ込んで、目をすぼめ、熱くなった穴の向こうを覗いた。

「やっつけたか？」男は言った。

「片目はやっつけた」フランクは言った。「すぐそこに倒れてる」

彼らはドアの閂を外し、ほんのわずか開けてみた。倒れて動かなくなった少年を彼らは見た。彼らが開けた穴が体にあった。

彼らは外に出て、しばらくのあいだブーツで少年の死体を小突きまわした。死体は喋りも動きもしなかった。彼らは中に戻って、ドアの鍵を閉めた。


男はビーンズの缶詰を開け、ナイフの先っぽから、冷たいままもぐもぐ噛んだ。フランクが部屋に入ってきて、男にげんこつを食わせた。男は倒れた。フランクはナイフと缶詰を拾って、ズボンでその両方を拭き、自分でビーンズを噛みはじめた。

もう一人の男がこめかみをさすりながら、よろよろと起き上がった。

「ひでえなあ」男は言った。

フランクはげんこつを振り上げたが、やがて男が自分に対してひでえと言っているのではなく台所の窓の向こうに見える死んだ少年のことを言っているのだと悟った。少年の姿は窓の枠内に収まって、皮が剝げて骨が見えている指先でガラスをとんとん叩いていた。

フランクはもう一人の男をずるずる引きずりながら窓に近づいていき、逃げようとあがくので鼻を殴りつけて骨を折った。少年は撃ち抜かれていない方の目で二人の姿を見て、手を振った。

「こいつ、何しに来たと思う？」フランクは言った。

「わからない」男は言いながらフランクに摑まれた体をよじらせた。

「何しに来た？」フランクがわめいた。

少年は窓に顔を押しつけた。ガラスが血と水で汚れた。入りたい、と少年は口を動かした。

「入れるな」男が言った。

「俺は馬鹿じゃないぞ」フランクは言った。

「お前のこと殺したい！」少年がガラス越しにフランクに向かって叫んだ。

フランクはカーテンを引いて死んだ少年の顔をさえぎった。そして男を台所から居間まで引っぱっていき、ドアを閉めると少年がこんこん叩く音はほぼ聞こえなくなった。二人で床に座り込み、背中をのばしてドアに押しつけた。

「あの酒、どこだ？」フランクが言った。

「小僧に見つかった」もう一人の男が言った。「全部飲まれた。生きてるあいだに。知ってるかと思ってた」

フランクは首を横に振った。「知ってたらもっとひどく殺してやったのに。もう一本出してこい」

「まだ全然熟してないよ」

フランクがげんこつを振り上げた。男はそそくさと寝室に行った。

男は奥の壁に接したベッドを両方とも押し上げた。真ん中の床板の端を踏んで、それがじわじわ上がってきて、縁を手で摑めるようになるまで待ち、持ち上げて壁に立てかけた。そして二枚目の板を上げ、三枚目を上げた。

家の下の闇を男は覗き込んだ。穴のかたわらにうずくまって、片手をさし入れた。

壜は一本も見つからなかった。男は体をべったり床につけて、もっと奥まで探った。

何か柔らかい、細い筋が何本も入ったものに手が触れた。引っぱってみると簡単には持ち上がらなかったが、どうにかそれが床の梁（はり）にひっかかるところまで引き上げた。男は足を踏んばって両手で思いきり引っぱった。それがゆっくり引き抜けるのがわかった。闇から手を持ち上げると、粗い、黒っぽい髪の毛が何束もくっついていた。穴を見下ろしてみると、少年の青白い顔が見えた。男はぎゃっと叫び、死んだ少年もぎゃっと叫んだ。

男は穴の上に床板を投げ出して、箱から煉瓦一個と釘何本かをあわただしく取り出し、床板に打ちつけた。その間ずっと少年は、入れてくれよぉと訴えていた。

男は動転したまま、よろよろと居間に戻った。

「酒はどこだ？」フランクは言った。

男は黙って指さした。開いたドアの向こうから、床板の下を少年がコツコツ叩く音が聞こえた。少年が家の軒下をのろのろ這う音を二人は聞いた。支柱と支柱のあいだを縫って、二人の下の床板をかすめながら、彼らに訴えている。

彼らは耳を澄ました。両膝をついて、少年が引っかいている範囲の外まで這っていった。ぐるぐる回って、前にうしろに進み、やがて引っかく音が止んだ。

二人はべったり這いつくばって、耳を床に当てて、聞いた。じっと横になっていると、地面の上、家の外側の隅から何か音が聞こえた。屋根の隅がきしんで、てっぺんの方へ音が移っていった。

「死んだ小僧、屋根にいる」フランクは言った。

もう一人の男がメソメソ泣き出した。音が彼の頭上に来て、通り過ぎていった。だんだん大きくなって、止んだ。

死んだ少年が煙突を転げ落ちてきた。顔の表面が火格子に当たって裂けた。少年は顔を上げてもがき、どんより曇った目で横たわった。脚は二本とも折れ曲がっていた。灰が周りで雲のように上がって彼の姿を薄暗く包んでいた。

「この死にぞこないが」フランクが言った。

フランクは立ち上がって、もう一人の男を暖炉まで引きずっていき、男の両手を死んだ少年の脚に当てて、自分の両手もそこに当てた。少年は喋ろうとし、ぱっくり開いた喉の皮のひらひらがシューシュー音を立ててはためいたが、もう言葉は残っていないみたいだった。二人は少年の脚を引っぱったが、少年は火格子にしがみついて放さなかった。フランクが少年の頭蓋を少し割ったが、相手はそれでも放さなかった。指を一本一本引き剝がそうとしたが、全部の指を揃って同時に剝がすことはできなかった。

二人はふたたび少年の脚を摑んで持ち上げ、二人とも前によろめいてガツンと鉢合わせし、少年は喉から何か撥ね散らかしながらしがみついていた。

フランクが手を放した。もう一人の男も手を放した。男は周りを見回し、うしろに下がった。死んだ少年はなおも火格子を摑んだまま起き上がりかけた。フランクが殴って元に戻し、その体を持ち上げて、足を先にして煙突の中へ押し込んだ。やがて腰から上しか見えなくなった。

死んだ少年は放さなかった。

「斧、あるか?」フランクは言いながらブーツのかかとで少年の肱を砕いた。

もう一人の男は首を横に振った。

「剃刀、よこせ」フランクは言った。「で、マッチを取ってこい」

男は剃刀を足で蹴ってフランクの方に送り、フランクはうずくまって、一方の肩で少年を煙突に押し上げたまま拾い上げた。

男は寝室に入っていき、箱の中を探してみたが、いかなるたぐいのマッチも見つからなかった。台所に入って、レンジを見て、そのかたわらの食器棚を見たが、火打ち石の薄いかけらと、火打ち石を叩く鋼があるだけだった。

　戻っていくと、フランクはすでに、少年の肱の周りの皮膚をすっかり切り刻んで、その下の肉を切り、剝がしている最中だった。少年は気にしていないみたいだった。

「マッチ、ない」男は言って火打ち石と鋼を差し出した。

剃刀の刃が折れて、破片が肉に突き刺さった。フランクは剃刀の残りを床に食い込ませ、少年を火格子に引きずり下ろした。

「俺、言われなくてもわかるよ」少年は言った。「歓迎されてないんだよね」

　フランクは少年の両肩を火格子に押しつけた。片腕がねじれて関節から外れたが、少年は放さなかった。フランクは煙突のかたわらにある広口瓶を持ち上げ、少年の体にコールタールを撒き散らした。

「火を点けろ」フランクは言った。

　もう一人の男が死んだ少年の上で火花を打ち出した。手が震えていた。石と手の区別がつかず何度も手を叩いて裂いてしまい、血が少年の体に飛び散り、火花を手で扇いで発火させようとしているフランクの体にも飛び散った。

　男はなおも打ちつづけ、どの指も骨が露出しそうなくらい裂けていった。床板を青白い炎が舐めているように見えた。壁からぽたぽた垂れるコールタールが発火した。男の打ち出した火花がフランクの髪に飛んでいき、そこで発火してフランクが走り回るのを男は眺めた。頭が燃え盛っていた。

　死んだ少年が火格子から手を放し、にっこりと、口と、喉に開いた穴の両方で笑った。

　男は立ったまま眺め、なおも火打ち石を打ちながら、自分の周りで炎が立ちのぼるのを眺めた。

もうひとつの耳　*The Other Ear*

イストヴァンはもうひとつの耳を戦時中最悪の日々に得た。ある瞬間、絶叫し突撃していると思ったら、次の瞬間には黴と血の臭(にお)いのする野戦病院で目覚め、軍医の疲れた顔を見上げていた。痛みを鈍らせる薬はすでに投与されていたが、それでもまだ何か、引っぱられるような感覚があって、それとともに、軍医が針と糸を上げ下げするのを片目の端から眺めた。**何なんです？　僕はどこが悪いんです？**と言おうとしたが、言葉が出たかどうか確信が持てなかった。いずれにせよ軍医は気づいたそぶりを見せなかったし、次の瞬間、彼はまた意識を失っていた。

ふたたび目が覚めるとそこは暗いテントの中で、テントのカンバス地はびっしょり濡れていた。イストヴァンは簡易寝台に脇腹を下に寝ていて、頭と片脚がずきずき痛んだ。隣に、彼の寝台に触(ふ)れそうなくらい近くにもうひとつ寝台があって、横たわる男の薄暗い輪郭が見えた。男が生きているのか死んでいるのかイストヴァンには判断がつかなかった。そのまた隣にもうひとつ寝台があって、もう一人男が寝ていて、その向こうにはテントの側面の、ずぶ濡れになったカンバス地があった。ぽたぽた水の垂れる音がそこらじゅうから聞こえた。

喋ろうとしたが、うなり声が出ただけだった。横にある寝台のどちらの肉体も動かなかった。**俺**

は死んでるのか？とつかのま自問した。頭を回そうとすると痛みが首に走ったのでやめ、横になったままぼんやりほかの寝台を見ていた。どちらの肉体も動かなかった。

　眠りに落ちた覚えはなかったが、きっと眠ったにちがいない。突然雨が止んで光がフラップを通して流れ込んでいたからだ。横の二つの寝台は空っぽで、シーツも剥がされていた。さっきと同一人物だろうか、一人の軍医が、相変わらず血だらけの上っぱりを着て、ベッドの足の方、イストヴァンからも目の端でかろうじて見えるところに立っていた。軍医は身を乗り出してきた。

「気分はどうかね？」軍医は訊いた。

「何があったんです？」イストヴァンは訊いた。今回は声が出た確信があったが、出てきたのはささやき声だけだった。

「地雷だね、たぶん」軍医が言った。「あるいは手榴弾か。君、相当ずたずた（トア・アップ）にされたよ」。トーン・アップだ、とイストヴァンの頭がすぐさま訂正した。「生きてるだけ運がいいよ」と軍医は言った。

「どのくらいひどいんです？」

　軍医は彼をじっと見据えた。「体半分、顔半分。一応まだ人間に見えるからそのことは心配しなくていい。左耳もちぎれたが、君を運び込んできた男が耳も見つけて一緒に持ち帰ってくれた。おかげでひとまず縫い戻せたよ」

「僕の耳？」イストヴァンは言った。手をのばし、そこで触れたものにハッと驚いた。

　軍医はうなずいた。

「でも僕、左耳なかったんですよ」イストヴァンはなおも側頭部を探りながら言った。「何か月も前に失くしたんです」

＊

何週間か経つと起きて動けるようになり、体の一方の面にはまだ痛みが貫いたが、それも時とともに薄れていった。鏡は持っていなかったし、野戦病院にいる誰もが同じのようだったが、親切な看護師が金属のトレーの錆をこすり落として光るようにし、目の前にかざしてくれた。あれこれ指示して光の当たる角度を調節してもらうと、やがて、霧を通して見るみたいに、自分の顔の、水で薄めたバージョンが見えた。それは、その顔は、見覚えのないものに思えたし、耳は、新しい耳は、どれだけ目を凝らしてもいまひとつ焦点を結ばなかった。指先を使って輪郭はたどれても、耳自体まだ麻痺していて、神経がまったく、あるいはほとんどないように思え、探っても反応しなかったので、さしたることはわからなかった。べつに特別なところがあるようにも思えない、ただの耳である。かつての自分の耳、戦争が始まって間もなく失くした耳の、それなりにまっとうな複製と言っていいかもしれない。

トレーに映った波打つ鏡像を彼はじっと眺め、耳自体にもそろそろと指を這わせていった。**誰の耳だったんだろう？**　元の持ち主は死んだのか、生きているのか？　どうやってこの耳は彼の許にたどり着いたのか？

このもうひとつの耳をぐるりと囲み、頭に付着させている縫い目が、わずかに膨らみ、腫れてきた。はじめのうちは、強く引っぱればもぎ取れそうな気がした。だが時が経つにつれ、耳はだんだんしっかりくっついてくるように思えた。だんだんはっきり彼の一部になってきたように思えた。

ある晩、病院での滞在の終わり近く、いまや残り少ない仲間たちにふたたび合流すべく塹壕へ送り返される少し前に、何かが起こった。仰向けに横たわってテントの天井をじっと睨んでいると、一方の横から、息をする音が聞こえてきた。首を回してみたが、寝台はどれも空っぽで、そこには彼以外誰もいなかった。首を戻してみたが、まだ音は聞こえた。左側で、ゆっくり難儀そうに息をする音。

立ち上がって、寝台を一つひとつ調べてみた。何もなかった。けれど音はまだ聞こえていて、テントの端の寝台に近づくと大きくなった。その寝台をぽんぽん叩いて、下も覗いてみた。やはり何もないし、誰もいなかった。

俺は頭がおかしくなったんだと彼は思った。

外に出て、静かな夜の空気を深く吸った。それから、気を引き締めて、中に戻っていった。

はじめは、音がなくなったと思った。ところが、ふたたび寝台に横たわると、また始まった。

両耳をふさぐと、もう聞こえなくなった。**特殊な聴覚効果だろうか**と思った。**丸天井のレストランで、反対側にいる人間の声がすぐ隣にいるみたいに聞こえるように。**でももしそうだとしたら、音はどこから出ているんだ？　隣のテントからか？

ひどく慎重に片耳から——右耳から——手を離すと、何も聞こえないままだった。そうとも、と彼はホッとした。**一時的な聴覚効果さ、もう大丈夫。**

もう一方の耳、もうひとつの耳から手を離したとたん、また聞こえてきた——男がゆっくり、難儀そうに息をする音。

結論にたどり着くのにさして時間はかからなかった。もうひとつの耳には、普通の耳には聞こえないものが聞こえているのだ。そう気づいてから間もなく、もうひとつの耳を通して、息をする音がだんだんゆっくりになり、ぶるっと軋(きし)み、カタカタ鳴って、やがて止まるのが聞こえた。

＊

塹壕に戻ると、もうひとつの耳はじわじわ神経系に入り込んできた。そこから繊維が広がり出てきて、顔のそちら半分にまだ残っている神経と絡みあおうとするのが感じとれる気がした。時おり、泥に埋もれて震えていると、耳がずきずき疼きはじめ、感覚が戻ってきたが、それは単に痛みだけの、不完全で一貫性のない戻り方だった。時が経つにつれ、その戻り方もだんだん複雑になっていった。すなわち彼はそこに、耳の代わりに何かがあるのを、耳とは厳密には違うものがあるのを意識するようになったのである。時にそれは握りこぶしのように堅く節くれだっているように感じられ、それがなおいっそう堅くなっていった。またある時は扇のように広がり出て、側頭部でうねるのが感じられた。ところが、手をのばして触ってみると、決まってそれは指の下で元の形に、ただの耳とほぼ変わらぬものに戻るのだった。

ハロー、とある夜、誰かの声がもうひとつの耳の螺旋の中にささやくのが聞こえた。**ハロー、そこにいるのかい？**

闇の中、塹壕の泥壁に寄りかかって座り込んだ彼は、本当に聞こえたんだろうかと自問した。右の耳で、塹壕の向こうの中間地帯で生じる動きが聞こえた。時おり砲撃が炸裂し、遠くで迫撃砲が轟く。彼は右耳を冷たい、湿った手で覆った。もうひとつの耳ではそうした音はいっさい聞こえず、静寂があるだけだった。まるでもうひとつの耳はどこか別の場所にいるみたいだった。その耳がチクチク疼き、ふたたび形が変わるのが感じられた。扇のように広がって、やがて収縮し、貝殻のように硬くなっていく。

ハロー？　声がふたたびささやいた。**聞こえるかい？**

「誰だ？」と彼はささやいた。

だが声は答えなかった。静寂があるだけだった。少ししてから、呼びかけがくり返された。

そこにいるのかい？と声は言った。**聞こえるかい？**

「ここにいる」さっきより少し大きい声で彼は言った。「聞こえるよ」

だが答えはなかった。少なくとももうひとつの耳に聞こえる答えはなかった。代わりに、何かに肩を揺さぶられるのを彼は感じ、向き直ると横に別の兵士が、もう一人の歩哨がいた。イストヴァンはいい方の耳から手を離し、仲間の方に向けた。

「何してるんだ？」兵士は訊いた。「それに、誰と話してるんだ？」

イストヴァンは首を横に振るばかりだった。歩哨は長いこと彼をじっと見ていたが、やがて顔をそむけた。イストヴァンはふたたび右耳を覆ったが、そのころにはもうひとつの耳の中の声は沈黙していて、その夜はもう声は聞こえなかった。


イソギンチャク、と彼は思った。何らかの動物。見慣れた生き物、そいつが彼の側頭部に縫いつけられて、少なくとも彼の頭の中では、単なる耳であることを拒んでいる。彼自身は塹壕でぶるぶる震え、凍るように冷たい泥の中に閉じこめられているのに、耳はしなやかに折れ曲がって息づくように感じられ、それから突然枝分かれして、蔓のように塹壕の壁をするするのぼって外へ出ていく。彼はギリギリまで我慢し、そいつが出ていくのを放っておいたが、やがて限界に達してかじかんだ指をのばすと、それがまたするするとただの耳に戻っていくのが感じられた。あるいは、体は中間地帯を駆け抜け、四方で砲弾が破裂していても、耳だけは薄く平たくぴんと鋭く伸びて、あたかも頭部がある種の刃を振りまわしているかのようだった。馬鹿げた話であり、こんなことが起きているはずはないとは承知していたが、ある意味では事実起きていたのであり、自分ではどうしようもないことに思えた。**切り落としちまえばいいんだ**とつかのまもう一度考え、木の切り株の陰にうずくまって弾幕砲撃が収まるのを待ったが、耳はいまや、異物であると同時に彼自身の一部であるように思えた。切り落とすのは、なぜか耳の勝利を意味してしまうように思えてならなかった。勝利って何を勝ちとるんだ？とイストヴァンは突撃しながら考えた。だがそこまで考えは進んでいなかった。

やがてある日、ライフルを手に突進している最中、この日はすでに経験しているという感覚が訪れた。すでにあまりに多くの日が過ぎ、あまりに多くの前進が為されていたから、その中のどの一日がもう一度くり返されたとしても不思議はなかったし、あるいはそれらすべての日が一緒になって生じたのかもしれなかった。そう考え、その思考を推し進めていると、悲鳴が喉で干上がり霧散するのが感じられた。そうやって、一つひとつの思いがそれぞれ別の二つの思いへと迷路のように連なっていくうちに、すっかり考えに没頭して肉体のことはほぼ忘れてしまい、体の動きが遅まり、止まり、しまいには完全に立ちつくしてしまった。

そうやって不動のままそこにとどまって、敵に狙いを定められ撃ち殺されたとしてもおかしくなかっただろう。ところが、ほかの兵士たちが発砲しながら走りつづけるなか、何かがやって来て彼を思考の迷路から引き出した。それは声だった。もうひとつの耳にだけ聞こえるささやきだった。男の声か女の声かは判断できなかったし、前にその耳から聞こえたのと同じ声かどうかもわからなかった。

伏せろ、とそれは言った。**いますぐ**。

ささやきでしかなくても、声は執拗だった。その執拗さに、彼としても従うほかなかった。

泥の地面にべったり身を投げ出した。次の瞬間、ヒュッと短く迫撃砲の落ちる音がして、すぐ目の前で爆発し、泥の雨が降った。両手に切り傷が出来たが、大したことはなかった。背中に榴散弾が刺さったかもしれないが、単に打撲傷だけかもしれない。頭が混乱し、自分がどこにいるのかもよくわからなかった。でもとにかく生きてはいる。

さ、**ひとつ貸しが出来たな**、ともうひとつの耳の中の声が言った。

ひとつ何を貸したんだ？とその後の日々イストヴァンは考えた。あいつはいつその貸しを回収する気なんだ？　そもそもあいつって誰なんだ？　耳か？　いいや、厳密にはそうじゃない。耳に向かって語りかけている、何なのかわからない何ものかだ。

　野戦病院に戻って、どこにも異状はないか確かめるために何時間か検査を受けた。目にランプの光を当てられ、ショック状態に陥っていることを想定した治療も施された。もうひとつの耳に聞こえる声は、医者たちが何をやるのか、何もしないうちから全部わかっているようだった。声は彼に、何を言うべきか、医者や看護師がまだ訊いてもいない質問にどう答えたらいいかをささやいた。**大丈夫です**、ともうひとつの耳が言うのを彼は聞き、一瞬あとに、看護師の質問に答えて自分も同じことを言った。ひととおり問いに答えると医者たちは彼を解放し、一日だけ前哨地点に行かせて一休みさせてから、また戦場へ送り返した。

「ひとつ何を貸したんだ？」と彼は、足を引きひきテントに戻りながら声に出して訊いた。だが答えはなかった。彼はその声に向けて何も言えないが、声は彼に何でも言えるのだ。こいつは現実なのか？　俺が想像しているのか？　どこまで本気で心配すべきなのだろう？

　仰向けになって寝台に横たわり、テントの天井をじっと睨み、カンバス地が柱のそばで襞になっているさまを眺めた。もうひとつの耳は、あたかも息をしているかのように膨張と収縮をくり返した。だが違う、こいつは何もしちゃいない、ただの耳でいるだけだ。というかそれは、彼の頭の中で膨張し収縮し、かつ、外の世界においては何もしていない。けれどどっちがより現実なのか——頭か、世界か？

ハロー、ともうひとつの耳の声が言った。**そこにいるのかい？**

「いるよ」と彼は声に出して言ったが、反応はなかった。

別の夜、襤褸（ぼろ）同然の軍服を着た部隊の仲間たちとともに、大雨の中、よたよた丘の陰をのぼっていた。泥、いつも泥。そしてまたやって来た。ささやきではあれ、執拗な声が。

左に飛べ、と声は言った。**いますぐ。**

疲れきっていたし、頭も混乱していたが、体は従った。一瞬あとに丘の斜面が崩れて、肩まで泥に浸かってしまった。少しのあいだ、声が間違っていたのだ、声のせいでトラブルから飛び出るどころかトラブルの只中に飛び込んでしまったのだと思ったが、首を伸ばしてうしろを見てみると、さっきまで仲間たちがいたところがただの滑らかな泥の斜面になっていて、全員いなくなっている。どうやら生き残ったのは彼一人だった。

「ありがとう」と彼は言ったが、声は答えなかった。それでも彼は、**これで借りが二つになった**と思わずにいられなかった。

掘り進んで泥から抜け出すにはずいぶん——何時間も——かかったし、その間ずっと自分が格好の標的になっていることは自覚していた。だが敵はそこにいなかった。あるいはいても、何か彼らなりの理由があって手を出してこなかった。

抜け出して、ゼイゼイ喘いで斜面に寝転がり、ずるずる滑り落ちながら、どうすべきか思案した。戻ることもできる。部隊が全滅しようがしまいが、そもそもそれが任務だったのだから。だが動く気にはなれなかった。代わりに斜面に寝転がり、ずるずる滑り落ち、泥が周りで被覆のように積もっていくなか、合図を待った。

夜明け近くになってようやく合図が、あるいはとにかく何かが、訪れた。**立て、**ともうひとつの耳の中の声が言った。**前に進め。**


誰なんだ？と彼は考えた。**俺は何が聞こえているんだ？　こいつは俺をどこへ連れていこうとしているんだ？**　だが、そうやって問うてはみたものの、やはり聞き入れ、従わずにはいられなかった。もうひとつの耳に——というよりもうひとつの耳の中の声に——導かれるまま前へ進んでいった。声は彼を見守り、保護してくれた。それに導かれて彼は身をかがめ敵の歩哨の前を過ぎ、もう一人の眠っている歩哨の背後に音もなく近づいていった。声に命じられるままに左足ブーツの紐を使って眠っている歩哨を絞め殺し、ライフルと制服を奪い、さらに奥深くへ入っていった。

塹壕の反対側の地帯は、驚いたことに、どこからどこまで彼がいた側の地帯と同一だった。彼はさらに進んでいった。声の忠告に従って昼は眠り、夜に移動した。時おりほかの人間に出会うと、彼自身はとっさに藪に入って隠れようと思ったが、もうひとつの耳が彼らを殺すよう忠告したのでそうした。もうひとつの耳は概して絞殺を奨励したが、必要とあらば喉を切り裂くのにも反対しなかったし、時に彼が頭蓋骨を叩き割るのさえ止めなかった。こんなに何人も死なせる必要はないとイストヴァンは時に思ったが、そのことについて疚しい気持ちにはなれなかった。結局のところ、血に飢えているのは彼ではなく、もうひとつの耳なのだ。彼が責められる謂(いわ)れはない。

　だがもうひとつの耳は、彼に声をかけてはくるのに、彼が言葉を返しても絶対に反応しなかった。どうして彼にはそいつの声が聞こえるのに、向こうには彼の声が聞こえないのか？　彼はその問いを頭から振り払った。答えの知りようはないのだし、それはきっとこれからも同じだろう。

　農家から農家へ逃げ、殺人の細い糸をあとに残していった。はっきりした足跡(そくせき)を残すほどではないし、誰かが追跡を始めるほどではないが、もうひとつの耳を満足させるには十分だった。

　戦争の傷跡は徐々に退(しりぞ)いていき、ついには完全に消え、見たところ戦争に損なわれていない場所にたどり着いた。だがそれでも彼は昼に眠り夜に移動した。あまりに長いこと用心深く行動してきたので、いまさらやめる気になれなかった。**前に進め**、ともうひとつの耳は彼に言った。**前に進め**。

　だがそれでも彼はとうとう止まった。何かが聞こえる日が訪れたのだ。最初は遠いさえずりだったのが、時とともに単調な、聞き慣れたささやきに変わっていった。

来たな、とそれは言った。

　ゆえに彼は止まった。少しのあいだ、ただそこにじっと立っていた。それから周りを見回しはじめた。

　よそと変わらない農家。いや、農家というのとは少し違う。石造りの、荘園の屋敷。いや、屋敷というよりさらに上か。どうも定かでない。あまりに長いこと、もうひとつの耳を介して世界を見ていたものだから、自分の目で見たものをどう受けとめたらいいのか、よくわからなくなってしまっていた。

　いずれにせよ、一軒の住居。豪勢かもしれないし、そうでないかもしれない。貧しくないことは間違いない。彼はそちらに歩いていった。

いや、ともうひとつの耳が言った。そこじゃない。

彼は止まった。どうして？と漠然と思い、混乱もしたがふり向いてうしろを見ると、さっきまで自分が立っていた、来たなと声に言われたところが墓地であることがわかった。向き直ってそちらへ向かうと、今度は声は何も言わなかった。

墓と墓のあいだを抜けていきながら、イストヴァンは墓石のてっぺんを次々、子供か愛玩動物のように撫でていった。しばしのあいだ、彼は混乱しているように、あてもなくさまよっているように見えた。それから、何かぶつぶつ呟きながら、ふたたび行先がわかったように見えた。墓地の隅に向かい、雨風にさらされた納骨堂に行きあたった。扉をこじ開けようとして銃剣を折ってしまったが、残った刃で何とか掛け金を引っぱり上げた。

中に入るよう呼びかけたのは、むろんもうひとつの耳の声だったが、ひょっとしたらもう声は両方の耳で聞こえているのかもしれなかった。それでも彼はためらい、納骨堂の入口で体を左右に揺らしていた。だが結局、中へ入っていった。

彼は長いこと中にとどまり、さらに長くとどまった。けれどとうとうよたよたと、息を切らして出てきた。

あるいはそう見えた。というのも、出てきたものは彼のように見えたが彼ではなかったのであり、まったく別の何かだったのである。一人の男か、あるいは一人の男の優れた代用品。イストヴァンと同じような頭と顔付きだが、どうも何かが違う。耳があったところにはただの穴が、巻き貝の形もないただの穴があって血にまみれていた。

一瞬ののち、かつて彼であった、わずかに残っていたものも闇の中に消えていき、それもいつかなくなった。

彼ら *They*

Sが初めてラウチに会いにきたとき、それは全然Sではなかった。それは要するにSの画像であり、ラウチが己の眼球に電子的接触を許可したのち、それは喋りはじめた。

「君も知っているとおり——」とそれは語りはじめた。

——だがラウチは知っていなかった。

話を前に戻そう。

それ以前、Sがラウチに会いに来たときがあったが、ラウチには思い出せなかった。Sに会ってまもなく、ラウチはしばらく死んでいたのである。この一件も含め、いくつかの出来事は失われてしまっていた。ラウチがふたたび生きはじめると、死に至る直前の一時期が不明になっていることが徐々に判明したのである。

よくあることです、と彼らは請けあった。**心配には及びません。簡単に修正できます。**

空白の期間を埋められるようにと、彼らはわずかな料金で一連の画像を合成してくれた。ラウチの前の空気中で、彼自身の平べったいバージョンが、平べったい第二の男と話していた。第二の男は禿げていて、肌は青白く、不健康に痩せていて、Sで始まる何とかという名を名のった。名前はなぜか歪んで聞きとれなかった。

「頼みというのは」この第二の男は言っていた。「君に私の死を調査してほしいのだ」

平たいラウチがノートとペンを取り出すのをラウチは見守った。「いままで何度くらい死にましたか？」と平たいラウチは訊いた。「そのうちのどの死を調査しろと？」

「いやいや」平たいSは言った。「今度起きたときにだ。次の死を。今後。私が死ぬたびに」

その後まもなく、顔のない男が入ってきた。**何かご用でしょうか？**とラウチは立ち上がりながら言った。男は何も言わず、単にピストルをさっと出してラウチを撃った。

ラウチは画像を逆回しして、静止させた。男の顔は、剝ぎとられて平たくかんなをかけられてゼリーで包まれたみたいに見えた。

「この男、本当に顔がなかったのか、それともあんたたち何か訳があってこいつの顔を削除したのか？」とラウチは訊いた。

顔がないんです、と彼らは言った。

およそ二週間後、ラウチはふたたび殺された。同じ男だった。少なくとも男によく似た誰か、同じく顔のない誰かだった。

「これって前にも私を殺した男かね？」とラウチはあとで、自分が死んでいく画像を見ながら訊いた。

確定不能です。

「指紋はないのか？　アイスキャンは？」

指紋は剝がされています。目は包まれています。

「包まれてる？」

彼らは答えなかった。どうやらそれは厳密には質問と言えないのか、あるいは彼らには答える気がない質問であるのか、そのどちらかのようだった。

ラウチの最新の死のあとまもなく、すなわちおそらく一時間ほど前のこと、Sが会いに来た。というか、Sの画像が来た。ある意味でこれは、二度目の出来事だった。別の意味では、初めてだった。あるいは、そのどっちでもなかったかもしれない。

「君も知っているとおり――」とSは言った。

「ちょっと待て」とラウチは言い、画像が静止した。

「どうして私はこの男を知ってるんだ？」とラウチは訊いた。

この男はあなたの顧客です、と彼らは言った。この男に雇われたあなたの記憶は、あなたの不慮の死によって損なわれたのです。

「あんたたちがこの男を私に見せたのか？」

この男を含む一連の画像をあなたは購入し、しかるのち、それらの画像が記憶として刻み込まれることは断ったのです。

「それは覚えてる」とラウチは言った。そして画像の方に向き直った。「先へ進んでくれ」とラウチは言った。

「君も覚えているとおり」と画像は言った。「君は私の死を調査するよう依頼された」。画像が少しぼやけたが、また焦点を結び直した。「ミスター・ラウチ、君がこの画像を見ているのであれば、それはつまり、私がふたたび殺されたということだ。私は君に、誰が私を殺したのかを解明し、私の肉体を取り戻してほしいのだ」

「なぜ肉体を取り戻すんですか?」とラウチが訊いた。「何の意味があるんです? 肉体なんて使い捨てじゃありませんか」

だが画像は、込み入ったやりとりができるようプログラムされてはいなかった。「これは録音でした」と画像は人工的に合成された声で警告し、突然プツンと切れた。

なぜ肉体を取り戻す? と机に座ってラウチはふたたび首をひねった。何の意味がある? 使い捨てじゃないか。

ラウチはため息をついて、椅子の背にもたれかかった。どこから始めたらいい? Sのことなんか何も知らないし、名前さえ知らないのだ。もっと情報が必要だ、と彼は思った。もっとずっと多くの情報が。

*

このことをいまだ考え、始まりもしないうちから永久に行きづまった調査にいまだ思いをめぐらしていると、彼らがその思いをさえぎった。

ミスター・ラウチ、と彼らは言った。

「何だ？」とラウチは言った。

顔のない男がこの建物に入ってくるようですよ。

「顔のない男？」

ミスター・ラウチ、と彼らは言った。**お逃げになった方がいいと思います。**

というわけで、よくわからないまま、ラウチは逃げた。その後の一時間かそこらで起きた出来事をその時点では経験したはずだが、いまではもう記憶がなかった。そこに至る時点まで、逃げ出した時点までは思い出せるのだが、あとは何もなかった。それから、明るい光が現われて、目をぱちくりさせながらラウチ自身がその中に入っていく。

ミスター・ラウチ、と彼らは、彼の頭蓋の中のどこかから言った。**ようこそ生者の国に戻られました。**

「ありがとう」とラウチは自棄気味に言った。「ありがとう」

ややふらついた足どりでラウチは立ち上がった。まずまず、まともな骨組みのようだった。前回に経験したのより少しましかもしれない。ただ、いつもと同じで、慣れるまでは少し変な感じがする。顔を鏡で見てみると、彼のオリジナルのひとまずまっとうな似姿だった。結構。これなら顧客たちにもわかってもらえる。テンプレートとして使われた彼の古い肉体がすぐ横に置いてあった。顔は銃弾で損なわれ、頭蓋の後ろ側にはぱっくり穴が開いていた。

ラウチは服を着て、わずかに吐き気を感じながら、外へ出ていった。そして家に向かって歩きはじめた。

もう帰る時間ですか？　と彼らは問いかけた。

そうか……ラウチは腕時計を見て、身を翻し、代わりにオフィスの方に向かっていった。

自分をどうしたらいいかもよくわからぬまま、デスクの前に座った。彼らが促してくれるものと予想したが、何も言ってこない。新しい両手の甲をじっと見ながら、ラウチは待った。

何分かして、外のドアのブザーが鳴った。

「誰かね？」とラウチは彼らに訊いた。

確定不能です、と彼らは言った。

「確定不能？」とラウチは訊いた。「なぜだ？」

誰にわかります？　と彼らは言った。**ご自分で見に行かれたらどうです？**

酸素規約　*The Oxygen Protocol*

あとで目が覚めると、何が起きたのかもはじめはよくわからず、何が現実で何が夢だったのかも定かでなかった。一瞬のあいだアトバードはまだそこにいて、その血にまみれた、子供っぽい顔が薄暗い光のなかでかすかに照り輝き、やがて消えた。ではあれは現実だったのか？

いや違うと彼は思った。**現実のはずがないじゃないか。**彼は首を横に振り、たちまち振ったことを後悔した。頭がずきずき痛み、口のなかで舌がべったり厚く乾いて、ほとんど手袋を無理矢理呑み込まされているみたいだった。

どうして俺は床で眠ったんだ？と自問した。**俺はどこからおかしくなったんだ？**　壁に手を当てて身を起こし、ゆっくり立ち上がった。立つと視覚がぼやけたが、いったんきちんと立ってそのまま動かずにいると焦点が戻ってきた。よし、と思った。鏡のなかに、黒鉛（グラファイト）みたいに細かい黒い埃があちこち付いた顔が見えた。歯を剥いてみると、歯も灰色になっていた。埃はまだまだ入ってきている。ということは、隔壁（バッフル）がまだ詰まっているのだ。ということは、彼らはまだ酸素規約に従っている。

*

スクリーンがチカチカ光っている。彼のことを、彼らは待っているのだ。ロックを解除しようと画面に親指を当てたが、反応はなかった。親指を舐めて埃を取り、もう一度やった。今度は認識された。

ゆっくり渦巻く光がスクリーンから現われた。そこに何かパターンがあるとしても彼にはわからなかった。

ハリィと平板な声が言った。君は必要不可欠な人員ではない。目下のところ我々は君の貢献を必要としていない。君が意地を張ることは、君自身にも、君のコミュニティにも大きな危険をもたらすばかりだ。君の友人たちや隣人たちが選んだ道に君も従って、新しい酸素規約に参加することを我々は勧める。

「ありがとう、だが断る」とハリィは言った。その声はほとんどささやきでしかなかった。

これは要求ではないと声は言った。これは命令だ。

ハリィは答えもしなかった。もう何日も前から同じことを言われているのだ。

自分を見てみたまえと平板な声は言った。君は苦しんでいる、ハリィ。自分でも認めているとおり、君には存在しないものが見えている。君が使っている酸素は、都市が機能する上で必要不可欠な人員が使った方が有効だ。これは君のためを思って言っているのだ。都市が死ぬのを防ぐことは都市のために良いことだ。君は都市を死なせたくないだろう？

「もちろん」とハリィは言った。「だが俺が何を望むかは問題じゃない。もう手遅れだ」

まだ手遅れではないぞ、ハリィ、都市にとっても君にとっても。都市のために、我々は君の世話をすると申し出ている。君を軽度の昏睡状態に陥らせ、機が熟したら目覚めさせることを我々は提案する。

「あんたたちがほんとに目覚めさせてくれると、どうしてわかる？」

コミュニティは信頼に基づかなければ存在できないのだよ、ハリィ。あらためて言うまでもあるまい。君もわかっていることだ。君は我々を信頼するしかないんだよ、ハリィ。

ハリィは答えずにスクリーンを消した。


ゆっくり垂れてくる水を受けるために、開けた蛇口の下に夜どおし置いておいた金属カップをハリィは手にとった。四分の一くらい貯まっただろうか、中の液体は不透明だった。水の表面で自分の顔が波打つのをしばらく眺めてから、一気に呑みほした。

少しのあいだ舌がふたたび舌に、人間の艶々した舌になった気がしたが、それもあっという間に過ぎた。カップを持ち上げ、額に押しつけた。冷たいとは言いがたかったが、少しは涼しかった。少しは足しになった――どうにか少しは。


壁に片手を這わせて、ドアの方に進んでいった。進むにつれて視界がばらばらに開いていって、壁とドアの直角が収縮し、曲がりはじめた。現実じゃない、とハリィは自分に言い聞かせた。**酸素不足だ**と自分に言い聞かせ、先へ進んだ。

だがそれでもドアがすっと開いて、通りの襞（ひだ）や歪みのなかにアトバードの顔が見えたときは、さすがに少しギョッとさせられた。その幼児のような体は、アスファルトの上にべったり広がっているせいで凸凹や歪みが生じていた。ハリィが目をぱちくりさせると、それはいなくなった。もう一度目をぱちくりさせると、ふたたびそこにいた。

「俺にどうしろって言うんだ？」とハリィは訊いた。

だがアトバードは何も言わず、その歯のない笑みを浮かべるだけだった。何でこいつは俺のところに来るんだ？　俺はこいつに何の害も加えていない——少なくとも思い出せる限りは。アトバードが何者なのかも彼はごく大まかにしか知らなかったし、こいつをほかの幽霊たちと見分けるすべについても同じだった。アトバードが見えるのは脳のごまかし、単なる幻覚なのだとわかっていた。何を幻視してもおかしくないのだが、自分はアトバードを幻視している。なぜアトバードを？「俺はお前を殺していない」と彼はアトバードに言った。「誰が殺したのかも知らない。お前が俺に取り憑く理由はない」

アトバードは口を開けて鳥のように鳴いた。急に歯が生えて、鋭そうな歯だった。それからハリィの視覚が薄れはじめた。俺は気が高ぶってきている。俺は気を高ぶらせてはいけない。ハリィは戸口に立って目を閉じ、ほとんどただの影になったアトバードが瞼の内側をよぎっていくのを眺めた。ていねいに、規則正しく呼吸しようと努めた。

ふたたび目を開けると、くっきり見えた。体を押し出すようにして戸口の外に出て、ゆっくり通りに足を踏み出し、通りの情景を無視しようと努め、疲れないよう気をつけた。ゆっくり歩いて、興奮しなければ、気絶しないだけの十分な酸素が得られることは経験上わかっているのだ。

隣の家まではわずか数十歩の距離だったが、ハリィには永遠のように思えた。アスファルトと石が、時おりちらちら点滅する光を浴びて奇妙に輝いた。顔を上げると、ドームのシミュレーターが若干ショートしているのか、人工の光が妙に明るくなったり暗くなったりしていた。これも幻覚なら別だが。

アトバードが来てはまた去ったが、いる時の方がいない時より長かった。時にアトバードは通りの上に体を広げ、時に通りと塀が接する角（かど）に囚われているのが見えた。ハリィがやっと隣人の家にたどり着いたときなど、彼自身の体がドアに作る影のなかにいた。ハリィは習慣に引っぱられて一度ノックしたが、返事がないのはわかっていた。誰も出てこないと、解除キーを差し込んで中に入った。

入口通路には何もなく、これまでの日々に彼の足が擦って作った筋以外、床は黒い埃で覆われていた。その筋をもう一度たどって、のろのろ足を引きずるように歩いて奥の部屋まで行き、ドアを通って中に入った。そこは寝室になっていて、痩せ衰えた男が一人いて、管が喉に押し込まれ、点滴の管が手の甲にテープで止めてあった。どちらの管も壁のパネルにつながっていた。

ハリィが手をのばして男に触れると、体はギョッとするほど冷たかった。男は反応しなかった。ハリィは慎重に耳を男の胸に当て、しばらくそのままにしていた。自分の血液が脈打つのが耳のなかで聞こえたが、男からは何の音も聞こえてこなかった。ハリィは待ち、さらに待ち、やがてやっと聞こえた——男の心臓が一度だけ脈打って鈍い音が響き、それからまた静寂が訪れた。まだ生きている。

ハリィが頭を上げてふり向くと、寝室のスクリーンが光っていて、パタパタと奇妙な色を放っていた。作動させた覚えはないのに、スクリーンは彼に話しかけてきた。

君がここに来ることを我々は知っている、ハリィと平板な声は言った。**君もわかっているだろう、これは隣人のプライバシーの侵害だと。**

「こいつが生きてるかどうか知りたかっただけさ」とハリィは言った。スクリーンの前をすり抜けて、ドアに向かっていった。

で、好奇心は満たしたかね、ハリィ？　もう我々を信頼できるかね？　コミュニティが機能するには信頼がなくてはならない。信頼がないところにはコミュニティもない。

するともうハリィは部屋を出て、入口通路にいた。通路のスクリーンが突然点灯し、同じ揺れ動く色を帯びたが、今回は見ているうちに、それがひとつの顔になっている、そこにアトバードが見えている、とハリィは信じはじめた。それはハリィに向かって微笑みかけたが、口は閉じたままだった。

「どうして一人にしてくれないんだ？」とハリィは訊いた。

一人にする？　と声が言った。だって君は一人じゃないかと声は言った。君はこのセクターでただ一人、新しい酸素規約に従わない人物なのだよ。

「いいや」とハリィは言った。「あんたに言ってるんじゃない。アトバードに言ってるんだ」

一瞬の静寂があり、スクリーン上のさまざまな色がフリーズし、アトバードはふたたび姿を隠した。

酸素欠乏の症状は、と画面はしばらくしてから言った、漠然とした不満、生産性の低下、睡眠の質の劣化、息切れ、頭痛、嘔吐、判断力の欠如、幻覚などである。ハリィ、君は現在このうちいくつあるかね？

だがハリィはすでに顔をそむけ、すでに外へ出るところだった。

その隣の家の住人も同じ昏睡状態にあり、その隣、そのまた隣も同じだった。五軒目の家でクラッカーが一箱見つかった。半分はなくなっていて、残り半分は水を吸っていた。彼はそれを食べた。同じ家で蛇口をひねると水がちゃんとチョロチョロ出てきた。フィルターがまだ黒い埃で詰まっていないのだ。彼はしばらくそこにとどまり、流し台の上にかがんで、飲み口をぴったりくわえ込み、飲んだ。

アトバードは彼のかたわらにとどまって、せかせか動き回った。これは彼には悪い予兆に思えた。一瞬、視覚が完全に消えた。彼はそこに立ったまま、家のざらざらの壁に片腕を押しつけ、何とか息をしようとした。結局、意識は失わなかった。

五軒目の家から出るころには、ドームの光も薄れかけていたが、これが丸一日が過ぎたせいなのか、黒い埃が電気系統にも入り込んだからなのかは判断できなかった。人けの絶えた通りのさらに向こうを見てみると、ドームの青白い光に照らされ、見通せる限り通りはどこまでも続いていた。彼が生まれ育った、いまや空っぽで荒れはてて見慣れぬ場と化した街。

いま引き返せば、暗くなる前に自分の部屋に戻るのは訳ないだろう。ところが引き返そうとすると、うしろに、彼と家とのあいだに、アトバードがいた。蒼ざめた顔が、彼に淫らな笑みを向けていた。現実じゃない、怖がる理由なんかないとわかっていたが、なぜか彼は引き返さずに先へ進んでいった。

もしかしたらと彼の一部が考えた。**アトバードは俺のなかにある何かの表われじゃないのか。もしかしたらアトバードは俺の心の一部分で、俺に何かを伝えようとしてるんじゃないのか。**その間、彼の心の別の部分がこの推論を検討した。**酸素欠乏の症状**とその部分は考えた。**判断力の欠如。**

さらにあと何軒か、おそらく全部で四軒。どこも誰もいないか、または点滴につながれ喉に栄養の管を押し込まれた動かぬ肉体があるかだった。どの家でも、そこにあるとわかっているカメラを用心して避け、スクリーンが話しはじめて、そこにいることを彼に認めさせようとしても反応しないよう努めた。
ハリィと一番最後のスクリーンは言った。君は事態に合理的に対処する能力を失った。ハリィ、我々が君を世話してやれるようただちに自分の家に戻りたまえ。ハリィ、君の脳はもはや十分な酸素を受けとっておらず、君の存在はいまや……

だが彼はもう相手の話の筋道を見失っていた。アトバードはニヤッと笑い、スクリーンの目が届かないところで壁を背にして座っている彼と一緒になってうずくまった。前より少し大きく見えるな、と彼は思った。大した違いではない。少しだけだ。そしていま、こうやってすぐそばに来た姿を見てみると、その皮膚の表面が小さな、ほとんど透明な薄い氷のかけらに覆われているのがわかった。彼は手をのばして触ろうとしたが、アトバードはにっこり笑って巧みに逃れ、彼の指がぎりぎり届かないところにとどまった。ふたたび彼が手をのばし、今回は腕一杯のばしてみると、突然、自分の体が壁をずるずる滑り落ちていった。そしていま、彼は床の上に大の字になって横たわり、顔の片面には黒い埃が付着し、依然としてアトバードに触れられずにいた。

そこに横たわって、どこか頭上からスクリーンの声が降ってくるのに耳を傾けた。アトバードはそこにいて、かつそこにいなくて、捕まえてももはや意味がなくなったと思えるいま、実体もほとんどなかった。

彼は首をわずかに横に振り、自分の目が閉じかけているのを感じて、無理にまた開けた。ここはどこだろう？ 俺はどこがおかしいんだ？ そうだ、新しい酸素規約だ。彼の体はじわじわ飢えかけていた。彼はじわじわ死にかけていた。

ハリィとどこか上で言うのが聞こえた。そこで、彼の顔からも遠くないところで、アトバードが自分の唇を舐めていた。**どこにいるのだ、ハリィ？ なぜ我々から隠れるのだ？** アトバードはゆっくり微笑んだが口は閉じたままだった。**歯はあるのかないのか？**と彼は考えた。

どこにいるか知らせてくれと声は言った。**我々に知らせて、そのままそこにいてくれ。迎えに行くから。**

アトバードは指を唇に当てて、かすかな、シューッという音を立てた。ハリィは黙ったままそれを眺めた。こいつは俺をどうする気だ？ それを眺めていると、周りの世界がじわじわ暗くなっていった。

ハリィとぼんやり、何マイルも遠くからのように声がした。**我々の声が聞こえるか、ハリィ？**

自分の目が閉じるのは止められなかったが、どのみちアトバードだけは見えていた。その像は煙のように実体がなく、彼の瞼の内側にしみのようにくっついて、時機を窺い、彼が意識を失うのを待っていた。**ノックすべきドアはまだある、訪ねていくべき隣人はまだいる、見るべき都市がまるごとひとつある**と彼は思った。突然、なぜかアトバードを見失ったことに、もはやアトバードがどこにいるかよくわからないことに彼は気がついた。

いつだって明日はあるさと男は、もはや自分がハリィだと確信できない男は、混乱した頭で考えた。

やがて、それすらも考えられなくなった。

溺死親和性種　*The Drownable Species*

1

私は突如弟探しを放棄し、ここへ、かつて弟のものだったという噂のこの部屋へ、来たのだった。だからといって、もう弟を探す気がなくなったわけではない。ただ単に、自分がその任を果たしうるか、もはや確信が持てないというだけだ。**弟の部屋に住んで態勢を立て直そう**と私は自分に言い聞かせた。**そうして活力を取り戻したら、また新たに探しにかかろう。**

　私がまだここにいるということは、事態が目論見どおりに進まなかったことを示している。実際、私はあっという間に混乱状態に陥ったのであり、いまようやくそこから脱しはじめたにすぎない。弟の部屋に——まあ私の友人が言うとおり、弟のものだったという噂の部屋、と言うべきだろうが——戻ろうという決断も、いまとなっては間違っていたように思える。

　この期間に起きた出来事に関しては、いまだに定かでない。というより、実を言えば、それより前であれ後であれいかなる時期についても同じく定かでない。そうした不明確さを打ち消すために、これらのメモを友人と分かちあおうと思うのだ。私の書いた言葉を、友人は親切にも読んでコメントしてくれる。私はそれに基づいて、書いたものを書き直したり、説明をつけ加えたりする。彼の助けを得て、いつの日か、過去を説得力ある形で再構築できればと願っている。

　こういう手順を踏むことで、重要な修正や変更が可能になる。たとえば、私はついさっき友人から、自分が書いたものをこれまで私は、彼にではなく彼らに——何人か別々の人間に——見せていたのだと聞かされた。正直言って、これは私には信じがたい。私には、これらの男たちはつねに同じ一人の男に見える。それゆえに、彼を彼らに変える積極的な理由を私は感じない。この男はまた、「友人」という言い方は、婉曲な言い換えとして使っているのでない限り正しくないとも主張している。**対話者という方がより正確だよ**と彼は提案する。そしてもうひとつ、これまで私が選択と理解していた行為も、実のところは義務だったのだと彼は言う。私が書いたものすべてに目を通すよう対話者は義務づけられているのだ、と。

　これは私の弟にとっても責務だったのでしょうか、と訊ねるだけの冷静さが私にはあった。だが私の問いには沈黙が返ってきただけだった。

　弟に関し私が発する問いは、すべて同様の沈黙に出会う。そして私自身、弟のことをほとんど何も知らないように思える。弟に関するもので私が持っているのは、ただ一通の手紙と、折り目の入った一枚の写真だけだ。私の対話者の——対話者全員の——意見によれば、この写真に写っているのは弟ではなく私自身だという。でもなぜわざわざ、自分の写真を持ち歩いたりするだろう？　まあたしかに、弟の顔が私のそれと似ていることは私としても認めるけれど、弟のことを自分だと思い込まされるほど愚かではない。

　私はこう信じはじめている。すなわち、私の対話者は、私には弟などいないのではと疑っているか、自分には弟などいないと私に信じさせたい何らかの理由があるか、そのどちらかなのだと。

この一文を対話者に見せたところ、彼の反応は「君に弟がいないと私が思っているなんて、どうしてそんなこと考えるのかね？」だった。

この種の問いは、おそらく意図的なのだろうが、私を麻痺状態に追い込む効果、弟探しの再開を妨げる効果を持つ。何らかの反応を促されたり、実際的な知識が発生したりするどころか、私はそうした問いによって、己の裡（うち）へと痛々しく折り込まれ、混乱したまま何日も考え込むことになる。

*

夜になって、一人でいると、何もかもがはっきりしてくる気がする。過去のさまざまな姿や苦痛の記憶が、影のなかで光を放つのがほとんど目に見える思いがする。夜になると、そう望めば、本を開いてぱらぱらページをめくることもできる。言葉は昼間しばしばそうするように繁殖し進化したりもせず、大人しくそれ自身のままとどまっている。夜だけは私も本当に考えることができる。

もうじき夜であり、対話者はいなくなった。書いたものを彼に見せずに書くことができる。邪魔が入る危険はほとんどない。

万一対話者がやって来たら、私がドアに錠をかけたことを彼は知るだろう。彼が錠を解除したころには、私の文書は隠され、私は寝たふりをしているだろう。

今日の夕方、ベッドの向かいの壁に太陽が赤い色をべったり塗りつけるころ、対話者のはぐらかしについて私がまた考え込んでいると、ここはひとつ、一晩を費やして過去を再構築せねばと思った。書いて、書いたものを読んで、しばし自分が自分の対話者になるのだ。この文章は誰にも見せない。代わりに一枚ずつ、これらの紙が元々汚れひとつない状態で入っていたボンド紙の束に滑り込ませようと思う。書き終わったら、また束から引き出して、順番に並べ、通読する。そうしたら何をすべきかもわかるだろう。

2

弟について、私が知っていることから始めようか？　正直に言わねばならない、幼いころの弟の記憶はまったくないし、彼の手紙とこの折り目の入った写真がなかったら、私自身、弟の実在を疑うだろう。

もうひとつ認めねばならないが、自分の子供のころのことも私はほとんど覚えていないし、わずかに覚えている事柄にしても、ばらばらの印象の断片のようなものでしかない。女の人のピンクがかった頬。クレープ地のスカートの、糊の効いた感触——私はそのスカートに、ずんぐり丸かったと思われる手でつかまっているが、時おりつかのま手を放し、穴ぼこだらけの、草がまばらに生えた地帯に進出していく。自分のかたわらに、その母性的なスカートに同じく貼りついた弟の姿を見た記憶はない。だが、私に宛てた唯一の手紙で弟が呼び起こしているのは、まさにこの、私たち二人が母のスカートにしがみついているという図なのである。

自分がどこかの学校に通ったということには、かなりの確信がある。あるいはそれは、私に宛てた手紙で弟が**あの無気力な学園**と呼んでいる教育機関なのかもしれない。のちに私は商売に携わり、五、六年にわたってこつこつ仕事に勤しんだ。弟も自分の職業に関し同様のことを述べているが、どうやら私ほど腰を据えて働いたわけではないらしく、手紙からは、ある時点で突然商売を放棄し、**何年も前に自分を捨てた家族**と接触を取り戻すべく頑張ってみようと決意したことが窺えるのである。

彼はまもなく、私たちの両親がもはや二人ともこの世にないこと、二人それぞれ別々の、だが等しく疑わしいところのある水難事故の犠牲となったことを知った。正直に打ちあければ私はこのどちらの事故も思い出せない。私がそれらに関し唯一所有している記録は、先見の明ある誰かが私のために切りとって保存してくれた二点の黄ばんだ新聞記事のみである。したがって、両親の死そのものが、私には何か遠い、曖昧模糊としたものに感じられる。父親の死は崖から険呑な波への落下と片付けうる出来事であり、母親によればまさにあっという間の出来事であったため防ぐのは不可能であった。遺体は発見されずじまいだった。母に関しては、二週間後にＡＰ通信が推測混じりに述べたところによれば、ポケットに石を詰めて、桟橋に立つ幼い息子に見守られながら、ゆっくり確固とした足どりで高山の湖に入水したという。その幼い息子である私は、母の首に相当目立つ打撲傷がなかったらありきたりの自殺と思えるであろうこの出来事について、何ひとつ記憶していない。

話がそれた。私は弟のことを語るつもりだったのだ。ある日帰宅したときの私の驚きを想像していただきたい。いままで聞いたこともない、だが私と同じ名字を持つ、私の弟だと主張する男から手紙が届いていたのだ。**覚えていますか**、と手紙は何度も問うては、私自身の少年時代の出来事と称するものを次々挙げていたが、そこにはつねに弟が一人くっついていたのである。実のところ、私は少年時代をあらかた忘却の彼方に追いやってしまっていたから、たいていの話は覚えがなかったのだが、さまざまな出来事を彼が語りつづけるなかで、それらがよみがえってくるように思えた。色、音、匂い、すべてが一気に呼び起こされて、いかにも本物の記憶のように思えたのである――

こうして新たに取り戻した、もしくは新たに獲得した記憶のどれをとっても、弟の姿も匂いも声もないという事実を除けば。

少年時代のこうした証拠に続いて、手紙の主はいささか奇異な愛情表現を書き綴り、ぜひ会いましょうと呼びかけていた。その最後の提案に続いて、わずかに誤りの混じった住所が記され、そのところどころ、丹念に網目の線が引かれて消されていた。

はじめ私は、これは間違った手紙が迷い込んだのだ、他人へのメッセージが偶然紛れ込んだのだと思おうとした。だが、同じ名字を持つ二人の人間がいて、どちらも両親が水死し、かつ血縁ではない、という可能性はどうしようもなく低い。さらに手紙を読み返してみると、前には目につかなかったいろんなことが次々見えてきた。まるで手紙自体が刻々変化していて、私がいまだ持っている疑念を解消しようと自らを執拗に改変しつづけているかのようだった。

というわけである。存在することすら知らなかった兄弟から送られてきた手紙。むろん疑問点はいろいろあるが、しかしそれらは大方見せかけにすぎない。実はもう確信しているのだ。あとはどう対応するか決めるだけだ。

私がやったのは、弟に倣って仕事を辞め、アパートも捨てて、弟を探しに行くことだった。

陰鬱な、無為な時期が生じた。当初に解読した住所に導かれて行ってみた家は存在しなかった。第二の解釈に従ったところ、三階建てアパートの、三世帯の移民家族に分割されている部分に行きついた。それぞれのドアをノックし、弟に会いたいと言うたびに追い払われた。

私は途方に暮れて、偶然が介入してくれればと、街をさまよい出した。朝早く歩きはじめ、すっかり日が暮れてからホテルの部屋に戻った。弟に似た人物にしばしば出会ったが、事実弟である者は一人もいなかった。

やがて、ある夜遅く、霊感がひらめいて、住所の第三バリエーションを考え出した。1を7と読み替え、筆記体のrをnと読み替えるのだ。行ってみるとそこは小さな一軒家で、硬い口ひげを生やした、古い黄ばんだシャツを着ている男が一階に住んでいた。

弟と話したいんですが、と私は言った。

出ていったよ、と男は答えた。

私は安堵のあまり心臓が跳ね上がった。じゃあここにいたのか。いつ戻ってくるでしょう？　と私は訊いた。

戻ってこないよ。完全に出ていったのさ。

弟の部屋を見せてもらえませんか、と私は頼んだ。弟が私に何か残していったという見込みも大いにあると思ったのだ。

男は口をすぼめ、口ひげが猫みたいに膨らんだ。どうしてあんたがあの男の兄だとわかる？　だってそれは、顔を見ていただければ似て――

――それに、家賃も払っていない――

僕が払います、と私はすぐさま申し出た。まもなく相手は私と弟が似ていることを見てとり、鍵を出してくれた。

はっきり覚えている。私はその部屋へ行こうと、玄関ポーチを降りて、石を薄く割って敷いた細い通路を通り、家の裏側に回っていったのだ。裏手には白く塗った木の階段があり、どの踏み段も真ん中の部分のペンキがあらかたなくなっていて、灰色になりかけた、面取りされた木が露出し、すり減った木目が、裂けたというよりは、踏みつぶされたイラクサのように奇妙な刺々しいしみになっていた。

だがもしここに私の対話者がいたら、彼もしくは彼らはきっと、いままで何度もそう提唱したように、君は混乱しているんじゃないかなと提唱することだろう。君が覚えているのはきっと別の場所だよ、と。そう言って私を部屋の窓辺に連れていき、外を見てみたまえと言うだろう。見覚えある木の階段がそこに見えず、青いタイルを床に貼った白いホールが見えるであろうことは経験からわかっている。どう見ても地下鉄の駅構内という趣。その事実に私はこわばり、身構え、部屋の動きが一気に停止し壁がパッと開くのを覚悟する。

そんなことが何回かあった末に、私は黄ばんだ新聞紙で窓を覆った。といっても一枚貼っただけなので、光はいまだ注ぎ込んでくる。弟の部屋を彼らが本当に地下鉄駅構内に移したのか、それとも手の込んだセットを作っただけなのかはわからない。だがどちらにしても、自分が何を覚えているかは私だってわかっている。

鍵を開けるのに苦労したが、やっとどうにか開いた。部屋の中は空っぽで、表面はふんわり埃で覆われ、物の幽霊があちこちにあった。埃がほかより薄いところには、いわば幾何学的な軽さがあるのだ。これら幽霊たちを私は丹念に吟味し、弟の手紙の入った封筒の裏にいくつかメモを書きとめさえした。部屋に家具は付いていたが、最近人が住んだ形跡はなかった。ただし、ひとつの椅子に積もった小さな埃だけは妙にかき乱されていて、また、部屋の隅に小さいががっしりした赤茶色の金輪があった。コートのジッパーの輪かと思われたが、それが、埃のこびりついた髪の毛のかたまりの上に重しのように置かれている。私はその赤茶色の輪を持ち帰った。髪もビニール袋につっ込んで持ち帰ることにした。袋をしっかりポケットに入れて、それから、座って考えた。

どうやら私の探求はここで、弟がかつて住んでいたこの部屋で、終わってしまったように思われた。だが、せっかくもう少しで見つかるところまで来たのだ。まだあきらめる気にはなれなかった。

弟は転居先を知らせていったかと大家に訊いてみた。いいや、何も聞いてないね、と大家は答えた。そもそも大家は、ずいぶん長いあいだ、弟がいなくなったことにも気づかなかったのだ。気づいてたら部屋もとっくに新しい人間に貸してたさ、と彼は言った。弟に代わって僕がこのままお借りします、と私は迷わず言った。大家は首を横に振りながらも私からさらに金を受けとり、それから私をやんわり家から追い出した。

ここから先も私は、使えるだけの手を使って探求を続けた。私書箱を借りて、そこから弟の（そしていまは私の）部屋に、弟に宛てた、**移転ノ場合ハ新住所通知サレタシ**と郵便局への依頼を封筒に記した手紙を送った。**転居先登録無シ**と記されて手紙は帰ってきた。自分の名前を使ってやってみたが、成果がないのは同じだった。次は父の名、母の名も試してみたが、やはり成果はなかった。大家から――弟のかつての大家から――さらなる情報を集めようとしたが、これも収穫はなかった。大家は時おり玄関に出てくることもあったが、私をポーチより先まで入れてくれることはめったになかったし、私の質問にもそっけない返事しか寄こさなかった。時には、呼び鈴を鳴らすとドアの横の窓のカーテンがパッと上がって揺れるのが見えたのに、誰も出てこないこともあった。

私は弟の部屋にとどまった。弟からの手紙を仔細に眺め、弟がどこへ行ったか、弟の身に何が起きたか、その手がかりを探した。私の住む街に弟がいると私は想像してみた。弟は私を追って街へやって来て、私のアパートに住んでいる。あの誤り混じりの、さんざん線で消された住所の意味もそういうことだったのかもしれない。考え直した結果、弟は私に住所を知らせるのをやめて、自分の方から私に会いに行くことにしたのではないか。

たぶんこれは願望にすぎなかっただろう。

私は暗い気分で考え込んだ。手紙を読み返し、私たちの少年時代を描いた弟の言葉に没入して、自分の隣に弟の姿を浮かび上がらせようとなおも励んだが、なおも成果は挙がらなかった。夜になると、母と父の死について新聞に書いてあったことを考え、それらもやはり頭に思い描いて、空白や食い違いの解消に努めた。これもやはり成果はなかった。

あれでもし郵便配達人が変わることもなく、トス・クリンググラー氏なる人物宛の手紙が間違って配達されもしなかったら、私はどこにもたどり着かなかっただろう。いや、手紙というほどのものでもない。四・五パーセント！　事前承認されました！　とこのトス・クリンググラーに告げているダイレクトメールにすぎない（Thomas＝トマスはしばしば略してThosと書かれる）。

はじめ私はそれを屑カゴに捨て、暗い気分で考え込む状態に戻っていったが、黒いプラスチックの屑カゴに斜めにつっ込まれたその手紙は、なぜか私を苛みつづけた。クリンググラーだなんて、変な名前だというだけでなく、ほとんど作りもののみたいじゃないか。もしかしたら、弟を表わす偽名かもしれない。私は希望を持ちはじめた。

結局、手紙を屑カゴから引っぱり出して私書箱に持っていった。そして別の封筒にこのクリングラーなる宛名を書いて、弟の部屋に送った。**移転ノ場合ハ新住所通知サレタシ**。それから家に帰って、待った。

二日後に、反応が届いた。クリングラーの名が殴り書きされ、転居先がその下にタイプされた小さな黄色い葉書が私書箱に入っていたのだ。私はただちにレンタカーを借りて出発した。

その住所は弟が住んでいる都市でも私が住んでいる都市でもなく、ヨーロッパだったらどこにでもありそうな名前の小さな町だった。グラブコンパートメントに入っていた地図で見てみると、車で何時間か走った山の中の、くねくね曲がった道をのぼった、松林に包まれた極寒の湖の岸辺にあるらしい。実際、行きついてわかったのだが、そこはおよそ町などではなく、湖岸にそってキャビンがちらほら、たがいにたっぷり間隔をあけて建っていて、一本しかない通りが何百メートルか内陸にのび、郵便局、カフェ、いわゆるコンビニエンスストアがあるだけだった。これが私の弟が住みかに選びそうな場所だろうか？

弟の住所は岸の奥まで行った、勾配のつけ直しを切実に必要としている砂利道の行きどまりだった。着いたときはもう日没も近く、いやもう過ぎていて、空はまだ完全に明かりを消していなかったが、星はもうぽつぽつと見えはじめていた。

おそらくはこの暗さと、夜の静かさのせいで、私は素直に玄関のドアをノックする代わりに、弟を驚かせてやろうという気になったのだろう。キャビンをゆっくり回っていって、影に包まれた藪の前を過ぎ、石畳の通路にそって進むと、水のほとり、桟橋のかたわらに出た。私としては、ここからまたぐるっと家の前面に戻って、明かりの灯った窓のなかを覗いてみようという心積もりだったのだが、偶然はそれとは違う計画を用意していた。桟橋の先端に、白いワイシャツのぼうっと曖味な輪郭が見えたのである。

　私は桟橋をこっそり進んでいき、やがてこのシャツのすぐうしろまで達した。ほとんど真っ暗闇のなか、ひたひた寄せる波を背景に両耳の先端が震えているのが見てとれ、後頭部の、黒っぽい面とさらに黒い面とが接しているのも見えた。床屋がそこまで髪を刈り上げたのだろう。

　私は屈み込んで、両手をこっそり彼の両耳の前までのばし、ぴたっと顔を押さえつけた。口からギャッと小さな叫び声が漏れた。私たちの横で何かがかたんと鳴った。

「だぁれだ？」と私はささやいた。

「アマンダ？」と彼は言い、私の手を引き剝がそうとした。

　この反応に私は、控え目に言ってもがっかりした。「もう一度考えてごらん」と私は言ってみた。

　彼は小さく叫び、ばたばたもがきはじめた。桟橋の先端に腰かけている人間にとって容易な作業ではない。

「待て」と私は、彼が滑り落ちるのを何とか食い止めようとしながら言った。「待て。僕は君の兄だよ」

　彼の動きが一瞬止まった。「だって僕には兄貴なんかいないぞ」と彼はひきつった甲高い声で言い、それからまたもがき出した。

　結局私は、何か彼を殴るためのものを求めて桟橋の上を手探りする破目になった。単に彼をぼうっとさせよう、少し落着かせようと思ったのである。べたべたに泡立った水たまりの中に、墁を一本見つけた。これを使ってこめかみを、あるいはその近くを——暗くてよくわからなかった——二度殴り、彼がうめき声を上げながら横向きに倒れるのを見守った。

私は膝をついたまま、動かずにゼイゼイ喘いでいた。喘ぎも収まってくると、ポケットからライターを出して彼の顔を見てみた。

あるいは少なくとも、私が喫煙者だったらライターを出したことだろう。私は喫煙者か？　そうではない。

だがとにかくライターがあって、それを手に持っていた記憶があるのだ。これは私の作り話だとは思わない。もしかしたら弟のポケットに入ってたのかもしれない。そう、それなら大いにありうる。

私は弟のライターを点火し、彼の体をひっくり返した。顔が表に来て、光のなかに入った。その耳と耳のあいだにあるものを見て私は驚いた、と言うのは控え目な物言いというものだろう。そこには青白い、目も鼻もない広がりがあるばかりだったのだ——あたかも弟の顔にかんながかけられて平らに均（なら）されたかのように。

ライターの火が風に消され、肉体が次第に意識を取り戻してくるなか、その後に生じた混乱は、私の記憶のなかでつねに、このおぞましいのっぺらぼうの顔面と重なっている。覚えているのは、覚えていると思うのは、こういう情景だ。私自身が水中でバタバタあがき、体は骨まで冷えきっている。ぶるぶる震えながら車を長時間走らせ、木が鬱蒼と茂った狭い道路を進んでいる。やがて、さんざん走った末にいつしか車を降りて、崖っぷちの道を金切り声を上げながらよろよろ危なっかしく歩き、眼下では波が岩に叩きつけている。人けのないハイウェイをのろのろ、ふらつく足で歩いている。眼前の山並の上で太陽が凝血のように破裂する。あとはほとんど覚えていない。

どうやって弟の部屋に戻ってきたのか、対話者たちがいかにして私のことを注目に価する存在と見るに至ったか、残念ながらそれについては――これだけ書いてきて、これだけ記憶してきたにもかかわらず――私にはいまだ何も言えない。

実際、この長い夜が終わったいまも、いくつかの問いが未解決のまま残っている。たとえば、弟の写真はどこで入手したのか？　手紙に同封してあったのか？　そうだとしたら、どうして最初に手紙を読んだときにそれを見た記憶がないのか？　そうでないとしたら、なぜ最初に見たときのはっきりした記憶がないのか？　湖にいた男が私の弟だとしたら、なぜ男には顔がなかったのか？もし彼が弟でないとしても、問いは同じだ。

私は何かを知ることに近づきつつあるのだろうか？

何であれ、知ることに近づきつつあるのだろうか？

3

私は一日中眠った。いや、正確には一日中ではない。新聞を貼りつけた窓からすでに光が差し込むなか、対話者に顔をピシャピシャ叩かれて目が覚めたのだ。ぴくぴく震える目がやっと開くと、対話者は何度も何度も同じことを訊ねた。彼は心配そうな顔をしていた。何を訊かれているのか、私にはよくわからなかった。

私は立たされ、部屋のなかを歩かされた。対話者は私の片腕を摑んで、部屋の一方からもう一方へと私を引きずり回した。突如対話者が二人になって、その事実が、私にはいまだ理解できない理由ゆえに私を怯えさせた。やがてまた一人だけになって、もう一人は私の腕に針を刺したあとは消散するか溶解するかした。**でも僕はどこも悪くないんです**、と私はどうにか言った。**眠りたいだけ**

なんです。だがどうやら眠りは許されぬらしかった。

そしていま、彼らはようやく私をベッドに、私の弟のベッドに戻してくれたが、私の体をベッドに立てかけたので、私は横たわってはおらず座っている。かたわらのキャスター付きテーブルに彼らは一杯のコーヒーを置いた。**僕は**コーヒーを飲むたぐいの人間でしょうか？　そう対話者に訊いてみると、**そうとも、誰だって飲むさ**と答えが返ってくるが、でもきっと、もしこのコーヒーを私に飲ませたいと思うなら事実はどうであれそう言うにちがいない。そしてほんの数分前、彼はクリップボードと一枚の紙とをつきつけて、**書け**と私に指示した。いままでそんな指示を出したことは一度もない。いつもなら私は書きたいときに書き、対話者は私が書いているという事実におよそ無関心な様子なのだ――もっとも、私が書いたものを点検し、それについてコメントする段になると実に友好的なのであるが。だが今回は、**書け**と命じられたのである。

この部分を読むと、対話者は謝った。君のふるまいに我々は怯えてしまったものでね、と彼は弁明した。怯えた？　**私は思ったのだよ**……と彼は言いかけるが、結局その思ったことを、省略記号の闇のなかに葬り去る。でもいまはどうやら、万事よい状態であるらしい。そう対話者は主張している。たしかに彼はさっきよりずっと落着いている。私を注意深く見張っているようではあるけれど。

でもなぜ、と彼は問わずにいられない。**君はいつものように目覚めなかったのかね？　今日は目覚めるのになぜあんなに苦労したのかね？**

こうして彼の問いを記録したのだから、自分の答えも、声に出して言う代わりにここに記録しようと思う。**眠らなかったのです。**

私はこれを彼に見せて、待つ。彼がもうひとつ質問してくることが私にはわかる。案の定、質問が来る。**なぜ眠らなかったのかね？**

私はこの質問に答えないことにする。

コーヒーを飲みたまえ、と対話者は勧める。**飲みたまえ、飲みたまえ**。強要ではないが執拗ではある。私にはわかる。じきに彼はコーヒーカップを自ら手にとり、一口飲む真似をして、**ほらね、何も変なことはないだろう、さあ今度は君が飲めよ**と言うだろう。

どうして私にそんなことがわかるのか？　彼が前にも同じことをやったのか？

これを書いたいま、私はそれが現実となるのを見届けねばならない。

事実それは現実となるが、そうなると私が書いたからそうなったのか、それともどのみちそうなっていたのだろうか？

私は首を横に振り、コーヒーを飲まない。対話者は長いこと私を見て、やがて立ち上がり、部屋から出ていく。

次はどうなるのか？　次はどうなるかを私は知っている、なぜならふだんは薄暗く不透明である時間の構造が、どういうわけかいまの私にはかすかに見えるようになったからだ。その白い煙が、つかのま薄くなったのだ。

対話者が戻ってくるとき、彼は四人いるだろう。彼らは私をベッドに押さえつけるだろう。私の口は木の棒でこじ開けられ、私の歯は、他人の歯によってすでにつけられた——それも私の歯だったのかもしれないが——凹みや窪みに収まるだろう。冷めたコーヒーを口の端に流し込まれ、私は咳き込み、コーヒーを飛ばし、ゼイゼイ喘ぐが、結局それを呑み込むだろう。私はあがき、両腕をふり回し、与えられた未使用の紙の山に手をぶつけるだろう。ぶつけられて山は斜めに歪み、実のところすべてが未使用ではないことがあらわになるだろう。

コーヒーは忘れられるだろう。四人の彼は一ページ一ページ読み、読んだ端から隣の者に回すだろう。

というわけで、新しい段階が始まりつつあるのだが、いまや煙がまた戻ってきてしまい、さっき見たと思ったものを本当に見たのか、よくわからなくなってくる。

ここに座って、ペンを構えたまま、待つしかない。

4

やっとまた一人になった。何時間も私を尋問していた二人の対話者は、私が告白を書けるよう——というのが彼らの目論見だ——ようやく部屋から出ていった。**認めたまえ**、と彼らは何度も言った。**白状したまえ**、と。何を白状してほしいのか、私にはまったく、少なくともほとんどまったく、わからないのだけれども、とにかくもう一度書けるように、はいそうしますと答えたのである。

彼らは私を弟の部屋から別の場所へ移した。いきなり私を毛布でくるんで、ホールに連れ出したのだ——どう考えてもいままではそこにホールなどなく、白漆喰を塗った木の階段があるだけだったのに。私は車の後部席に押し込まれ、両側から対話者にはさまれたが、今回はどちらの彼も沈黙を保った。私も沈黙を選び、ダッシュボードの上、前部席の窓と後部席の窓とを区切る帯の上で街灯の光が膨らんでは遠のくのを眺めていた。私は大きな建物に連れていかれ、中に入れられた。階段を昇らされた。小さな白い部屋に入るよう勧められた。一方の壁は鏡張りで、部屋の真ん中にある三脚の椅子のひとつに座るよう言われた。そしてそこに一人残された。

私には弟なんていたことはない、弟がいるなんて信じたことはないと認めたら、何か違いは生じるだろうか？　いや、何も変わるまい。いずれにせよ、それは正しくない。私には事実弟がいるか、誰かがものすごい手間をかけて私には弟がいると信じ込ませたか、そのどちらかなのだ。

先を続けよう。しばらくして二人の男が部屋に入ってきた。これまでの対話者たちとは違って、私服を着ていたので、ほんの一瞬私は、対話者以外の人間と接することになるのだと信じた。だが違う、彼らは対話者であった。むしろもっと対話者であった。書いたものを私が自分から見せてくるのを辛抱強く待ったりはせず、口頭で答えるよう迫った。目の前のテーブルに書類の山を積んで、時おりそのなかの一節を読み上げ、それについて私に説明を求めた。……と書いたのはどういう意味だね？　これは……とどう関係があるのかね？　自分が書いた言葉の意味が、それが事実私の言葉だったとして、私には理解できず、説明などおよそ不可能だった。私は精一杯頑張ったが、彼らは明らかに失望していた。

書いたものを隠したのは正解だった。そのことがいまの私にはわかる。あれでもし、あと数日隠しおおせていたら、私としても一連の出来事の意味を理解できたかもしれない。いまの私にとって唯一の選択肢は、すばやく書き、起きたことを記録する営みを通して、それが頭に残るよう、しばし必要なあいだだけでも忘れずにいられるよう、念じることだけだ。そしてあわよくば、私の言葉の彼方にひそんでいるかもしれぬ真実に、ほんの少しでも接近できたら。こうしたことをすべて、私が告白など書いておらず依然彼らをかわそうとしているだけだと気づかれる前にやらねばならない。

先を続けよう。この第一の段階以降、彼らの態度はいっそう強硬になり、質問もさらに刺々しくなった。

君のお父さんは、本当はどうなったのかね？　と彼らは訊ねた。

溺れ死にました、と私は言って、ＡＰ通信のスタッカート気味の文章に記録された、険呑な崖から眼下の海への父の落下を復唱する。

では君のお母さんは？

母の水死をめぐる最新情報を伝えるのは一瞬の作業である。

彼らは二人ともうなずいた。

では君は自覚していないのだね、と彼らは言った。自分が誰か他人の両親の死について語っていることを？

弟が見つかったと思っていたら、家族全員を失ったのだと知らされる。それがどんな気持ちがするものか、誰にも想像できまい。つかのま、めまいのような感覚が生じ、あわてて立ち上がり、椅子がうしろに倒れる。目に涙がたまったりもする。

けれども、自分のなかの、より強い部分が気を取り直し、いや、誰も失ってはいないのだと確信する。相手が嘘をついているのだとわかる——なぜ嘘をつくのかはいつまでもわからないだろうが。

私は態勢を立て直した。疑念は残るが信じている、そういう態度を採った。少なくとも信じようとしているという態度を採った。彼らはたがいに目を合わせ、その目つきのなかに、彼らがたがいに、**よし、いいぞ、これで先へ行ける**と言いあっているのを私は読みとった。

ではご両親の問題はひとまず措くとしよう、と彼らは言った。君、この男を知っているかね？

彼らは机の上に一枚の写真を置いた。真ん中に軽く折り目が入っているが、顔を見る上でほとんど支障はない。

弟です、と私は答えた。

いいや、これは君の弟じゃない。

じゃあ誰なんです？

これまでの対話者たちが言ったのと同じに、これは君自身の写真だよと彼らが言うものと私は予想した。ところが、答える代わりに、彼らは別の写真を机の上に置いた。青白い死体の写真で、すっかり水を吸って膨れ上がっているせいで、目も鼻もほとんど判別できなかった。あたかもこの死体には顔などないみたいだった。

そのことに、そのことだけに、私はハッとさせられたのだ——写真のその像が、弟を見つけたと思ったら顔のないおぞましい何かを、人間の領域の外にある何かを見つけたときのことを、私に思い起こさせたのだ。彼らが次々に質問を浴びせてくるなか、自分が顔のそうした不在のなかへ落ちていくのを、消えていくのを私は感じた。恐ろしかった。私は喋れなかった。息ができなかった。

それから突然、何かが変わった。何だったのか？　私には言えない。それが突然起きるのを感じたとしか言えない。その顔が、私の眼前でゆっくり解かれ、広げられていって、むくみが退き、目がゆっくり開いて、緩慢で漠たるまなざしで私を見て、私はやがて悟ったのだ、この写真と、その隣にある私の弟（彼らはそうではないと言い張るけれど）の写真とのあいだに、いかなる違いも私には認められないことを。

＊

……**の夜君はどこにいたのかね？**　と彼らは問いつめた。そしてどうやってあの湖畔の町に——どうやらそこで私を目撃した者がいるらしい——たどり着いたのかね、そしてどうして君はもう本名を使わないのかね、そして君がこの写真の男に暴行したのち溺死させたというのは事実ではないかね、この——ここで彼らはメモを確認した——このトマス・クリングラーなる人物を？

私はゲラゲラ笑い出した。ほかに何ができよう？　いまだこの名、クリングラー、本物というより作りものに聞こえる名、それがいまだに、そしていまだに私にはわかる、彼らはいまだに、いままでのところ、もともと曖昧というほかない真実を私以上にわかっていないのだと。

彼らは険しい目で、ますます厳しく質問を浴びせてきた。それは何時間も続き、とうとうもうほかに何を訊いたらいいのか、ほかにどうやって私を混乱させられるかもわからなくなって、彼らはあっさり、白状してくれ、と私に頼んだ。**喜んで**、と私は答え、条件を提示した。まずよいペンが欲しい。細い、安定した線の書ける頑丈なペン。上等のボンド紙も欲しい。重たい、ざらざら感のある、弟の部屋で対話者に供給されたものよりも良質の紙。それから、水差しとグラスも欲しい。
じきに私は必要なものをすべて手にしていた。

出来事の背後にひそむ真実の理解に、私は少しでも近づいただろうか？　私は時おり手を止め、かたわらに置いた、水の入った透明なプラスチックの水差しを覗き込み、まずは水の表面に視線が走るよう目の位置を定め、次に、頭をゆっくり低くしていって、静かな水面より下に来るようにし、水の中を覗き込む。何をすべきか、私は徐々に理解しつつある。

私の家族は水で死ぬべく呪われている。まず父親、次に母親、そして今度は弟も。いいや、写真の男は君の弟じゃないよ、いいや、溺死した男も君の弟じゃなくて馬鹿げた名を持つ顔のない人間だよ、といくら彼らが説得に努めたところで、私はすべて見通している。私は見つけたのだ、あのからっぽの広がりのなかに、弟の隠れた顔を。

あるいは彼らは、弟について私をだまし、私の家族が私の家族であることを否定することによって、私を三人の運命から救える、何か別の運命を与えることができると思ってくれているのかもしれない。だとしたら、彼らの言うことを信じられたらどんなによかっただろう。私の人生はどれだけ単純になったことだろう。私は陸地を離れず、つねに安全に、何年も生きられたかもしれない。だが私は、およそ信じるということを知らない人間なのだ。

そんなふうに変わるには、もう手遅れだ。

＊

私は水差しにじっと見入り、待つ。水面がちょうどよく震える瞬間を私は待っている。そうなったらペンを置き、水差しを持ち上げ、水を口のなかに注ぐ。だが飲み込みはしない。水が胃に流れ落ちるのを許さず、肺に吸い込むのだ。それが肺のなかで火のように燃えるに任せ、それから頭を机の上に載せて、彼らに顔の歪みを見られぬよう顔をマジックミラーからそむけ、残った最後の空気を押し出し、溺死すべく全力を尽くす。水差し一杯の水があれば十分すぎるほどだ。実は茶さじ数杯分で足りる。むろん容易ではないだろう。集中し、精魂傾ける必要がある。だが、溺死親和性種の血が私の血管を流れている。私が何をやったのか、対話者たちが理解するころには、私はとっくに死んでいるだろう。

この文書は、この告白でない告白は、彼らが私から奪っていった一連の資料とともに、私にとって精一杯の真実の表明である。およそ完璧とは言えぬことは承知している。だが、彼らが押しつけようとした無味乾燥な代案よりはずっと真実に近い。

それにきっと、水が火のように肺に入っていく瞬間から、水が私を丸ごと呑み込む瞬間までのあいだに、さらに一歩真実に近づけるのではないか。

来た、これだ、水面の震えだ、それが私を呼んでいる、ペンを置いて取りかかるよう私を促している。

グロットー　*Grottor*

1

　十三歳のとき、父親が結核で死んで母親が州立の精神病施設に移されてまもなく、バーントは祖母に委ねられた。母親はこれを望まなかっただろうとバーントにはわかった。母はずっと、彼を祖母から遠ざけるよう手を尽くしていたのだ。母は祖母のことをまともでない（ノット＝ライト）と表現していたが、祖母がどのようにしてそうなったのかは一度も説明してくれなかった。とはいえ、拘束衣を着せられた母に選択の権利は与えられなかったし、おそらく知らされもしなかっただろう。裁判所に指名された臨時の後見人が、州にとってこれが一番いい選択肢だと判断したのである。**君にとってもこれが一番いいんだよ**、と後見人はバーントに請けあった。

　翌朝、まやかしの後見人は、出勤前にバーントを、祖母の到着を待つよう道端に降ろしていった。朝が午後になっても、祖母はまだ現われていなかった。これは自分で何とかするしかないとバーントは決めた。

＊

最初の何マイルかは歩いていき、父親が埋葬されている墓地の前を通った。ルート89に出て、砂利がほとんど粉のように細かい路肩を歩き出したあたりから足が痛くなってきた。車が次々通り過ぎていったが、スピードを落とす車は一台もなかった。丘を昇り、ドライブインを過ぎ、食料雑貨店、市庁舎を越えて、スプリングヴィルの繁華街に着くのに二時間、ひょっとすると三時間かかった。それから丘の向こう側に下ると、家々がまばらになっていき、やがて大半は野原に変わった。家並がつかの間また現われて、メープルトンのパッとしない通りを四本越えると、またさらに野原が続いた。今回はもっぱら野原ばかりだった。バーントは馬用の水飲み場からアルカリ臭の強い水を飲んで胃がねじれ返った。道路のアスファルトが切れぎれになり、砂利に変わった。足がずきずき痛んだ。あちこちマメが出来て、血も出ているみたいだった。

日暮れ近くに、どこかの農家に寄って、道を訊いた。「あの婆さんか？」と玄関に出てきた男が言った。「あの婆さんに何の用だ？　近よらん方がいいぞ」。孫なのだと告げると、農夫はじっと考え深げにバーントを見た。「それでも近よらん方がいい」と彼はしばらくしてから言ったが、結局中に入れて食べさせてくれて、それから上着を羽織り、残りの道を車で連れていってくれた。

トラックの横の窓にバーントが頭を凭せかけたとたん、焦げたようなヒーターの空気が顔に吹きつけてくることと、ガラスが外の夜気で冷やされていることが感じとれた。ヘッドライトの光で、道端に小さな白い十字架が二本、ほとんど草に埋もれているのが一瞬見え、またすぐ見えなくなった。

砂利道が土になり、やがて轍だらけになった。片方の道端に沿って針金が一本、その上に有刺鉄線が二本渡してあった。バーントは頭のなかでその柵の規則正しいリズムを追っていったが、やがて柵は直角に折れて道路からそれていった。

さらに半マイル行くと、トラックは土の道を離れて、山道のごくわずかな痕跡の残る坂を昇っていった。木の葉や枝がトラックの側面をかすめた。トラックは崩れかけた門の前に出て停まった。「この中のどこかにいるよ」と農夫は言った。「俺はこれ以上行かない」。そして手をのばし、バーントの肩をぽんと叩いた。「助けが必要になったら、いつでも来いよ」


バーントが見送る前で、トラックが山道をゆっくりバックし、幅広の前面が離れていきライトも遠ざかって、やがて木の葉のあいだから見えるほのめきと化し、じき完全に消えた。バーントは門の方に向き直り、月の光を頼りによく見ようと目を凝らした。掛け金はなかった。杭と門自体とを針金で巻きつけて留めてある。バーントは針金を外し、なぜかその最中に指を切ってしまった。傷を吸いながら、針金はどれくらい汚れているだろうか、破傷風の注射は要るだろうかと考えた。

門のなかの土地は耕されておらず、全然農場のようには見えなかった。家の所在を示す明かりもなく、通り道も人が通った形跡はろくになく暗闇のなかではほとんど識別できなかった。それでもとにかくたどって行って、草をかき分けて進んだが、暗いせいで判断を誤ったことを悟り、最初の場所に戻ろうとまたたどり直した。

月が雲の陰に隠れて、ほとんど何も見えなくなった。もうどれくらいの時間さまよったのかわからなかったが、やがて突然家の前に出た。目で見るより前にまずその存在を感じ、それから、雲が流れていくのに合わせて窓のひとつに月が一瞬映って光った。

おぼつかない足どりでどうにか玄関にたどり着き、ドアをノックした。返事はなかった。「ハロー？」と呼びかけた。もう一度ノックしたが、やはり返事はなかった。

あちこち手探りして把手を探し出し、回してみると、何と鍵はかかっていなかった。ドアは音もなく滑らかに開き、バーントは中に入った。

家の中は外と同じくらい暗かった。ひょっとしたらもっと暗いかもしれない。手探りで進んで電灯のスイッチを探したが、何もない壁が広がっているだけだった。片手を壁に這わせて、家の奥に入っていった。

「ハロー？」もう一度呼んでみた。

さらに何歩か進んで、何か聞こえたような気がして立ちどまった。一瞬待って、耳を澄ましたが、音はくり返されなかった。

もう一度動き出したところで、何かがすっと彼の片脚に触れ、離れるのを感じた。バーントはよろめいて、ほとんど転びかけ、思わず叫び声を上げた。

「怖がらなくていい」静かな、妙に高く震える声がした。

「お祖母ちゃん？」バーントは言った。「どこにいるの？」

声が笑った。「俺、お前の祖母ちゃんじゃないよ」声は言った。「俺はグロットー」

「え？」

シュッと擦る音がして、マッチの炎が燃え上がった。その光でバーントは、テーブルの向こうに、だいたい自分と同じ背丈の、だがひどく青白い男の子がいるのを見た。シャツは着ておらず、皮膚は骨に貼りつき、筋肉は解剖模型みたいにはっきり輪郭が見えた。バーントが見守るなか、男の子はマッチを蠟燭に持っていって、火が点いて炎がもうひとつ出来るまでそのままに保ち、それから、まだくすぶっているマッチを床に捨てた。

「お前のモーモー？」グロットーは言って、笑い声を上げた。「お前のモーモーに用があるのか？」

「い、い、モーモーって何だとバーントが訊く間もなく、グロットーはその場を去り、玄関広間を離れて、滑るように家の奥に入っていき、闇のなかに消えた。


ほかにどうしたらいいかもわからないので、バーントは待った。テーブルの上には蠟燭以外にも何かあった。何か小さな山が出来ていて、はじめはばらばらの形に欠けたチョークの集まりかとも思ったが、もっと近よってみると、歯だとわかった。歯が四個か五個、どれもほぼ間違いなく人間の歯だった。


触ってみようと手をのばしかけたところで、ドスッと変な音がしたのでふり向くと、年老いた女の人がよたよた闇から出てくるのが見えた。方向感を失ったような、不思議な動き方だった。奇妙な黴臭い匂いがして、離れていてもわかるくらい強く匂った。女の人は戸口のところで立ちどまり、背を丸めたまま、バーントをというより床を見下ろしていた。

「あんた、あたしのスレークティングだね」と女の人は言った。奇怪な、不自然な裏声のような、その体にしては逞しすぎる声だった。

「何て言ったんですか？」バーントは訊いた。

「あたしと血を分けた子や」と彼女は言った。まだ床を睨んでいて、口は笑みを浮かべて歪んでいる。「来てくれたんだね」

「お祖母ちゃんが迎えにくるはずだったんだよ」バーントは言った。

「でもお前、ちゃんと来たじゃないか」彼女は言った。そして優しい声で「あたしのスレークティング」と言った。

「その呼び方やめてよ」バーントは言った。「わかんないよ、何のことか」

老婆は少しだけ、ムッとしたかのようにぎこちなくうなずいた。「あんたの部屋があるよ」と彼女は言った。「あんた、ここに住んでいいよ。手伝ってくれれば」

「畑仕事？」

「畑なんかないよ。洞穴（ほらあな）だけだよ」。戸口から身を押し出すように彼女は歩み出て、テーブルをはさんでバーントと向きあうまで近づいてきた。そして手をのばして、ぎくしゃくとした手付きで彼の手を撫でた。皮膚は革みたいで、硬かった。「グロットーが部屋に連れてってくれるよ」と彼女は言った。「あんた、グロットーを信頼しなくちゃいけないよ。何もかもグロットーに任せるんだよ」

「グロットー、どこにいるの？」とバーントは訊いた。「洞穴って何のこと？」

老婆は彼の片手を指でぎゅっと包み、その握りが思ったよりずっと強いのでバーントは驚いてしまった。彼はびくっと縮み上がった。「おいで」と老婆は言った。「蠟燭を持っていくといい。あんたの部屋があるんだ。連れてってあげる」

2

目が覚めると、一日は半分過ぎていた。カーテンから差し込む光で見てみると、部屋は小さく、板張りの床はむき出しでニスも塗っていなかった。ベッドもごく簡単な作りだった。ほかにはがたがたの椅子が一脚と、彼が持ってきた開いたスーツケース。部屋にあるのはそれだけだった。

バーントは起き上がって、伸びをした。服を着て、ひとまず部屋から出た。長く歩いてきたせいでまだ痛むので、少し足を引きずっていた。

彼を迎える者はいなかった。玄関広間のテーブルに誰かが、水の入ったブリキのコップと、串に刺した燻製の肉を置いてくれていた。肉はほとんど香水をつけたみたいな味がして、すごく硬くて筋っぽかった。それでも食べてしまうくらいバーントは腹が空いていた。

昼の光で見てみると、家自体は相当古く、相当小さかった。玄関広間があって、それから客間があってそこにドアが二つあり、一方はバーントの部屋に通じ、もう一方から通じているのがたぶん祖母の部屋だろう。客間を抜けると家の裏手に小さな台所があって、カウンターには厚い埃が積もりっぱなしだった。

客間のもう一方のドアを試してみると、鍵がかかっていた。ノックをしたが返事はなかった。「お祖母ちゃん?」と呼びかけて、それからふと思いついて「モーモー?」と言ってみた。グロットーの部屋はどこだろう? グロットーもここに住んでるんじゃないのか?

外に出てみた。高い草のなかに、昨日の夜自分が通った跡が見えた。もうひとつ道があって、こっちは何度も人が行き来した様子で、家の裏手に回り込んでいた。少し迷った末に、バーントはその道をたどって行った。

ひとたび裏に回ると、通り道はすぐに曲がって、山の方に向かっていた。バーントは少し行って、立ちどまった。道は大きく戻って、まず上り坂があり、それから、泥板岩がぽつぽつと連なった斜面を横切っている。泥板岩の並んだ上方に、暗い開口部が一対あって、二つの洞穴の入口になっていた。

*

家に戻って、祖母の部屋のドアをもう一度試してみた。やっぱり鍵がかかっていた。**何でいつも鍵かけてるんだ？　中で眠ってるのか、出かけてるのか？**　バーントは足を引きひきふたたび外に出て、祖母の部屋の窓から中を覗き込もうとしてみたが、なぜか違う方向に回り込んでしまって、気がつけば自分の部屋の窓を覗いていた。簡易ベッドがあり、椅子があり、血のついた靴下、小さなスーツケースがあった。さらに足を引きずって回り込むと、祖母の部屋の窓には鎧戸が降りていた。鎧戸のすきまから、床の細長い長方形がいくつか見えたが、それだけだった。鎧戸を少し押してみたが、内側からしっかり掛け金がかかっていた。

その日の残りはずっとそんなふうに、家の内外をのろのろさまよいながら、どうふるまうべきか思案していた。客間のカウチに座って、埃が強く匂うなか、考えた。歩いて山を降りて、ここまで乗せてくれた農家の人のところへ行って、どうしたらいいか相談するか？　誰かに頼んで、お祖母ちゃんの家から連れ出してもらうか？

何となく落着かない気分で、そんなことを考えあぐねていると、夕方も近くなってきたころ、目が閉じていくのがわかった。バーントは知らぬ間に眠りに落ちていった。

突如グロットーが彼を見下ろすように立っていて、笑みを浮かべていた。「これ」と彼は言い、手を差し出してバーントに三個の歯を見せた。犬歯、小臼歯、大臼歯、それぞれ付け根の上あたりで乱暴に折られていた。

「誰の歯なの？」バーントは訊いた。

「いまは俺のだよ」とグロットーは言った。

いった。

「でも誰のだったのさ？」

グロットーは肩をすくめた。そして「これしか残ってないよ」と言って、すうっと部屋から出ていった。

暮れゆく光のなかで目が覚めた。夜の闇が迫ってきていた。目を覚まして、眠っていたんだとわかったあとも、グロットーが来たのは夢だったのだと完全には確信できなかった。

ベッドを出て、玄関広間のテーブルの上にマッチが置いてあるのを見つけ、ほとんど空っぽの戸棚を漁って新しい蠟燭を探し出した。

蠟燭に火を点けたころには、グロットーがふたたびそこにいた。客間に通じる戸口のそばに、依然シャツも着ていない体で黙って立ち、ふり返ったバーントをギョッとさせた。

「シャツ持ってないの？　いままでどこに住んでたんだよ？」バーントは訊いた。

グロットーは肩をすくめた。「あちこち」と彼は言った。

「お祖母ちゃんはどこ？」バーントは訊いた。

「お前のモーモー？　お前のモーモーに用があるのか？」

そう言ってグロットーは回れ右し、戸口から立ち去った。バーントは蠟燭を手にとり、客間の戸口へと急ぎ、グロットーが祖母の部屋のドアをすり抜けるように中へ入っていくのを間一髪で見届けた。

バーントはドアの前に行って、耳をそばだてたが、何も聞こえなかった。さらに近よって、耳をドア板に押しつけた。やはり聞こえなかった。

それから突然ドアがパッと開き、祖母がよたよた出てきて、バーントは危うく押し倒されるところだった。祖母は昨日よりもっと奇妙に見えた。何となく皺くちゃになって、皮膚はたるんで締まりがない。焦げた髪みたいな変な匂いが流れ出てきた。

「おや、スレークティング」と祖母はまた同じ奇怪な裏声で言った。相変わらず顔を上げず、彼と目を合わせようとしない。「あたしに何か用かい？」

「ええと」バーントは不意をつかれてうろたえたまま言った。「いや、べつに用はないんだけど。ただその、お祖母ちゃん一日中どこにいるのかなと思って」

祖母は喉を絞められたような音を立て、バーントはそれを笑い声だと判断した。「あたしはね、昼間は寝るんだ」と彼女は言った。「お前もそうだよ。そうしなくちゃいけないよ。昼間眠らなかったら、どうやって夜、洞穴に行く？」

「え？」

「グロットーの言うこと、聞いたかい？　あたしが言ったとおり、グロットーに言われたこと、全部やったかい？」。それから、返答を待たずに祖母はバーントの肩に片手を置いて、ドアの前から押しやった。そしてすうっと中に戻って、ドアを閉めた。

どうなってるんだ？「お祖母ちゃん？」と呼びかけて、ドアの方に寄っていった。手をドアノブにかけて、いまにも回そうとしたところでひとりでにドアが開き、そこにグロットーがいた。グロットーの向こうに祖母が見えるかと思って首を伸ばしたが、グロットーはすでに敷居を越えてドアを閉めている最中だった。

「で、モーモーと話したんだね」とグロットーは言って、埃を払うみたいに両手で胸や腕をさすった。「二人で何を話したんだ？」

「お祖母ちゃんと二人で、部屋使ってるの？」とバーントは訊いた。「それっておかしくない？」

グロットーは肩をすくめるだけだった。「お喋りはもういい」と彼は言った。「これから洞穴に行くんだ」

グロットーに懐中電灯を渡されて、彼のあとについて山の中腹を洞穴までのぼって行った。険しい、乾いた坂道だった。さっき昼の光では開口部は小さく、浅く見えて、岩に生じた二つの単純な裂け目という感じだったが、いま来てみると思ったより高いところに位置していた。泥板岩から成る、険しい大きな斜面のてっぺんにあって、穴としてもさっきより大きく見えた。

近くで見ると、一つ目の穴は大きな横向きの窪みで、風によってくり抜かれたみたいに見えた。裂け目の中には蜂の巣みたいに無数の開口部があって、どの口も人間より少し大きいくらいだった。裂け目の壁に沿ってずっと不思議な記号が描いてあって、濃い赤茶色の顔料で塗ったのもあれば、岩を引っかいて描いたのもあった。絵になっているものもあって、粗雑に描かれた棒人間たちが手足を欠いていたり積み重なって倒れていたりしていた。ひとつの壁では奇怪な球根状の形が大部分を占め、その下に、人間のように見えるが人間ではない、手足の代わりに奇妙な、ゴムのような突起物のついた生き物の絵があった。

「これみんな、何なの?」バーントは訊いた。

「探検してみるかい?」グロットーは質問を無視して訊いた。「口を選べよ、中へ入ろうぜ」

バーントは長いことグロットーを見てから、首を横に振った。

グロットーは肩をすくめた。「じゃあまた今度な。まあ少なくとも洞穴は見たわけだし。まずはそれだけでいいさ」

球根状の形と人間もどきの姿に、バーントの目は何度も引き寄せられた。そこから視線を剝がして洞穴の外を見るには、意識して努めないといけなかった。外には遠くの、はるか下の方に、メープルトンの町の、現実世界の明かりがあった。祖母の家はずっと近いのに、明かりが灯っていないので見えず、位置の見当さえつかなかった。

グロットーは立ち上がった。「行こう。もうひとつの洞穴も見なくちゃ」

大きな岩の表面に沿って、露出した泥板岩の上を二人で進んでいった。泥板岩は踏むとパリパリ鳴って、いまにもぱっくり割れて彼らを呑み込み彼らは斜面を転げ落ちて闇に吸い込まれてしまうのではと思えた。暗くてもその上をバーントが歩く気になるには、目を閉じて片手を岩壁に這わせて進まないといけなかった。二つ目の洞穴は一つ目ほど丸みがなく、空気がほとんど抜けたボールみたいで、岩の側面に入った波状の切れ目という感じだった。高さは三メートルくらい、幅は七、八メートル。二人はよじのぼって中に入った。

奥の壁の、ひとつのトンネルの口のかたわらに、何かの姿が見えた。バーントはそっちへ行って、懐中電灯で照らしてみた。それは死体だった。年老いた女の人の死体で、華奢な体に着古して擦り切れた服を着ていた。死んでからずいぶん時間が経っていた。皮膚は腐蝕(ふしょく)し、目はなくなっていた。

「これ、誰?」バーントは訊いた。

「これって?」グロットーは訊き返した。「あ、それ? それは気にしなくていい、何でもないから」

「死体がどうして何でもないのさ?」

「人間がもう中にいなけりゃ何でもないのさ」グロットーはきっぱり言った。

「どうなってるんだよ?」バーントは訊いた。少しヒステリー状態になっていた。「お祖母ちゃんに何したんだよ？」

グロットーは笑みを浮かべただけだった。

怒りと混乱に駆られて、バーントは両腕を突き出しグロットーに襲いかかったが、相手はさっと脇によけ、影のなかに溶け込んだ。バーントは殴りかかったものの岩壁を打っただけで、砂岩にこすれて手の甲がすり剝けた。グロットーはますます影深くに入っていき、洞穴の奥の方へ滑るように進み、懐中電灯の光ではどうしても捉えきれなかった。

「お祖母ちゃんのこと、覚えてるか？」グロットーは言った。「お祖母ちゃんに言われたこと覚えてるか？　お前は俺の言うこと聞いて、俺に言われたとおりにするんだよ」

「何で知ってるんだよ、お祖母ちゃんが言ったこと？」バーントは叫んだ。「お前、あそこにいなかったじゃないか」

するとグロットーの影は、ほかのいろんな影と重なりあって、切れ目の奥にあるトンネルの口の上で揺らぎ、消えた。

バーントは声を上げてグロットーを呼んだが、相手は答えなかった。切れ目の周りをくまなく歩き、トンネルの中も照らしてみたが、グロットーは洞穴の奥に隠れてしまっていて、どこにも見当たらなかった。

3

はじめはただ、ここを出よう、山を降りて消えてしまおうと思った。けれども、ぶるぶる震えながら二つ目の裂け目から一つ目に戻り、そこからそろそろと山道を降りていくと、どこへ行くんだ？という問いが湧いてきた。父は死に、母は発狂し、裁判所が指名した後見人は彼なんかに用はない。ほかに誰がいる？　まあたしかに、あの農家の、祖母の家まで乗せてくれた人はいる。でもあの人だって、どこまで本気で助けてくれる？　頼んでみる度胸、あるか？

家の近くまで来て、どのみち懐中電灯の電池が切れかけてる、とバーントは思った。今夜はもう何もできない。ひとまず待とう。朝になって、やっぱり出ていきたかったら、出ていけばいい。

やがて自分の部屋に戻ると、月光が鎧戸を通って入ってきて、ベッドや床に、ほの暗い光の薄板を広げた。ここにとどまるか、出ていくか。そのジレンマが、建築のように堅固な実体を帯びて、周りじゅうに広がっていた――彼がそのなかで住むのを強いられた建造物のように、あるいは彼の頭の周りにがっちり据えられた檻のように。出ていく、という選択肢を捨てるよう自分で自分を説き伏せつつあることをバーントはなかば無意識に悟りかけていた。少なくとも何かが説き伏せている、と彼は一瞬のパニックとともに考えた。彼がとどまることを、何かが望んでいる。

やがてパニックは薄れていき、自分が何を考えていたのか、洞穴で何が起きたのか、なぜ心配していたのかもよくわからなくなった。

不安な夢をいくつも見た。夢に連れられて、丘を下る道を戻っていき、一連の農場を抜け、メープルトンに行き、そこからさらに南へ行った。ナイフを手に、何日も歩いた。歩いて砂漠を越え、枯れた、黒く焦げた土地を越えていった。国境の町に来て、一人の少年とすれ違い、ナイフで少年を死体に変えた。この変容が起きるとともにナイフの柄で少年の口から歯を残らず叩き落とした。ナイフの刃を裏返すと、光が刃をキラッと捉えて彼の目を撃ち、次の瞬間、刃のなかで自分が揺らぐ姿が見えた。ただしそれは厳密には彼自身ではなかった――が、厳密には誰なのかもわからなかった。

目が覚めるとグロットーが彼をじっと見ていた。闇に浮かぶひとつの形、より実体のある闇。バーントはグロットーに対して怒りを覚えたかったが、なぜか怒れなかった。なぜ怒るべきかも思い出せなかった。頭が鈍ったような、薬漬けになったような気分だった。

「夢を見てたな」グロットーが言った。「悪い夢を」

「何でまだ暗いんだ？」

「明るいあいだずっと寝てたからさ」グロットーは言った。「お前、だんだん学んできてるんだよ」

「どうして僕を行かせてくれないんだ？」バーントは訊いた。

マッチを擦るシュッという音が聞こえ、グロットーが蠟燭に火を灯すのをバーントは見守った。

「行く？」グロットーは言った。

それから、突然、バーントは思い出した。「洞穴の女の人、お前が殺したのか？」

「俺じゃないって言ったら信じるか？」

「お前じゃないのか？」

グロットーは指を一本、バーントの唇に触れた。「しーっ」と彼は言った。「お前は悪い夢を見たんだよ。もう一度眠れよ」

「どうして僕を洞穴に置き去りにしたんだ？」バーントは訊いた。

グロットーは肩をすくめた。「どうしてお前、俺を置いて出ていこうなんて考えてるんだ？」

「それは別の話だ」とバーントは言った。

「忘れるなよ、お前のモーモーが言ったこと」グロットーは言った。「お前は俺の言うこと聞かなくちゃいけないんだよ。自分を空(から)にして、俺に従うんだ」

ここに来て何日になるだろう？　何日後か、何週間後かにそう自問し、答えを出せないことを悟って戸惑った。ごく大まかな答えすらわからない。最低一、二週間にはなるだろうが、たぶんそれよりずっと長い。ひょっとしたらもう何年も経ったのかもしれない。


　夢はなおも続き、いろんな人が出てきて、その一人として誰なのかバーントにはわからなかった。グロットーと二人で、ナイフを使ってこれらの人々を山の中腹にのぼらせ、最初の洞穴に連れていった。**どうしていつも最初の洞穴なんだ？**と夢のなかでバーントは考えた。二人はそこで彼らを殺し、その血で彼らの周りに円を描き、バーントには意味のわからない記号を体に記した。それから、待っているとやがて何かが、バーントにはどうしても見えない何かが、星々のあいだの闇が染み込んだみたいに見える揺らぐ何かが、それらの人々をずるずると引きずってトンネルのひとつに入っていき、姿を消した。人々がそのあとどうなったか、バーントにはよくわからなかった。いつもその後まもなく目が覚めたからだ。ハッと目覚めたのは、人を殺したということ自体のせいではなく、一連の死体が奥へ引きずられていくのを見たせいでもなく、そこに何のショックもないことを悟ったからだった。始めから終わりまで、これと同じことをもういままで十ぺんくらい経験したみたいに、すべてが滑らかに、自然に思えたのだ。

　目覚めるとしばしばグロットーが部屋に、枕許にいた。時には並んでベッドに入っていて、バーントの唇に触れてしーーっと囁き、みんなただの夢だよと告げていた。そういうふうに目覚めるのと、一人で目覚めるのとどっちがより悪いのか、よくわからなかった。

けれどもっとひどいこともあった。何度かは、ベッドのなかではなく、真っ暗な山の中腹で目が覚めた。体じゅうあざや腫れだらけで、いままで自分がどこにいたのかも全然わからなかった。

時おり、祖母の姿を一度も見かけぬまま幾晩かが過ぎていった。見かけた日には、祖母の何かがひどくおかしいことは明らかだった。何かがまともじゃない（ノット・ライト）。ある種の退行性の病が、祖母を少しずつ変身させている。いまや手足もろくに制御できなかった。皮膚はたるみ、あちこち垂れて、また別のあちこちはひび割れ、裂けていた。祖母はもはやバーントを近よらせなかった。あたしのこういう姿を覚えておいてほしくないから、と。

死にかけてるんだとバーントは悟った。**お祖母ちゃんが死んだらどうしよう？** 心配な気持ちと、ほっとする気持ちの両方があった。お祖母ちゃんが死んだら、ここを去る度胸が出るかもしれない。

やがて祖母が少し向きを変え、何かがキラッと光ったのをバーントは見てとった。あたかも骨が溶けはじめたかのように、両腕がゴムみたいにぼてっとしている。何とも不自然で、この目で見たのに信じられなかった。バーントは思わず二、三歩祖母の方に歩み寄った。

「来るな！」と祖母が金切り声を発し、一瞬のあいだ顔を上げてバーントと目が合い、それからさっとすばやくドアを抜けて自分の部屋に滑り込み、ばたんとドアを閉めた。

気を取り直すために、バーントは壁に寄りかからねばならなかった。何を見たのか？ 自分で想像しただけか？ いや、想像でないことは確信があった。いま見たのは、老いた女性の目ではなく、男の子の目だ。グロットーの目。

バーントはそっと、モーモーの部屋のドアの前に行った。膝をついて、鍵穴に目を押しつけた。部屋の中はあらかた暗く、蠟燭が一本ほのかに灯っているだけだったが、その薄暗い光でも見間違いようはなかった。そこにグロットーがいて、バーントの祖母の皮膚を、一揃いの服を脱ぐみたいに脱ぎ捨てている最中だった。そしてそこにグロットーがいて、ドアの方をじっと見返し、まさに鍵穴をじっと見つめ、唇には笑みを浮かべていた。

バーントは逃げた。山を駆け下りて、道路から出たり入ったりしながら、追ってくる音はしないかと耳を澄ました。自分が何を見たかはわかっていたが、誰かに話したら信じてもらえないだろうということもわかった。どうしたらいい？ 信じてもらえるような話をでっち上げるか？ 何だっていい。とにかくグロットーから逃げないと。精一杯遠くまで逃げないと。


ずっと前の方にヘッドライトが見えた。こっちへ近づいてくる。バーントは両腕を振り回しながらそっちへ駆けていった。彼の姿を認めるとトラックはスピードを落とし、停まった。

「お祖母ちゃんが」とバーントは運転手が窓を開けると同時に言った。「転んで頭を打ったんです。死んだんです」。そこまで言って初めて、相手が最初に祖母の家まで乗せていってくれた男だと気づいた。

「死んだ？」男は言った。「確かか、死んだって？」

「確かです」

「死んでるみたいに見えてもそうじゃないってこともあるぞ」

「死んだんです」バーントは言った。

「じゃあ早く乗れ」男は言った。

ところが、トラックに乗り込むと、何と男は引き返すのではなくそのまま前に走っていった。

「どこ行くんですか？」バーントは訊いた。
「確かめないと」男は言った。「念には念を入れるんだ。もしまだ生きていて、俺が確かめなかっ
たせいで死んじまったら、お前絶対に自分を許せないぞ」
するとバーントは、ほかにどうしたらいいかもわからず、わっと泣き出した。男は手をのばして
彼の肩をぽんぽん叩いたが、車はそのまま祖母の家めざして走らせた。涙も涸れてしまうと、バー
ントは縮こまってドアに身を寄せ、自分の体を抱えていた。
着いてもバーントはトラックから降りようとしなかった。わかったと男は言った。まあ無理もな
いな。**お祖母さんが転んで、ひょっとしたら死ぬところを見たんだものな。なかに戻りたくないって気持ち、わかるよ。**違います、そうじゃないんです、とバーントは説明したかったが、何かが舌
の動きを遅くしてしまい、男はあっという間に行ってしまった。
家の方に駆けていって、手遅れにならないうちに何とか男を引き返させようかとも思ったが、ト
ラックを離れるのが怖かった。周囲の闇を感じながら、待った。
そして突然、トラックのなかにいるのが自分だけでないことに気がついた。ドアはさっきから開
いていないのに、自分以外にも誰かいるのだ。ふり向いて誰なのか見てみる勇気はなかった。
「知りあいを連れてきてくれてありがとう」と、グロットーのものだとわかる声が言った。
バーントは口を開こうとしたが、舌が口蓋に貼りついてしまった。喉を絞められたような音が出
ただけだった。
グロットーが片腕をバーントの肩に回した。顔を寄せてきて、闇のなかで光る目がバーントの目
からほんの数センチのところまで近づいた。グロットーの生温かい息が顔にかかるのが感じられた。

「お前、誰の言うこと聞くんだ？」とグロットーは、それが初めから答えのわかっている問いであることを明らかに伝える言い方で訊いた。「お前の神は誰だ？　いまお前を司ってるのは誰だ？」

4

男が意識を取り戻さないうちに、グロットーとバーントは彼にさるぐつわをかませ、手首をうしろできつく縛って、男を引っぱれるようそこから引き綱を出した。それから台所に行って包丁を持ってきて、男の両腕を、彼が目を覚ますまで刺しつづけた。

そうしたことが起きるのをバーントは逐一眺め、グロットーが望むこと以外何もできなかった。バーントはあがき、呪縛から逃れようとしたが無駄だった。男もあがいたが、やはり逃れられなかった。

山の中腹を、洞穴に通じる道をたどって昇っていった。懐中電灯の光線は鋭く、何もかもが痛々しくあからさまに照らし出された。自分の前で男が坂を昇ろうとあがくのをバーントは見守った。縛られた手首が折れ曲がって背中のくびれに当たっている。バーントは男のうしろについて昇っていった。足下の地面が遠く、隔たっているように感じられた。すぐうしろをグロットーが歩いていた。

てっぺんにたどり着いて、最初の裂け目に入っていったが、自分たちがここにとどまりはしないことがバーントにはわかった。立ちどまると、男がゼイゼイ喘ぐせいでさるぐつわが濡れてきているのが見えた。縄で男の手首の皮膚がすり剝けていた。グロットーが男の方に身を傾け、指を一本さるぐつわに触れるのをバーントは見た。

「静かにしろ」グロットーが言った。

男は首をそらそうとした。

殺す気だとバーントは思ったが、やめさせるために何かできるわけではなかった。

裂け目から外に出て、何も生えていない、ひび割れた岩の表面に沿って進んでいった。バーントが先頭を行き、歩きながらうしろをふり向いては彼らの足下を懐中電灯で照らした。グロットーがあとに続いて、男が坂を転げ落ちないよう片肱を押さえていた。

バーントは第二の裂け目によじのぼって入り、それからグロットーが男を押し上げて、最後に自分も入った。そして男の腹をナイフで刺した。男はうなり声を上げた。「さあ」とグロットーは、まず男に、それからバーントに向かって身ぶりで示した。「トンネルを下るんだ」とグロットーは言って、懐中電灯を受けとろうと片手をつき出した。


まずバーントが行き、切れ目の奥へ歩いていった。**何か逃げ道があるはず**だと頭では考えていたが、歩くのをやめることはできなかった。男は死ぬだろう。それは避けられない。自分がしてやれることは何もない。もういまでは、自分が生き残れるなら男を生贄(いけにえ)にしてもいいという気になっていた。ひょっとしたら逃げ道を思いつくかもしれない。とにかく時間さえあれば。

だがそこで裂け目の奥にたどり着き、その先のトンネルに足を踏み入れた。背後でグロットーの持った懐中電灯が消え、周りじゅう闇が手にとれそうなほど濃くなり、しかもその変化は耐えがたいほど急激だった。やがて懐中電灯がふたたび点いて、見ればバーントはなぜかトンネルのなかで一八〇度向きを変え、男の青白い怯えた顔と向きあい、さるぐつわを外そうとあがくその口と向きあっていた。

「先へ進め」とグロットーに言われて、そのとおりにした。

トンネルが狭くなり、地面が凸凹になった。長い勾配(こうばい)を三人は下っていって、自分の周りで温度が上昇していき空気が濃くなり呼吸しづらくなるのをバーントは感じた。さらに下っていき、バーントの足はいまや生ぬるい水に浸っていて、じきに膝まで水が上がってきた。通路が斜めに傾いてきて反対側の壁が上になっていき、バーントは足下近くの岩に寄りかかるように手をついて体を押し上げないといけなかった。彼のうしろで男が足を滑らせた。通路は狭くてバーントが完全に向き直ることはできなかったが、片腕の下から、男が顔を下にして水のなかに倒れているものの両手をうしろで縛られているせいで立ち上がれずにいるのが見えた。やがてグロットーが男の両腕をぐいと摑んで立ち上がらせると、水が顔からしたたり岩にぶつけた額からは血もしたたったが、さるぐつわは依然外れていなかった。男がさるぐつわの奥で、まるで窒息死しかけているみたいに咳き込み、水が鼻からほとばしり出ているのがバーントには聞こえた。グロットーは男を支えて彼が体の角度を正すのを助け、懐中電灯の光をバーントに向けて「先へ進め」と言った。**進むもんか**とバーントは思ったが、足は先へ行った。

　角度が急になってきて、通路も狭くなり傾いた地面に横たわらないといけなくなった。バーントは腰まで水に浸かり、背中を下にしてそろそろと下っていった。通路はさらに狭まって、天井が胸に触るくらい低くなった。前進するには息を吐き出さないといけなかった。もう首を回すこともできず一方に傾けたままに保つほかなく、男の濡れた血まみれの顔を眺めながら片手は前方を闇雲に探り、グロットーの懐中電灯の光が背後でそこら中を飛び回っていた。前方も見えなかったし、いまどこを這っているのかもわからなくなった。やがてもう這うのもやめた。というのも背後の男はもはや前進しておらず、その胸は——

「どうしたんだ？」バーントは訊いた。

「こいつが引っかかった」グロットーが言った。

「引っかかった？」

「お前も引っかかってるだろ」

するとバーントは突然そのことを悟った。岩が胸を圧迫しているのが感じられ、短く切れぎれにしか息ができず、前にもうしろにも動けなかった。一瞬、グロットーが懐中電灯を切り、バーントにとっては何もなくなった。何ひとつなく、広大な闇が、窒息させる無があるだけ。懐中電灯がふたたび点いて、その光で、男の首で血が脈打っているのが見えた。

「もうたくさんだ」バーントが言った。「ここから出たい。手伝ってくれよ。帰ろう」

グロットーはにっこり笑った。「帰ろう」と、モーモーの裏声で彼は言った。

バーントは目を閉じて、自分がどこかほかにいる姿を考えようとしたが、目を開けると男はまだそこにいて、グロットーもそこにいて、グロットーは壁の上の縁に沿ってナイフを動かし、その一方の端で天井をこすり、もう一方の端で男の首を切り進んでいた。

男がびくっと身を縮め、すぐ上の岩で頭の側面を擦ると、ナイフはますます深く食い込んだ。グロットーはナイフを引き抜き、血がその周りで小さな脈のようにぴゅっ、ぴゅっと吹き出して、男の肩や胸一面に広がっていった。さるぐつわの下で息を呑もうとあがく男の喉がきつく閉まるのをバーントは見た。やがて、薄暗い光でかろうじて見える目が曇っていった。目が不透明になって、男が死んだことがバーントにはわかった。

男の首の裂け目を通して、グロットーの顔の一部が見えた。片方の、青白い、冷酷な目。グロットーは片手をのばして、男の首や、血に濡れたシャツに指で触れていた。

男の血をグロットーは頭上の岩に塗りたくりはじめた。よくわからない記号を描きながら、何かぶつぶつ呟いていた。

「何してるんだ？」バーントは訊いた。

「じきこいつに迎えが来る。だけどお前も一緒に連れていくだろうよ。俺に必要なのはお前の皮膚だけだ。お前のモーモーはもうくたびれちまった。代わりにするなら、モーモーのスレークティングが一番だろ？」

そうしてグロットーの手が引っ込められ、グロットーの体がトンネルを擦りながらうしろに下がり離れていくのがバーントには聞こえ、懐中電灯の光もどんどん遠ざかっていった。バーントは声を上げて呼んだが、答えはなかった。死にかけた光のなか、もう一人の男の顔は固体の塊でありもうひとつの岩であり、不可知だった。**置いていかないでくれ**とバーントはグロットーに呼びかけたが、返事はなかった。

バーントは目を閉じた。開けると、あたりはすっかり暗く、耐えがたいほど暗くなっていた。それから、どうやってだか、なおいっそう暗くなった。

心がじわじわ崩れていくなか、闇が迎えにくるのをバーントは待った。

アンスカン・ハウス　*Anskan House*

1

アンスカン・ハウスのことを初めて知ったときセフトンはまだ子供だった。四歳上の姉と一緒に下校する途中、姉がいつもの道から逸れて、古い界隈を抜け、彼らが住む中西部の町の外れまでセフトンを連れていったのだ。壊れた杭垣（くいがき）に囲まれた、ありきたりのあばら屋の前で姉は立ちどまった。庭も荒れ放題で、そこらじゅうゴミが転がっていた。姉は腕をのばしてセフトンの手を摑んだ。

「何なの？」セフトンは訊いた。「どうしてここで止まるの？」

「アンスカン・ハウスよ」ジュディスは言った。いや、少し違う。それと似た、セフトンには上手く発音できない外国の言葉だった。その後の年月、セフトンがその家のことをアンスカン・ハウスとして考えるようになったのである。

「誰かここに住んでるの？」と彼は訊いた。

ジュディスは首を横に振った。「というわけじゃないの」と彼女は言った。「そういうことじゃないのよ」

セフトンは面喰らって、「どうして僕をここへ連れてきたの？」と訊いた。

彼女は向き直り、じっとセフトンを見て、やがて口を開いたがなぜか何も言わなかった。そして姉は彼を連れて帰った。


セフトンはその家のことを、たぶん一年くらい考えなかった。ある会話をたまたま耳にしなかったら、きっと二度と考えずじまいだっただろう。当時、父親が入院中だった。現場で作業中に、錆びた支柱で片脚を裂いて、何週間か前から病院に入っていたのである。はじめはただの引っかき傷程度だったが、ろくに手当てをしなかったせいで膿んでしまい、まず真っ赤になって、それから膨らんで裂けて爛れ、甘ったるい嫌な臭いを発した。爛れた肉を医者は取り去り、いろんな薬品を使って傷を消毒したが、爛れはいっこうになくならなかった。

父の見舞いに行ったあと、セフトンの中に残ったのは臭いだった。臭いと、ガーゼに広がった黄色っぽい茶色のしみ。毎日訪ねていくたび、傷は思わしくなくても父は上機嫌で一緒にあれこれ話したが、何の話をしてもセフトンの頭からはあっという間に抜け落ちてしまい、その分、頭の中に臭いとしみが残る余地が増えるのだった。


それは、兄のマティアスと姉ジュディスとの会話だった。彼が階段を降りていくと、ジュディスがその、彼にはアンスカンというように聞こえる言葉を口にしたのだ。それだけで彼を立ちどまらせ、階段に座って静かに耳を傾けさせるには十分だった。

「それって誰のこと？」マティアスが訊いた。

「誰でもないわ」ジュディスが言った。「家の名前よ」

「何で家に名前なんかつけるのさ？」

「言ったでしょ、この家は特別なのよ」とジュディスが言った。

何が特別なんだろう？ とセフトンは思ったが、ジュディスにもう説明されたのだろう、マティアスは何も訊かなかった。代わりに二人はただ黙っていた。セフトンは階段に座ったまま、自分が役立たずで場違いな人間である気がした。階段をそっと一段滑り降り、もう一段降りると、壁を回ったすぐ向こうにカウチの背と、姉の片耳の先っぽと、その反対側に兄の片腕の端が見えた。

「アンスカン」とマティアスがようやく、ジュディスと同じ発音をしようとしてみたが上手く行かなかった。

「アンスカン・ハウス」とジュディスは、二番目の単語に強勢を置いて言った。それから二人はまた黙った。セフトンがさらに少し身を乗り出すと、姉の頭の一部と、兄の肩が見えた。

「でもそれって誰なのさ？」沈黙を破ってマティアスが訊いた。

「人じゃないのよ」姉が言った。「家って長いこと空家になって、誰にも貸されず住まれずにいると、何かがその家の一部になるのよ。人じゃないし家ともちょっと違う、何かその中間のものが。死者のしるしっていうか、いやもっと悪ければ、生者のしるしなのよ」。彼女は言葉を切った。「とにかくその女の人はそう説明してくれたのよ」

「で、姉さんそれ信じたわけ？」

ジュディスは答えなかった。肩をすくめるか、うなずくかはしたかもしれないが、陰から見ているセフトンにはわからなかった。

「そんなの狂ってるよ」とマティアスは言った。「そんなのありえない……それ、やってみたの？」

「いいえ」とジュディスは言った。「でもその女の人はやってみたって。そうして上手く行ったって。呼び鈴を押して待ってたら、それが地下室から上がってくる音が聞こえて、ドアのすぐうしろまで来るのがわかったんだって。それで郵便受けの差入れ口を開けて、中に向かって話したのよ。病気の人の名前を言って、『その人の苦しみを私が引き受けます』って言ったのよ。そうしたら彼女が病気になって病人は元気になったのよ」

　二人はまた黙った。やっとジュディスが言った。「パパにも上手く行くわよ。パパのためにあんたがやるべきよ」

「でも俺、そんなの上手く行くと思わないよ」とマティアスは言った。

「あんたが信じるかどうかはどうでもいいのよ。どのみち上手く行くのよ」と彼女は言いはった。

「パパの脚が救われるのよ」

「でもそしたら俺はどうなるのさ？」

「やってみなさいよ」と姉は挑むように言ったが、マティアスは答えもしなかった。

　パパの脚が救われるとセフトンは二階へ這い戻りながら考えた。父が脚を失くす可能性があるなんて考えてもいなかったし、**脚を失くす**というのがどういうことかもよくわからなかった。切るってことか？　でもそうしたらどうやって歩く？　もし父親が歩けなくなったら誰が働いて自分たちを養う？　母親か？　母親にどうやって建物の骨組み作りができる？　金槌の持ち方も知らないのに。それにもし母親が働きに出たら、誰が自分たちを食べさせてくれる？

　駄目だ、と彼は考えた。父親が脚を失くしてはならない。失くしたら、何もかもばらばらになってしまう。

　やってみなさいよ、とジュディスがさっきマティアスに挑んだのをセフトンは聞いたが、マティアスは相手にしなかった。でも彼も、セフトンも、聞いていた。ということはつまりジュディスは、自分では知らなくても、セフトンに話してもいたのだ。やってみなさいよという挑みは、兄に向けて同様彼にも向けられていたのだ。

やってみなさいよ、とジュディスがもう一度言うのをセフトンは頭の中で聞いた。自分の頭蓋の中でカウチの背、姉の耳と髪、兄の肩と腕を見た。それから、依然頭の中で彼は立ち上がり、階段の残りを降りていって、想像の姉の前にきわめて厳かに立ち、**僕が引き受ける**と言った。

数日後、学校が終わると、姉が待っている表玄関から出る代わりに、非常階段に通じる扉を押した。精一杯速く運動場を横切り、裏手の金網を乗り越えると、てっぺんの有刺鉄線にズボンが引っかかって破けた。姉が呼んでいないか、追いかけてこないかと何度もうしろをふり向いたが、そこには何もなかった。

学校の周りを大回りして走り、肺にギザギザの熱い布が一杯詰まっている気がするまで走りつづけた。何か月も前にアンスカン・ハウスまで姉と歩いた道順をたどり直すのに少し苦労したが、やがて、どうやってかもよくわからずに、気がつくと突然その前に立っていた。

覚えていたのとほぼ同じ見かけだった。柵の杭の半分は壊れ、庭は草ぼうぼう。塀の煉瓦はあばたや凹みだらけで木のポーチは片側がすっかり腐っていた。屋根板もあちこち外れて庭に転がっている。ごく普通のあばら屋だった。

立ち去ろうか、回れ右して帰ろうかと考えた。けれどそうせずに、ポーチへ上がった。ポーチの床は上下にたわみ、釘もところどころ緩んで錆びた頭が飛び出していた。

呼び鈴を押そうとすると、呼び鈴がないことに気がついた。ノックしようかとまず思ったが、と、ドア板の真ん中下に、古風な手回し式の呼び鈴が見えた。時計のねじを巻くみたいに回す型だ。手をのばして回してみると、ゴトン、ゴトン、とほとんど聞こえないくらいの弱々しい音が何度か生じた。げんこつで叩いて埃を落としてからもう一度回してみたが、やっぱり呼び鈴というには程遠い音だった。

いまにもノックをしようというところで、音がした。どこか家の下の方、地下室の窓あたりでひっかくような音がして、それから階段がきしむのが聞こえた。そして、今度はもっと上から、ドアが開いて閉まる音。ひたひたという足音がゆっくり廊下を進んでくる――ためらいがちな、用心深い足音。それが玄関の手前までやって来て止まり、何かがドア自体に寄りかかってドアをきしませるのをセフトンは聞いた。

やってみなさいよ、と姉が言ったのを思い出した。けれども、彼の中のある部分がいま、**違う、あの挑みはお前に挑んでたんじゃない**と言って彼を押しとどめようとしていた。だがほかの部分は身を乗り出し、かがみ込んでいた。指が郵便受けのカバーを持ち上げ、頭が滑るように下降していって唇がほとんど真鍮を撫でた。「僕のお父さん」と彼はささやいた。「お父さんの苦しみを僕が引き受けます」

何かが起きるのを待ったが、何も起こらなかった。誰も喋らず、何も変わらず、彼自身も変わった気がしなかった。さらにかがみ込んで、差入れ口の中を覗いてみたが、誰の姿も見えず、がらんとしたゴミひとつない清潔な床の広がりが見えるだけだった。

差入れ口のカバーを手放し、立ち上がると、そこでやっとまた動きが聞こえた。誰かが玄関から歩き去る音。

だが今回は、足音が遠ざかるとともに、何かが違っていた。何かが変だった。はっきり明快な足音のあとに、引きずるような音が続く——前にうしろに、前にうしろに。

2

家に帰りつくころには、片脚が痒くなってきていた。有刺鉄線でズボンを破いただけでなく、脚もすり剝いたことに気がついた。家に入ると、どうして待ってなかったのよと姉に叱られた。**友だちと帰ったんだ、言ったつもりだったんだ**と嘘をついた。それから姉に謝った。姉は首を横に振るだけだった。

父の過ちをくり返してはいけない、とセフトンは考えた。擦り傷をすぐに石鹼と水で洗い、包帯を巻いた。ところが、何日か経ち思い出して包帯を持ち上げてみると、擦り傷は赤く炎症を起こし、周りの肉は皺が寄って黒ずんできていた。

一方、父親はだんだんよくなっていった。治療がやっと効いてきて、肉が死んで腐る流れも止まり、爛れも消えていくようだった。これなら脚も救える見込み大ですと医者たちは期待した。**そうとも、見込み大だとも**、とセフトンはわずかに熱のある体で思った。上手く行ったのだ。彼が父の苦しみを引き受けることをアンスカン・ハウスは許してくれた。彼は災難を防いだのだ。

というか、結果としては災難の方向を変えただけだったと言うべきだろう。何をしても、彼の傷はどんどん悪くなっていった。誰かに喋ったら魔力が解けて父がまた病気になってしまうのではと恐れて、セフトンは何も言わなかった。

*

数日後、学校で自分の席についていると、ぼうっとして熱っぽく、教室の前の方でやっていることに集中できなかった。悪い方の脚は一方にねじられたかと思えば今度は別方向にねじられたみたいに感じられ、やがて突然、火が点いたようになった。見下ろしてみると、血がジーンズの表まで染みてきていて、炎のようにじわじわ生地を進んでいた。血が広がっていくのを彼は魅せられたように見守り、見守りながら、ズボンの脚全体に血がぐっしょり染みてぽたぽた床に垂れはじめる瞬間を想像した。それから突然彼は椅子から滑り落ち、床に仰向けに倒れて呆然と天井を眺め、動くこともできず、周りではクラスじゅう大騒ぎになった。

病院のベッドで、どれくらい時間が経ったのかもよくわからず目を覚ました。何時間、何日が過ぎたのか。母親が枕許に座っていた。父親もいて、もはや入院患者用ガウンも着ておらず、歩いていた。足を引きずってはいるが、とにかく歩いている。ジュディスとマティアスもベッドの足側近くに座っていた。

「よくなったね」とセフトンは父親に言った。

「すっかりよくなった」と父は言って、健康みなぎる笑顔を見せた。「心配するな、お前もじきよくなるさ」

だがそうはならないことが彼にはわかっていた。

「どうしてこうなったの?」母親が詰(なじ)るように言ったが、彼は首を横に振るだけだった。「何で黙ってたのよ?」と母は言った。

「何でもないと思ったんだ」と彼は嘘をついた。

「よくなるさ」と父親は自信満々に言って、彼の頭をぽんぽん撫でた。「パパがよくなれたんだか

「いいえ」とジュディスは言った。「でもその女の人はやってみたって。そうして上手く行ったっ
「そんなの狂ってるよ」とマティアスは言った。「そんなのありえない……それ、やってみたの？」
るセフトンにはわからなかった。

　ジュディスは答えなかった。肩をすくめるか、うなずくかはしたかもしれないが、陰から見ている

「で、姉さんそれ信じたわけ？」

にかくその女の人はそう説明してくれたのよ」
死者のしるしっていうか、いやもっと悪ければ、生者のしるしなのよ」。彼女は言葉を切った。「と
と、何かがその家の一部になるのよ。人じゃないし家ともちょっと違う、何かその中間のものが。
「人じゃないのよ」姉が言った。「家って長いこと空家になって、誰にも貸されず住まれずにいる

「でもそれって誰なのさ？」沈黙を破ってマティアスが訊いた。

た黙った。セフトンがさらに少し身を乗り出すと、姉の頭の一部と、兄の肩が見えた。
「アンスカン・ハウス」とジュディスは、二番目の単語に強勢を置いて言った。それから二人はま

なかった。
「アンスカン」とマティアスがようやく、ジュディスと同じ発音をしようとしてみたが上手く行か

ったすぐ向こうにカウチの背と、姉の片耳の先っぽと、その反対側に兄の片腕の端が見えた。
役立たずで場違いな人間である気がした。階段をそっと一段滑り降り、もう一段降りると、壁を回
アスは何も訊かなかった。代わりに二人はただ黙っていた。セフトンは階段に座ったまま、自分が
何が特別なんだろう？　とセフトンは思ったが、ジュディスにもう説明されたのだろう、マティ

「言ったでしょ、この家は特別なのよ」とジュディスが言った。

「何で家に名前なんかつけるのさ？」

て。呼び鈴を押して待ってたら、それが地下室から上がってくる音が聞こえて、ドアのすぐうしろまで来るのがわかったんだって。それで郵便受けの差入れ口を開けて、中に向かって話したのよ。病気の人の名前を言って、『その人の苦しみを私が引き受けます』って言ったのよ。そうしたら彼女が病気になって病人は元気になったのよ」

　二人はまた黙った。やっとジュディスが言った。「パパにも上手く行くわよ。パパのためにあんたがやるべきよ」

「でも俺、そんなの上手く行くと思わないよ」とマティアスは言った。

「あんたが信じるかどうかはどうでもいいのよ。どのみち上手く行くのよ」と彼女は言いはった。

「パパの脚が救われるのよ」

「でもそしたら俺はどうなるのさ？」

「やってみなさいよ」と姉は挑むように言ったが、マティアスは答えもしなかった。

パパの脚が救われるとセフトンは二階へ這い戻りながら考えた。父が脚を失くす可能性があるなんて考えてもいなかったし、**脚を失くす**というのがどういうことかもよくわからなかった。切るってことか？　でもそうしたらどうやって歩く？　もし父親が歩けなくなったら誰が働いて自分たちを養う？　母親か？　母親にどうやって建物の骨組み作りができる？　金槌の持ち方も知らないのに。それにもし母親が働きに出たら、誰が自分たちを食べさせてくれる？

　駄目だ、と彼は考えた。父親が脚を失くしてはならない。失くしたら、何もかもばらばらになってしまう。

やってみなさいよ、とジュディスがさっきマティアスに挑んだのをセフトンは聞いたが、マティら、お前もよくなれる。お前はまだ若くて元気なんだから。何も心配は要らないさ」

セフトンは返事をする気にもならなかった。

ベッドの足側から姉が奇妙な目付きで彼を見た。「変よね、二人とも同じ病気だなんて」と彼女はゆっくり言った。

家族全員が彼女の方を向いた。

「遺伝子の欠陥かも」と父が言った。「きっとそういう家系なんだ」。父は向き直って指をくねくね振った。「気をつけろよ、ほかのみんなも」

数時間後、一家で夕食に出ることになると、姉はセフトンと一緒に残る役を買って出た。そしてみんなが出ていったとたん、椅子をベッドに引き寄せ、じっと彼を見据えた。

少し経つと、セフトンはもじもじしはじめた。「何なの?」と彼は言った。「何が言いたいの?」

「あんた、何やったのよ?」姉は怒った声でささやいた。

「言ったでしょ」と彼は答えた。「すり剝いたんだよ」

姉は首を振った。「ほんとは何やったか訊いてんのよ」と彼女は言って、待った。彼が答えずにいると、「あそこに行ったの?」と彼女は訊いた。

「あそこって?」

「わかってるでしょ、どこだか」と姉は言った。「どうやったらいいか、何でわかったの?」

彼は目をそらした。「何のことかわかんないよ」

姉は片手で彼の側頭部を包み、ゆっくりと、だが容赦なく自分の方を向かせ、彼としても姉の顔を見るしかなくなった。

「しちゃいけなかったのよ」と彼女は言った。「あんたはまだ子供なのよ。自分が何をもてあそんでるのか、全然気づいてないのよ」

「僕、子供じゃないよ」と彼は言った。

「誰から聞いたのよ？」と姉はもう一度訊いたが、彼は何も言わなかった。

「あたし、わかってんのよ」と姉は言って、それから唇がほとんど彼の耳に触れそうになるまで身を乗り出し、**アンスカン・ハウス**とささやいた。ふたたび身を引くと、その目は荒々しく冷酷だった。

「誓いなさい、忘れてしまうって」と彼女は言った。「誓いなさい、二度とあそこへは行かないって」

逃れようとしたが、姉は放さなかった。少しのあいだ、セフトンは姉に睨まれて返事もせずもじもじしていたが、結局うなずいた。

3

はじめはまだ脚がある気分だった。外科医に切断されて何か月も経ったあとでも、脚が痛み、疼くのが感じられた。動きまわるのは大変だったし、同い歳の子供たちからも隔たってしまった。けれどいまも、自分は正しいことをしたんだ、自分が父親を、家族を救ったんだという気でいた。家族全体を思えば、脚一本なんて何だというのか？

やがて、少しずつ、一年、二年経つと脚がないのにも慣れてきた。そのうちに、もうほとんど考えなくなった。脚がなくて困ることもほとんどないと言ってよかった。義足を付けるのもだんだん、靴を履くのと同じくらい自然になっていった。

自分が何をやったか、最後まで姉にはっきり認めはしなかったが、姉がわかっているということは彼にもわかった。その後の年月、ふと見れば姉が奇妙な目付きで彼を見ていることがよくあった。でも姉は何も言わなかったし、彼も言わなかった。

それからまず姉が、次に彼も、大きくなって家を出た。彼は町を越えた向こうの大学に進学し、やがて就職して、結婚した。じきに年に二、三度姉と顔を合わせるとき以外、アンスカン・ハウスについて考える理由は何もなくなった。

何年ものあいだ、彼は姉との約束を守ろうと努めた。何十年ものあいだアンスカン・ハウスのことは考えなかったし、あの玄関先で自分が何を言ったかも何を感じたかも郵便受けの前に立って何が聞こえたかも考えなかった。何年も経って、父が死んだときも考えなかった。妻が最初の子を流産して何か月もふさぎ込み鬱状態になったときも考えなかった。ずっと、ずっとあとになって、死産の子が二人と生きた子が二人いた末に妻が癌と診断されてあと二、三年の余命と言われたときも考えなかった。人生が進んでいき、彼が知ってきた人々を一人また一人と引き剝がしていってもなお、アンスカン・ハウスと呼ばれる場所があったことを――ましてやそこで何を起こすことができるかなど――ほとんど思い出しもしなかった。

だが、人生最後の最後に至って、正確に言えば人生の最後となるはずであった時期に至って、初めてふたたびアンスカン・ハウスのことを彼は考えた。もうそのころには兄も姉もこの世にいなかった。彼もとっくに七十代に入っていて、風邪だと思った状態が一週間続いた。あるいは始めは本当に風邪だったのかもしれないが、しまいにはそれが肺炎になって、肺に液体がたまって、今回はもう助からないと確信した。

突然アンスカン・ハウスのことを思い起こしたのはそのときだった。心の奥底から、彼はそれをゆっくり引き揚げていった。あれは本当にあったことだろうか？　現実だったのか？　それとも、自分と姉とで現実だと信じ込んだのか？　彼自身の爛れは単なる不気味な偶然だったのか？　そしてもしアンスカン・ハウスが現実だとしたら、まだあそこにあるだろうか？

セフトンはまごついた。なぜアンスカン・ハウスのことを思い出したのか、理解するのに少し時間がかかった。枕許に座っている少年のせいなのだ――彼の孫が、じっと静かに座って彼を見つめているその姿は、セフトン自身が小さかったころとよく似ているのである。少年が自分を見ているのをセフトンは見て、何かが彼の頭の中で開いて、そこにまたアンスカン・ハウスが現われたのだった。いや違う、あれはたぶん現実じゃない、と彼は胸の内で言った。たぶん自分がでっち上げたんだ。たぶんただ想像しただけなんだ。

＊

セフトンは少年を注意深く眺めた。少年は若くて健康で、彼が片脚を失くしたときの若さと健康そのままだった。肺炎など子供には何でもないだろう、彼はそう考えずにいられなかった。肺炎で老人が死ぬことはあっても、子供が死ぬわけはない。

彼は少年に向かってニッコリ笑った。

いいや、と彼は自分に言い聞かせた。たぶんアンスカン・ハウスは現実じゃなかったんだ。たぶん自分で想像しただけなんだ。

それにもし現実だったとしても——と彼は胸の内で理を説いた——あとで戻っていって孫の苦しみを引き受ければいい。害はないはずだ。べつにこの子につけこもうっていうんじゃない。アンスカン・ハウスが現実かどうか知りたいだけだ。

　こうして彼は肺に液体がたまり、ベッドで死にかけながらも、孫に向かって、どこへ行ってドアをノックして差入れ口越しにささやけばいいかを教え込もうとしていた。**お前、私を愛してるだろう？**　と彼は思わず言っていた。**お前、私に死んでほしくないだろう？**

彼の中のある部分が考えていた。**現実なんかじゃない、こんなの深刻じゃない、ただのゲームさ、死ぬ前にいちおうはっきりさせておくだけさ。**

　けれども別の、もっと冷酷な部分は、自分が何をやっているのかをはっきり自覚していた。そしてこの部分は、結果として生じた事態を悔やみはしなかった。

謝辞

この短篇集を丹念に読んでくれて、日ごろから励ましてくれるエージェントのマット・マッガワンに感謝する。また、入念な編集の目を注いでくれたクリス・フィッシュバックと、私の作品に一貫して関心を持ちつづけ支持してくれているコーヒーハウス・プレスにも感謝する。これらの短篇を読み返してみて、不思議に思ったことがある。知覚の喪失と変容ということを私はくり返し物語化しているが、そうした関心の多くは、まさにそれらを書いている最中に私自身が病気相手にくり広げていた闘いを反映しているのである。「もうひとつの耳」で描いた、耳が拡張し、進化しているような感覚は、耳を頭から引き離して神経を切る手術を受けたあとに私自身の耳に起きていると感じられたことをほぼそのまま書き写している。何か月ものあいだ、耳は私とは別個の、ずきずき疼く何ものかでありつづけたのであり、手をのばしてちょっと引っぱればいつでも耳がもぎ取れそうな気がしていたのだ。「アンスカン・ハウス」には肺にギザギザの熱い布が一杯詰まっている気がするという描写があって、のち主人公の肺に液体がたまるわけだが、娘に指摘されて気づいたとおり、これは私が肺をやられて病院で何週間も本気で心配な時期を過ごした直前に書いた作品である。主人公が呼吸できなくなる「酸素規約」はそのすぐ前に書かれた。これらの物語は、私にとってひとつの生の終わりともうひとつの生の始まりを記す線となっている。そしてこの新しい生を可能にしてくれたクリステン・トレイシーには、言葉では言えないほど多くを負っている。

訳者あとがき

翻訳でどこまで原文のよさが伝わっているか、というのは翻訳者がつねに抱えている不安だが、ブライアン・エヴンソンの場合は、そういう不安も倍加することになる。

といってもべつに、構文がものすごく複雑だというわけではないし、語彙が異様に豊富というようなこともなく、また普通の意味での美文でもない。むしろ、微妙にぎくしゃくしている。ポール・オースターのように基本的に流れのいい文章や、逆にレベッカ・ブラウンのようにはっきり独自のリズムを築こうとしている文章であれば、ある意味で（あくまでもある意味で、にすぎないが）やりやすい。オースターなら訳文もひたすら流れのよさをまずはめざすし、ブラウンであれば「これに普通の文章のリズムを求めないでくださいね」という暗黙のメッセージを訳文を通して読者に伝えることができる。

だがエヴンソンの文章は、いわばその中間である。両極の中間ならフツウになりそうなものだが、そうならないところが文章というものの面白いところである（あるいは単に、僕の見立てが間違っているのかもしれないが）。概して微妙にぎくしゃくしていて、一貫してぎくしゃくしているのなら翻訳でも再現しやすいのだがそうではなく、するするるっと流れるところもあれば大いにぎくしゃくしている箇所もある。エヴンソンの小説世界の登場人物はおおむね、よくわからない状況に放り込まれて戸惑ったりうろたえたり逆に異様に考え込んだりしていて、読者もその戸惑いやうろたえや考え込みを共有することになるわけだが、文章のそうした意図的なすわりの悪さが、それを増幅する。いや、ほとんどそれを支えていると言ってもいいだろう。

たとえば、巻頭作にして表題作の「ウインドアイ」冒頭の一文“They lived, when he was growing up, in a simple house, an old bungalow with a converted attic and sides covered in cedar shake”にしても、ものすごく変な文というわけではもちろんないが、“They lived in a simple house while he was growing up. It was an old bungalow, with a converted attic and sides covered in cedar shake”とヘミングウェイ的にシンプルな書き方とはちょっと違う。そういう「ちょっと違う」が重なって、頭に——というか、体に——残る。もちろんフツウでない書き方ならすべて残るかというとそうではないわけで、どういうフツウでない文章なら残りどういうのは残らないのかは大いなる神秘なのだが、とにかく経験的にエヴンソンは残る。暴力的な内容でまずは知られる書き手だが、何を書くかのみならず、どう書くかにも——作家なんだから当たり前だと言えばそれまでだが——非常に神経を使っている(これは細部について訊ねたメールでのやりとりでも実感した)。デビュー作*Altmann's Tongue*の暴力性が批判されたときも、出版までに三十回、四十回と読み返してコンマの位置等々文章のことをずっと考えていたので内容のことを批判されて驚いてしまった、と述べているくらいである。

で、こういう考え抜かれたすわりの悪さを、訳文でもなるべく忠実に再現したつもりだが、それが「単に下手な訳文」に見えてしまわないことを——あるいは、本当に単に下手な訳文になっていないことを——祈る。

それにしても、二〇〇九年刊の『遁走状態』、二〇一二年刊の本書、そして今年二〇一六年に出た最新短篇集 *A Collapse of Horses* と、短篇作家エヴンソンの勢いはまさにとどまることを知らない。三冊合わせて、短篇六十一本。むろん驚くべきは数よりもその質の高さである。世界の認識の仕方が周りと微妙に——あるいは大いに——ずれていたり、そもそも世界をどう認識するのかをめぐって危機的な状況に陥っていたりする人間を内側から描き、その状況と人間両方の薄気味悪さを、見事にぶれた文章を通してほとんど肉体的に読者にも体験させる力強さは、ほかのどの作家とも違っている。

前作『遁走状態』ももちろん素晴らしかったが、全体の統一感と、にもかかわらずそこから生じている多様性、という点から見て今回の『ウインドアイ』はなおいっそう見事だと思う。毎回、異様な現実に放り込まれることはわかっていても、その異様さが作品ごとに一から立ち上げられていて、そのたびに新たに動揺させられ、狼狽させられる。それでいて、突拍子もない設定は考えようによっては何とも滑稽でもあり、中にいる者の怖れと外から見る者の笑いとを、読み手はつねに両方持つことになる。こういうふうに風通しがいいんだか悪いんだかよくわからないようなところも、すぐれてエヴンソン的である。

作品内の細部何点かについて簡単な説明を加える。

「ウインドアイ」の祖母は、自分が育った土地の言語では窓のことを「風の目」と呼んでいたと言い、孫である主人公はその単語がｖで始まっていたことのみ記憶しているが、英語の window も語源をたどれば古ノルド語の vindauga（風の目）に行きつく。

「スレイデン・スーツ」において水夫たちが嵐からの（この世界からの？）逃亡を試みる際の経

路である、臍の緒がついた奇怪な潜水具スレイデン・スーツ（the Sladen suit）は、二十世紀前半にイギリスで実際に使われていた潜水服の名称である。写真を見るとたしかに人が中に入るための「臍の緒」もあり、何とも異様な外見で、生死にかかわる実用的器具というよりは別次元の現実へ移行するための幻想的道具に見える。

「酸素規約」に出てくる、幼児のような顔に鳥のような体の「アトバード」（utburd）は、北欧神話に見られる、洗礼を受けずに死んでいった赤ん坊の魂の化身を指す名である。誰かに適切な埋葬をしてもらおうと、アトバードは地をさまよう。

「グロットー」でグロットーは祖母のことを「モーモー」（mormor）と呼び、祖母は（あるいは祖母と名のる存在は）孫のバーントを「スレークティング」（släkting）と呼ぶが、これはスウェーデン語でそれぞれ「祖母」「親族」を意味する。

最後に、いちばん最初に出てくることについて触れれば、巻頭に「失われた妹に」（*For my lost sister*）との献辞があるが、作者エヴンソンに妹はいない（この点に関し本人が虚偽を述べているのでなければ）。

『遁走状態』邦訳刊行の直後、エヴンソンは東京国際文芸フェスティバルに参加するために初来日を果たし、何回かの講演・朗読会を行ない、作品の内容とは裏腹の穏やかな物腰、誠実な受け答えで多くの読者を魅了した。僕個人としても、いまのアメリカ小説がリアリズムの呪縛から解放されて作家たちがどんどんいろんなジャンルを取り込み新しい可能性を試しているという実感をまさにその新しい流れの最先端にいる人物と共有できてとても嬉しかったし、大学での学科運営の仕事などもけっこう得意だという一言にも驚かされた（「君は僕が斧ですべてを解決すると思うかもしれないが」と笑っていた）。

エヴンソンのこれまでの主要著書は以下のとおり。

Altmann's Tongue（1994; 2002 増補）短・中篇集
The Din of Celestial Birds（1997）短篇集
Father of Lies（1998）長篇
Contagion（2000）短篇集
Dark Property: An Affliction（2002）中篇
The Wavering Knife（2004）短篇集
The Open Curtain（2008）長篇
Last Days（2009）長篇
Fugue State（2009）短篇集『遁走状態』新潮社
Immobility（2012）長篇
Windeye（2012）短篇集・本書
A Collapse of Horses（2016）短篇集
The Warren（2016）中篇

このほか、フランス文学の翻訳や、B. K. Evenson 名義でゲームソフトやホラー映画のノベライゼーションもあることは『遁走状態』あとがきで述べたとおり。長年ブラウン大学で教えていたが、今年からスティーヴ・エリクソンのあとを継いでカリフォルニア芸術大学に移った。大学では創作、文学理論などを教える。

日本語では『遁走状態』と本書以外、岸本佐知子編・訳『居心地の悪い部屋』（河出文庫）で「へべはジャリを殺す」「父、まばたきもせず」の二作（いずれも *Altmann's Tongue* から）が読め、また『MONKEY』（スイッチ・パブリッシング）第二号で「ザ・パニッシュ」が読める（拙訳、のちA *Collapse of Horses* に所収）。また『新潮』二〇一四年八月号には、来日時の講演を再現した「ブライアン・エヴンソン、自作とアメリカ文学を語る」が掲載されている。

『遁走状態』同様、本書の刊行にあたっては新潮社出版部の佐々木一彦さんに全面的にお世話になった。またいくつかの作品は『新潮』に掲載され、その際には『新潮』編集部の松村正樹さんによるエヴンソンの本質を衝いた肯定的コメントにも大いに励まされた。お二人にこの場を借りてお礼を申し上げる。

この驚異的な作家を翻訳させてもらっていることを、つくづく名誉に思います。

二〇一六年九月

訳者

Windeye
Brian Evenson

ウインドアイ

著 者
ブライアン・エヴンソン
訳 者
柴田元幸
発 行
2016年11月30日

発行者　佐藤隆信
発行所　株式会社新潮社
〒162-8711 東京都新宿区矢来町71
電話 編集部 03-3266-5411
読者係 03-3266-5111
http://www.shinchosha.co.jp

印刷所
株式会社精興社
製本所
大口製本印刷株式会社

乱丁・落丁本は、ご面倒ですが小社読者係宛お送り下さい。
送料小社負担にてお取替えいたします。
価格はカバーに表示してあります。

ISBN978-4-10-590132-5 C0397

遁走状態

Fugue State
Brian Evenson

ブライアン・エヴンソン
柴田元幸訳

前妻と前々妻に追われる元夫。勝手に喋る舌を止められない老教授。見えない箱に眠りを奪われる女。ニセの救世主――。滑稽でいながら切実な恐怖に満ちた、19の悪夢。ホラーも純文学も超えた驚異の短篇集、待望の邦訳刊行！

CREST BOOKS